Über den Autor

«Dieser Amerikaner gehört zu den seltenen Autoren, die kaum eine langweilige Zeile zu Papier gebracht haben» (Frankfurter Allgemeine Zeitung).

Truman Capote, geboren am 30. September 1924 in New Orleans, wuchs in den Südstaaten auf und arbeitete in den verschiedensten Berufen. Mit neunzehn erhielt er für seine Kurzgeschichte «Miriam» den O.-Henry-Preis. 1948 erschien sein eigenwilliger, traumversponnener Erstlingsroman «Andere Stimmen, andere Stuben», der ihn sofort berühmt machte. Nach dem Erscheinen seines (inzwischen sprichwörtlich gewordenen) Kurzromans «Frühstück bei Tiffany» (rororo Nr. 459) bekannte Norman Mailer: «Er ist der perfekteste Autor meiner Generation, der die besten Sätze schreibt, Wort für Wort, Rhythmus für Rhythmus.» Ein endgültig spektakulärer Erfolg wurde dann sein einen neuen Stil kreierender «non-fiction-Roman» über einen mehrfachen Mord und seine Folgen «Kaltblütig» (rororo Nr. 1176). Capote führte das turbulente Leben eines Dandys, Schandmauls und oft zynischen Begleiters der Reichen und Mächtigen, ein genialischer Exzentriker, der sich schließlich selber zerstörte. Er starb am 25. August 1984 in Los Angeles. «Erhörte Gebete» ist eine bissige Skizze der New Yorker «High Society».

TRUMAN CAPOTE

ERHÖRTE GEBETE

DER UNVOLLENDETE ROMAN

Aus dem Amerikanischen
von Günter Panske

Nachwort von Joseph M. Fox,
übersetzt von Marguerite Schlüter

rororo

ROWOHLT

Die amerikanische Originalausgabe
erschien im September 1987
unter dem Titel «Answered Prayers»
im Verlag Random House, Inc., New York
Umschlagfoto Herlinde Koelbl
Umschlagtypographie Nina Rothfos

Veröffentlicht im Rowohlt Taschenbuch Verlag GmbH,
Reinbek bei Hamburg, Oktober 1989

This translation published by arrangement
with Random House, Inc.
Gesetzt aus der Sabon (Linotron 202)
Gesamtherstellung Clausen & Bosse, Leck
980-ISBN 3 499 12439 4

Es werden mehr Tränen über erhörte Gebete vergossen als über nichterhörte.

Theresia von Ávila

INHALT

I
UNVERDORBENE MONSTER

Irgendwo auf dieser Welt lebt eine außergewöhnliche Philosophin namens Florie Rotondo.

Vor kurzem stieß ich, in einer Art Schülerzeitung, auf eine ihrer Betrachtungen, die folgendermaßen lautete: *Wenn ich das tun könnte, würde ich zur Mitte unseres Planeten, der Erde, reisen und nach Uran suchen und nach Rubinen und Gold. Und ich würde auch nach Unverdorbenen Monstern suchen. Dann würde ich hinausziehen aufs Land. Florie Rotondo, 8 Jahre.*

Florie, Liebes, ich weiß genau, was du meinst – im Gegensatz wohl zu dir selbst: wie könntest du auch, mit acht?

Ich allerdings *bin* zur Mitte unseres Planeten gereist; zumindest habe ich an mir all die Mühsal erfahren, die eine solche Reise mit sich bringt. Ich habe nach Uran, Rubinen, Gold gesucht und bin unterwegs anderen Suchern begegnet. Auch – hör nur, Florie – habe ich Unverdorbene Monster getroffen!

Und Verdorbene, natürlich. Aber die *un*verdorbene Art ist die wahrhaft erlesene: weiße Trüffeln verglichen mit schwarzen; bitterer wilder Spargel im Gegensatz zum im Beet angebauten. – Nur aufs Land hinaus bin ich noch nicht gezogen.

In der Tat schreibe ich dies auf Y.M.C.A.-Briefpapier in einem Y.M.C.A. in Manhattan, wo ich seit einem Monat, im ersten Stock, in einer praktisch fensterlosen Zelle hause. Ich würde den fünften Stock vorziehen – falls ich dort mal Lust hätte, das Fenster als Ausgang zu benutzen, wäre das ein endgültiger Abgang. Vielleicht werde ich die Zimmer wechseln. Hinauf. Wahrscheinlich nicht. Ich bin ein Feigling. Aber für einen solchen Abgang nicht feige genug.

Mein Name ist P. B. Jones, und ich weiß nicht recht – soll ich Ihnen jetzt gleich was über mich erzählen oder damit warten und die Informationen in den Text der Geschichte einflechten. Ich könnt's auch ganz bleiben lassen oder mich aufs mindeste beschränken, betrachte ich mich in dieser Sache doch als Berichterstatter und nicht als Beteiligter, höchstens als Randfigur. Aber es ist wohl leichter, wenn ich mit mir anfange.

Wie gesagt, ist mein Name P. B. Jones; ich bin entweder fünfunddreißig oder sechsunddreißig, und die Unsicherheit rührt daher, daß niemand weiß, wann ich geboren wurde oder wer meine Eltern waren. Man weiß nur, daß ich als Baby in St. Louis auf dem Balkon eines Vaudeville-Theaters ausgesetzt wurde. Dies geschah am 20. Januar 1936. Aufgezogen wurde ich von katholischen Nonnen in einem Waisenhaus, einem strengen roten Backsteinbau am Ufer des Mississippi.

Ich war ein Liebling der Nonnen, besaß ich doch ein ebenso helles wie hübsches Köpfchen. Nie ging ihnen auf, was für ein Ausbund an Hinterlist und Verlogenheit ich war oder wie sehr ich ihr Kutteneinerlei und ihr Aroma verabscheute: Weihrauch und Spülwasser, Kerzen und Kreosot, weißer Schweiß. Eine der Schwestern, Schwester Martha, hatte ich ganz gern; sie unterrichtete Englisch und war so sehr davon überzeugt, daß ich eine Begabung fürs Schreiben besaß, daß ich schließlich selbst daran glaubte. Trotzdem hinterließ ich für sie, als ich aus dem Waisenhaus davonlief, nicht eine einzige Zeile, trat auch nie wieder mit ihr in Verbindung: ein typisches Beispiel für meine abgestumpfte, opportunistische Natur.

Per Anhalter reisend und ohne besonderes Ziel vor Augen, ließ ich mich von einem Mann in einem weißen Cadillac-Kabriolett mitnehmen, einem stämmigen Kerl mit gebrochenem Nasenbein und einem «irischen» Gesicht: rote Backen und Sommersprossen. Keiner, den man für schwul halten würde. Aber er war es. Er fragte, wo ich hinwollte, und ich zuckte bloß die Achseln; er wollte wissen, wie alt ich sei – ich sagte achtzehn, obwohl ich in Wirklichkeit drei Jahre jünger war. Er grinste und sagte: «Na, die Moral eines Minderjährigen würde ich nicht korrumpieren wollen.»

Als hätte ich *irgendwelche* Moral besessen.

Dann sagte er ernst: «Du bist ein gutaussehender Junge.» Stimmte: zwar ein wenig kurz geraten, einssiebzig (später einszwoundsiebzig), doch gut proportioniert, mit bräunlichblondem Kraushaar, grün-gesprenkelten braunen Augen und aufregend kantig geschnittenem Gesicht – mich selbst im Spiegel zu betrachten steigerte stets mein Selbstbewußtsein. Als Ned dann die Finger nach mir streckte, glaubte er vom Baum der Unschuld zu pflücken. Ho ho! Schon mit sieben oder acht Jahren hatte ich angefangen, es mit so manchem älteren Jungen zu treiben, auch mit einer Reihe von Priestern und einem gutaussehenden schwarzen Gärtner. Ich war, so könnte man sagen, so eine Art Hershey-Riegel-Stricher – es gab so gut wie nichts, was ich nicht für eine Tafel Schokolade getan hätte.

Obwohl ich mehrere Monate mit Ned zusammenlebte, kann ich mich nicht mehr an seinen Nachnamen erinnern. Ames? Er war Chefmasseur in einem großen Hotel in

Miami Beach – einem dieser eiscremefarbenen Dinger mit einem französischen Namen, Lieblingstreff vieler Juden. Ned brachte mir sein Handwerk bei, und nachdem ich mich von ihm getrennt hatte, verdiente ich mir meinen Lebensunterhalt als Masseur in einer Reihe von Miami-Beach-Hotels. Außerdem hatte ich eine Reihe von privaten Kunden, Männer wie Frauen, die ich massierte und in Körper- und Gesichtsübungen unterwies – bloß daß Gesichtsübungen der reine Quatsch sind, bis auf die einzige wirkungsvolle: Schwanzlutschen. Ohne Jux – es gibt nichts, was die Kinnlinie besser strafft.

Mit meiner Assistenz kräftigte Agnes Beerbaum ihre Gesichtskonturen ganz beträchtlich. Mrs. Beerbaum war die Witwe eines Zahnarztes aus Detroit, der sich in Fort Lauderdale zur Ruhe gesetzt hatte, wo er prompt einem Herzschlag erlag. Reich war sie nicht, doch hatte sie Geld – sozusagen im Verein mit einem schmerzenden Rücken. Um diese Rückenschmerzen zu lindern, trat ich in ihr Leben, in dem ich mich lange genug aufhielt, um es mit Hilfe von Zuwendungen, die über meiner normalen Entlohnung lagen, zu einem Gesamtkapital von mehr als zehntausend Dollar zu bringen.

Das wäre der richtige Zeitpunkt für mich gewesen, um hinauszuziehen aufs Land.

Statt dessen kaufte ich mir eine Fahrkarte für einen Greyhound-Bus, der mich nach New York brachte. Ich besaß einen Koffer, der herzlich wenig enthielt – nur Unterwäsche, Hemden, einen Toilettenbeutel und zahllose Hefte, in die ich Gedichte und ein paar Kurzgeschichten gekritzelt hatte. Ich war achtzehn, es war Oktober, und niemals habe ich das Oktoberglitzern von Manhattan vergessen, das dort vor mir auftauchte, während sich mein

Bus New York näherte, von den stinkenden Sümpfen von New Jersey her. Wie Thomas Wolfe, ein einst bewundertes und inzwischen vergessenes Idol, geschrieben haben könnte: Oh, welche Verheißung jene Fenster bargen! – kalt und feurig im kahlen Licht der fahlen Herbstsonne.

Seither habe ich mich in viele Städte verliebt, doch nur ein Orgasmus von einstündiger Dauer könnte die Wonne meines ersten Jahres in New York noch übertreffen. Unglücklicherweise beschloß ich zu heiraten.

Vielleicht war es in gewisser Weise die Stadt selbst, die ich mir zur Frau wünschte, mein Glücklichsein dort, mein Vorgefühl für künftigen Ruhm und Reichtum. Doch was ich heiratete, ach, war ein Mädchen. Diese blutlose, fischbäuchig-bleiche Amazone mit gelben Haarzotteln und eiförmigen, fliederfarbenen Augen: eine Kommilitonin von der Columbia University, wo ich einen Kurs in kreativem Schreiben belegte, der geleitet wurde von Martha Foley, die zu den Gründern/Herausgebern des alten Magazins *Story* gehörte. Der für mich entscheidende Vorzug von Hulga (ja, ich weiß, Flannery O'Connor hat eine ihrer Heroinen Hulga benannt, aber ich klaue nicht; es ist reiner Zufall) bestand darin, daß sie es nie überdrüssig wurde, sich die Sachen, die ich schrieb, vorlesen zu lassen. Der Inhalt meiner Geschichten bildete meist den genauen Gegensatz zu meinem Charakter – das heißt, sie waren zart und traurig; doch Hulda fand sie schön, und es hatte durchaus etwas Befriedigendes, wenn zum Schluß die großen Fliederaugen überquollen und die Zähre rann.

Allerdings fand ich nur zu bald nach unserer Verheiratung heraus, warum ihre Augen diese Eigenschaft bestaunenswert imbeziler Intensität besaßen. Weil Hulga intensiv imbezil war. Jedenfalls so ziemlich. Daß sie nicht ganz richtig tickte, stand unbedingt fest. Das liebe, gute, humorlose Trampelchen Hulga, das dennoch solch ein Ausbund von Empfindsamkeit war und von Sauberkeitswahn – haus-frau-lich. Was für Gefühle ich ihr gegenüber in Wahrheit hegte, ahnte sie nicht; bis dann, zu Weihnachten, ihre Eltern uns besuchen kamen: zwei schwedische Ungetüme aus Minnesota, ein Mammut-Gespann, jedes doppelt so groß wie ihre Tochter. Wir wohnten in einem Eineinhalb-Zimmer-Apartment nahe Morningside Heights. Hulga hatte einen Baum von der Art gekauft, wie man sie im Rockefeller Center findet: er streckte sich vom Fußboden zur Decke und von Wand zu Wand – das verdammte Ding saugte den Sauerstoff aus der Luft. Und all das Gewese, das Hulga deswegen machte, und das Vermögen, das sie für diese Woolworth-Scheiße ausgab! Was Weihnachten betrifft, so hasse ich es, weil es damals, im Waisenhaus in Missouri, immer die bedrückendste Zeit im ganzen Jahr für mich war – pardon für dieses Lamento. Jedenfalls verlor ich am Weihnachtsabend, kurz bevor Hulgas Eltern zum Julklapp fällig waren, urplötzlich die Kontrolle über mich: zerhackte den Baum in handliche Stücke, die ich zum Fenster hinauswarf, samt allem elektrischen Weihnachtskerzen- und Kugelplunder – während Hulga die ganze Zeit wie ein halbgeschlachtetes Schwein schrie. (Achtung, Studenten der Literatur! Alliteration – habt Ihr's bemerkt? – ist mein geringstes Laster.) Auch sagte ich ihr, was ich von ihr hielt – und endlich einmal verloren ihre Augen jenen Ausdruck imbeziler Reinheit.

Wenig später erschienen dann Mama und Papa, die Minnesota-Giganten: klingt nach einem blutrünstigen Eishockey-Team, was die Sache im Wesenskern trifft. Huldas Erzeuger spielten mit mir Prellball – und bevor ich wegkippte, hatten sie mir fünf Rippen gebrochen, ein Schienbein zersplittert und beide Augen blaugeschlagen. Sodann zogen, wie man vermuten muß, die Giganten samt Sproß Richtung Minnesota. Ich hab nie wieder was von Hulda gehört, nicht in all den Jahren, die seither vergangen sind; doch soweit ich weiß, sind wir gesetzlich noch immer miteinander verbunden.

Kennen Sie den Ausdruck «Killer-Frucht»? So nennt man einen bestimmten Schwulentyp, dessen Bluttemperatur so ziemlich in Gefrierpunktnähe liegt. Diaghilew, zum Beispiel. J. Edgar Hoover. Hadrian. Nicht, daß ich ihn mit diesen Piedestal-Persönlichkeiten vergleichen möchte, doch in diesem Zusammenhang fällt mir Turner Boatwright ein – Boaty, wie seine Schmeichler ihn nannten.

Mr. Boatwright war Literatur-Redakteur bei einem Damenmodemagazin, das auch Stories von «Qualitäts»-Autoren brachte. Ich wurde auf ihn aufmerksam – oder eher wohl er auf mich –, als er eines Tages im Kursus für kreatives Schreiben zu uns sprach. Ich saß in der vordersten Reihe, und die Art und Weise, in der sein fröstliger, hosenwulst-wacher Blick sich immer wieder an mich heftete, verriet mir, was für Gedanken in seinem hübschen grauen Krauskopf kreisten. Na gut, aber ich dachte nicht daran, ihn ranzulassen. Nach dem Unterricht umdrängten ihn die Studenten, um sich ihm vorzustellen. Nicht jedoch ich; ich ignorierte das. Ein Monat verging, und ich nutzte die Zeit, um zwei meiner Stories, die ich für die besten hielt, den letzten Feinschliff zu geben: *Sonnenbräune,* die von Beachboy-Strichern in Miami Beach handelte, und *Massage* über die Demütigungen einer Zahnarztwitwe, die in hündischer Liebe einem blutjungen Masseur ergeben ist.

Dann zog ich mit den Manuskripten los, um Mr. Boatwright aufzusuchen – ohne mich zuvor angemeldet zu haben; ich ging einfach zu den Büroräumen des Magazins und bat die Rezeptionistin, Mr. Boatwright zu sagen, einer von Miss Foleys Studenten würde ihn gern sprechen. Ich war mir sicher, er würde schon wissen, welcher. Aber als ich dann in sein Büro geführt wurde, gab er vor, sich nicht an mich zu erinnern. Doch er konnte mich nicht täuschen.

Das Büro, nicht von übertriebener Nüchternheit, hatte etwas von einem viktorianischen Salon. Mr. Boatwright saß in einem Korbschaukelstuhl an einem Tisch, der mit fransenbesetzten Schals drapiert war und ihm als Schreibtisch diente; ein zweiter Korbschaukelstuhl stand auf der anderen Seite des Tisches. Mit einer schläfrigen Geste, die sein kobraartiges Lauern kaschieren sollte, forderte der Redakteur mich auf, dort Platz zu nehmen (sein Stuhl war, wie ich später entdeckte, mit einem kleinen Kissen gepolstert, in dessen Bezug man das Wort MUTTER gestickt hatte). Obwohl es ein heller Frühlingstag war, waren die Fenstervorhänge zugezogen, schwere Samtvorhänge in einer Tönung, die man wohl flohfarben nennt; das einzige Licht kam von zwei Studierlampen, die eine mit einem dunkelroten Schirm, die andere mit einem grünen. Ein interessanter Ort, diese «Höhle» des Mr. Boatwright; die Geschäftsführung ließ ihm augenscheinlich große Freiheiten.

«Nun, Mr. Jones?»

Ich erklärte ihm, was mich zu ihm führte: ich sei beeindruckt gewesen von seiner Vorlesung an der Columbia University und der Ernsthaftigkeit seines Wunsches, jungen Autoren zu helfen. Und so hätte ich denn zwei Short Stories mitgebracht, die ich ihm gern, zwecks kritischer Beurteilung, vorlegen würde.

Er sagte mit einer Stimme, deren gewitzter Sarkasmus etwas Einschüchterndes hatte: «Und warum haben Sie sich dafür entschieden, mir Ihre Stories *in persona* vorzulegen? An sich ist es doch üblich, das auf dem Postwege zu tun.»

Ich lächelte, und mein Lächeln ist so etwas wie eine kaum verkennbare Einladung; meist wird es auch so verstanden. «Ich fürchtete, daß Sie sie dann niemals lesen würden. Ein unbekannter Autor ohne Agenten? Ich kann mir kaum vorstellen, daß viele solcher Stories jemals in Ihre Hände gelangen.»

«Oh, durchaus – falls sie etwas taugen. Miss Shaw, meine Assistentin, ist eine überaus fähige und einfühlsame Lektorin. Wie alt sind Sie?»

«Ich werde im August zwanzig.»

«Und Sie halten sich für ein Genie?»

«Ich weiß nicht.» Was gelogen war: ich war überzeugt, eins zu sein. «Deshalb bin ich ja hier. Ich wüßte gern Ihre Meinung.»

«Nun, ehrgeizig sind Sie jedenfalls. Oder ist das bloß so ein Vorankommenwollen? Was sind Sie, ein Jid?»

Meine Antwort war gewiß kein Ruhmesblatt für mich; obwohl ich ziemlich frei von Selbstmitleid bin (na ja, wer weiß), war ich noch nie darüber erhaben, meine Herkunft zwecks Sympathiegewinnung auszuschlachten. «Möglicherweise. Ich bin in einem Waisenhaus aufgewachsen. Meine Eltern habe ich nie gekannt.»

Nichtsdestoweniger hatte der Gentleman zielsicher meine wunde Stelle getroffen. Er wußte jetzt, woran er bei mir war; doch woran war ich eigentlich bei ihm? Damals war ich gegen Allerweltslaster ziemlich immun – ich rauchte selten, trank nie. Jetzt jedoch entnahm ich, ohne um Erlaubnis zu fragen, einer in Reichweite stehenden Schildpattdose eine Zigarette; als ich sie anzünden wollte, explodierten sämtliche Streichhölzer im Streichholzheft, und eine kleine Stichflamme schoß aus meiner Hand hervor. Ich sprang auf, schlenkerte die Hand und wimmerte.

Mein Gastgeber deutete nur kühl auf das auf den Boden gefallene und noch immer brennende Heft. Er sagte: «Vorsichtig. Treten Sie das aus. Sie werden den Teppich beschädigen.» Dann: «Kommen Sie her. Geben Sie mir Ihre Hand.»

Seine Lippen teilten sich. Langsam nahm sein Mund meinen Zeigefinger, den am ärgsten versengten, in sich auf. Er stieß ihn sich in die Tiefe seiner Mundhöhle, zog ihn fast ganz hervor, stieß ihn wieder in sich hinein – einem Jäger ähnelnd, der aus einer Schlangenbißwunde gefährliche Flüssigkeit saugt. Dann hielt er inne, fragte: «Nun – ist es jetzt besser?»

Die Wippe war gekippt; eine Art Machtumkehrung hatte stattgefunden – zumindest glaubte ich das in meiner Torheit.

«Viel besser; danke.»

«Ausgezeichnet», sagte er und erhob sich, um die Bürotür abzusperren. «Nun wollen wir die Behandlung fortsetzen.»

Nein, so leicht war das nicht. Boaty war ein unbeugsamer Bursche; notfalls hätte er für seine Vergnügungen bezahlt, nie jedoch eine meiner Stories veröffentlicht. Über die beiden, die ich mitgebracht hatte, urteilte er: «Sie taugen nichts. Für gewöhnlich ermutige ich niemals jemanden mit einem so begrenzten Talent, wie du es besitzt. Das ist das Grausamste, was man tun kann – jemanden in dem

Glauben bestärken, er verfüge über Gaben, die er in Wahrheit gar nicht besitzt. Doch hast du immerhin ein gewisses Gespür für Worte. Ein Gefühl für Charakterisierungen. Vielleicht läßt sich daraus was machen. Falls du bereit bist, alles dranzusetzen – das Risiko einzugehen, dein Leben zu ruinieren –, so will ich dir helfen. Nur: dazu raten kann ich dir nicht.»

Hätte ich nur auf ihn gehört. Wäre ich nur damals auf der Stelle hinausgezogen aufs Land. Aber es war zu spät, denn ich hatte bereits meine Reise zum Innern der Erde begonnen.

Mir geht das Papier aus. Ich werde jetzt erst mal duschen. Und anschließend vielleicht in den fünften Stock umziehen.

Ich bin in den fünften Stock umgezogen.

Doch das Fenster zu meiner neuen Zelle befindet sich so dicht am Nachbargebäude, daß ich mir, selbst wenn ich aufs Fensterbrett stiege, nur den Kopf stoßen würde. Wir haben eine September-Hitzewelle, und mein Zimmer ist so klein, so heiß, daß ich Tag und Nacht die Tür offenlassen muß, bedauerlicherweise, denn wie in den meisten *Y*(oung) *M*(en's) *C*(hristian) *A*(ssociations) hört man auch hier in den Gängen die leisen Schritte libidinöser Christen; und läßt man seine Tür auf, so wird das häufig als Einladung verstanden. Aber nicht bei mir, nein, Sir.

Als ich neulich diesen Bericht anfing, war ich mir nicht sicher, ob ich ihn fortsetzen würde. Aber jetzt bin ich gerade von einem Drugstore gekommen, wo ich mir eine Schachtel Blackwing-Bleistifte, einen Bleistiftspitzer und ein halbes Dutzend dicke Schreibhefte gekauft habe. Und was Besseres habe ich sowieso nicht zu tun. Außer mich nach einem Job umzusehen. Nur weiß ich nicht, nach was für einer Art Arbeit ich suchen soll – es sei denn, wieder als Masseur. Ich tauge kaum noch zu was. Und, offen gesagt, denke ich, daß ich dies vielleicht als Roman veröffentlichen könnte, wenn ich die meisten Namen ändere. Teufel, ich hab doch nichts zu verlieren; natürlich muß ich damit rechnen, daß mich ein paar Leute umzubringen versuchen, aber darin würde ich eher eine Gefälligkeit sehen.

Nachdem ich ihm über zwanzig Stories vorgelegt hatte, akzeptierte Boaty endlich eine. Er strich sie bis aufs Gerippe zusammen und schrieb den Rest zur Hälfte um, doch sah ich mich jetzt jedenfalls gedruckt. «Viele Gedanken an Morton», von P. B. Jones. Die Story handelte von einer Nonne, die in einen schwarzen Gärtner namens Morton verliebt war (derselbe Gärtner, der mich geliebt hatte). Sie fand Beachtung und wurde später in den Jahresband von *Best American Short Stories* aufgenommen; wichtiger war, daß sie einer prominenten Freundin von Boaty auffiel, Miss Alice Lee Langman.

Boaty war Besitzer eines geräumigen alten Brownstone-Stadthauses, das sich in der Eastside im oberen Bereich der 80er-Straßen befand. Das Interieur wirkte wie eine üppige Kopie seines Büros: eine karmesinrote viktorianische Roßhaar-Melange: Perlenvorhänge und ausgestopfte Eulen, unter Glasglocken glotzend. Ein Domizil dieser Art, heutzutage *démodé,* war damals auf amüsante Weise ungewöhnlich, und Boatys Salon war eines von Manhattans am stärksten bevölkerten gesellschaftlichen Zentren.

Dort begegnete ich Jean Cocteau – ein wandelndes Laser-Licht mit einem Zweig *muguet* im Knopfloch; er fragte mich, ob ich tätowiert sei, und als ich verneinte, wurden seine überintelligenten Augen trüb und taten sich anderswo um. Sowohl die Dietrich als auch die Garbo stellten sich manchmal bei Boaty ein, letztere stets begleitet von Cecil Beaton, den ich kennengelernt hatte, als er mich für Boatys Magazin fotografierte (Fragment eines Dialogs zwischen beiden, zufällig aufgeschnappt: Beaton: «Das Betrüblichste am Älterwerden ist für mich die Entdeckung, das meine Genitalien schrumpfen.» Die Garbo, nach gramvoller Pause: «Oh, ich wünschte, ich könnte von meinen dasselbe sagen.»)

Man konnte bei Boaty erstaunlich vielen Berühmtheiten begegnen. Stars so unterschiedlicher Art wie Martha Graham und Gypsy Rose Lee, dazu einer ganzen Palette von Malern (Tschelitschew, Cadmus, Rivers, Warhol, Rauschenberg), auch Komponisten (Bernstein, Copland, Britten, Barber, Blitzstein, Diamond, Menotti) sowie, fast schon im Überfluß, Autoren (Auden, Isherwood, Wescott, Mailer, Williams, Styron, Porter und mitunter, wenn er sich in New York aufhielt, dem lolitasüchtigen Faulkner, für gewöhnlich ebenso gesetzt wie höflich unter der doppelten Last einer unsicheren Vornehmheit und eines mutmaßlichen Whisky-Katers). Und dann war da noch Alice Lee Langman, die Boaty für Amerikas First Lady of Letters hielt, die Nummer eins unter den Schriftstellerinnen.

Für all diese Menschen, soweit sie noch am Leben sind, werde ich jetzt nur noch blasseste Erinnerung sein. Falls überhaupt. Boaty würde sich meiner natürlich noch erinnert haben, wenn auch ohne Freude (ich kann mir gut vorstellen, was er sagen würde: «P. B. Jones? Dieser Tramp. Verhökert seinen Arsch jetzt sicher in den Souks von Marrakesch an ältliche arabische Homos.»); doch Boaty lebt nicht mehr – fand in seinem Mahagoni-Haus den Tod von der Hand eines puertorikanischen Pushers, der Boaty im

Heroinwahn die Augäpfel aus ihren Höhlen quetschte, so daß sie ihm die Backen herabbaumelten.

Und voriges Jahr starb Alice Lee Langman.

Die *New York Times* brachte den Nachruf auf sie auf der Frontseite, zusammen mit der berühmten Fotografie, die Arnold Genthe 1927 in Berlin von ihr machte. Kreative Frauen sind oft wenig präsentabel. Man betrachte Mary McCarthy! – so häufig als Große Schönheit gerühmt. Alice Lee Langman jedoch war ein Schwan unter den Schwänen unseres Jahrhunderts: ebenbürtig einer Cléo de Mérode, einer Marquesa de Casa Maury, einer Garbo und anderer mehr: Barbara Cushing Paley, die Windham-Schwestern, drei an der Zahl, Diana Dudd Cooper, Lena Horne, Richard Finnochio (der Transvestit, der sich Harlow nennt), Gloria Guinness, Maya Plisetskaja, Marilyn Monroe und, last not least, die unvergleichliche Kate McCloud. Es gab eine Reihe intellektueller Lesbierinnen von interessantem Äußeren: Colette, Gertrude Stein, Willa Cather, Ivy Compton-Burnett, Carson McCullers, Jane Bowles; sowie, in einer gänzlich anderen Kategorie, Eleanor Clark und Katherine Anne Porter, die beide zu Recht den Ruf lieblicher Hübschheiten genießen. Alice Lee Langman jedoch war eine vollkommene Erscheinung, eine glanzvolle Lady von androgyner Prägung, jener sexuell ambivalenten Aura, die ein gemeinsamer Nenner zu sein scheint für bestimmte Menschen, deren Reiz über alle Begrenzungen hinaus wirkt – ein Mystikum, das nicht auf Frauen beschränkt ist, denn Nurejew besitzt es, Nehru besaß es, genauso wie der junge Marlon Brando und Elvis Presley und Montgomery Clift und James Dean.

Als ich Miss Langman kennenlernte – und ich redete sie

nie anders an –, war sie bereits Ende fünfzig und wirkte, verglichen mit ihrem Genthe-Porträt, dennoch beklemmend unverändert. Die Autorin von *Wild Asparagus* und *Five Black Guitars* hatte Augen von der Farbe anatolischer Gewässer, und ihr glattes, silbrig-blaues Haar war straff zurückgekämmt und saß wie eine luftige Kappe auf ihrem hocherhobenem Haupt. Ihre Nase erinnerte an die der Pawlowa: kräftig und ein wenig unregelmäßig. Ihre Haut war blaß, doch war es eine gesunde Blässe, eine Art Apfelweiß, und wenn sie sprach, war sie schwer zu verstehen, denn im Unterschied zu den meisten Frauen aus den Südstaaten, die in hoher Tonlage und sehr schnell sprechen (nur die Männer aus den Südstaaten *zerdehnen* die Wörter), klang ihre Stimme gedämpft, hatte den gleichen dunklen Cello-Ton wie eine Trauertaube.

An jenem ersten Abend bei Boaty sagte sie zu mir: «Würden Sie mich wohl nach Hause begleiten? Ich höre Donner, und ich fürchte mich davor.»

Sie fürchtete sich weder vor Donner noch vor sonst irgendwas – außer vor unwiderstehlicher Liebe und kommerziellem Erfolg. Miss Langmans außerordentlicher – und durchaus gerechtfertigter – Ruhm basierte auf einem einzigen Roman sowie drei Short-Story-Sammlungen, samt und sonders wenig gekauft oder gelesen außerhalb akademischer Kreise und der Weidegründe der Kenner. So wie der Wert von Diamanten in ihrer Seltenheit liegt, beruhte Miss Langmans Prestige auf dem beschränktem Umfang ihres Œuvres; und mit diesem Maßstab gemessen, war sie so was wie ein literarischer Superstar: die Königin des, wenn man so will, «Stadtschreiber»-Schwindels, die Favoritin der Literaturpreis-Mafias, der Liebling der Höchsthonorarhonoratioren, der Schützling der Literaturfonds-Scheiße für immerdar strebend sich mühende Autoren. Sämtliche einschlägigen Institutionen – die Ford Foundation, die Guggenheim Foundation, das National Institute of Arts and Letters, der National Council on the Arts, die Library of Congress etc. pp. – waren irgendwann ganz einfach dran, sie mit steuerfreien Scheinchen vollzustopfen, und ähnlich wie Zirkus-Liliputaner, deren Existenz flötengeht, wenn sie zwei oder drei Zentimeter wachsen, war sich Miss Langman stets der Tatsache bewußt, daß ihr Prestige über Bord gehen würde, wenn die breite Masse sie zu lesen und zu belohnen begänne. Unterdessen harkte sie die Wohlfahrts-Jetons ein wie ein Croupier – genügend, um sich davon ein Apartment in der Park Avenue zu leisten, klein aber fein.

Nach einer ruhigen Kindheit in Tennessee – durchaus stilgerecht für die Tochter eines Methodistenpredigers, denn das war sie – hatte sie sich in einen wilden Wirbel gestürzt, inklusive Boheme-Existenz in Berlin und Shanghai sowie Paris und Havanna, um sich nach vier Ehen (einer ihrer Ehemänner war ein zwanzigjähriger Surfboard-Schönling gewesen, dessen Bekanntschaft sie in Berkeley machte, als sie an der Universität dort Vorlesungen hielt) zumindest in materieller Hinsicht wieder zu bescheiden: zurückkehrend zu jenen alten Wertvorstellungen, die in ihr zwar geschlummert haben mochten, jedoch nie entschlafen waren.

Erst im Rückblick – mit Hilfe inzwischen gewonnener Erfahrung – kann ich die Besonderheit von Miss Langmans Apartment wirklich würdigen. Damals kam es mir kalt und abweisend vor. Das «sanfte» Mobiliar war mit frischem Leinen bedeckt, so weiß wie die bildlosen Wände; die Fußböden, ohne Teppiche, waren auf Hochglanz poliert. Nur weiße Blumenständer mit einer Fülle frischer grüner Blätter durchbrachen das Schneeweiß des Interieurs; hinzu kamen noch ein paar Stilmöbel, darunter ein sogenannter Partner-Schreibtisch von betont strenger Linienführung sowie ein paar wunderhübsche Bücherschränke aus Rosenholz. «Mir sind zwei *sehr* gute Stücke lieber als ein Dutzend gute. Deshalb sind diese Räume so spärlich möbliert», sagte Miss Langman zu mir. «Ich kann nur mit Dingen allerbester Qualität leben, nur bin ich nicht in der Lage, mir genügend davon zu leisten. Im übrigen geht es gegen meine Natur, Räume mit einem Sammelsurium vollzustopfen. Ein leerer Strand an einem Wintertag, wenn das Wasser sehr still ist – das ist etwas für mich. In einem Haus wie dem von Boaty würde ich verrückt werden.»

Miss Langman wurde oft als witzige Gesprächspartnerin bei Interviews bezeichnet; doch wie kann eine Frau witzig sein, wenn sie keinen Sinn für Humor hat? – sie hatte keinen, und genau das war ihr Hauptmanko als Mensch und als Künstlerin. Reden allerdings konnte sie, und wie! Im Schwall ergoß es sich, so in der Art gnadenloser Schlafzimmer-Regie: «Nein, Billy. Laß dein Hemd an und zieh dir nicht die Socken aus der erste Mann den ich je so sah hatte nur Hemd und Socken an. Mr. Billy Langman. Der Reverend Billy. Und irgendwie ist da was an einem Mann in Socken und seinem Willy in der Höh und in Bereitschaft hier Billy nimm dieses Kissen und schieb es mir unter den das ist's so ist es richtig so ist es gut ah Billy das ist *gut* so wie Natascha. Ich hatte mal was mit einer russischen Lesbe Natascha arbeitete in der russischen Botschaft in Warschau und sie war immer hungrig und versteckte gern ein Pfläumchen dort unten um es zu kosten ah

Billy ich kann nicht ich kann ihn nicht in mich aufnehmen ohne so'n Gleitgelee und saug meine das ist es ja das ist es und laß mich deinen Willy halten aber Billy warum bist du nicht steif ich meine so richtig!»

Warum? Weil ich zu jenen Menschen gehöre, die im und für den Zustand sexueller Erregung der Stille bedürfen, des tiefernsten Schweigens zur ungetrübten Konzentration. Mag sein, daß dies herrührt von meinem pubertären Training als Hershey-Riegel-Stricher; außerdem habe ich mich permanent dazu gezwungen, unbefriedigende Partner zu befriedigen – und um meinerseits den Gipfel zu erklimmen, benötige ich aus irgendeinem Grund zur reinen Mechanik des Aktes die Hilfe tiefster Phantasie, ein berauschendes mentales Kino, in dem Liebesgeschnatter unwillkommen ist. Ich bin nämlich nur selten mit dem Menschen, mit dem ich zusammen bin, zusammen; und ich bin mir sicher, daß viele, ja die meisten von uns diese Erfahrung mit mir teilen: das Angewiesensein auf eine innere Szenerie, auf erotische Erinnerungsfragmente, auf Schatten, die mit dem Körper über oder unter uns nichts zu tun haben – jene Vorstellungen und Bilder, an denen sich unser Verstand berauscht, solange die sexuelle Raserei andauert, die er jedoch ausstößt, sobald das Tierische vertrieben ist, denn mögen wir auch noch so tolerant sein, für die bösartigen Wächter in uns sind diese Kameen nicht tolerierbar. «Das ist besser besser und besser Billy laß mich jetzt deinen Willy haben das ist ah ah ah das *ist* es jetzt nur langsamer langsamer und langsamer jetzt fest fest stoß fest zu ay ay *los cojones* laß mich sie läuten hören jetzt langsamer langsamer gaaanz langsam jetzt stoß fest fest ay ay Daddy Jesus sei gnädig Jesus Jesus gottverdammtdaddyallmächtig komm zusammen mit mir Billy komm!

komm!» Wie kann ich das, wenn die Lady verhindert, daß ich mich auf Aufreizenderes konzentrieren kann als auf ihre *persona,* die vor allem rhetorisch erregt zu sein scheint? «Laß mich's hören, laß mich hören, wie sie läuten»: auf diese Weise bäumte und bockte sich die Grande Mademoiselle durch eine Sechzig-Sekunden-Sequenz multipler Triumphe. Sodann schwirrte ich ab ins Bad, streckte mich aus in der kalten, trockenen Badewanne und masturbierte, während ich mir die Gedanken durch den Kopf gehen ließ, die für mich unerläßlich waren (grad so, wie Miss Langman, in der inneren Stille unter der äußeren Erregung, in ihre eigenen Gedanken vertieft gewesen war: in die Erinnerung an... ihre Kindheit? an die offenbar bewußtseinserweiternden Blicke auf Reverend Billy? nackt bis auf sein Hemd und seine Socken? oder an eine honigsüße weibliche Zunge in flatterndem Kitzel an einem Winternachmittag? oder an einen fettbäuchigen und fettschwänzigen Italiano in Palermo, der sie von hinten bockte – eine heiße sizilianische Ewigkeit war's her?).

Ich habe einen Freund, der nicht schwul ist, aber Frauen nicht mag, und er hat gesagt: «Die einzigen Frauen, für die ich Verwendung habe, sind Mrs. Faust und ihre fünf Töchter.» Es läßt sich eine Menge zugunsten von Mrs. Faust sagen – sie ist hygienisch, macht niemals Szenen, kostet nichts, ist absolut loyal und, falls benötigt, stets – zur Hand.

«Ich danke dir», sagte Miss Langman, als ich aus dem Bad kam. «Erstaunlich, daß jemand in deinem Alter all das bereits kennt. Du bist so selbstsicher. Ich glaubte, einen Schüler zu akzeptieren, doch will es scheinen, daß er nichts mehr zu lernen hat.»

Der letzte Satz ist in seinem Stil charakteristisch –

direkt, empfunden, dennoch ein wenig *prononciert:* literarisch. Doch war mir nur allzu klar, wie wertvoll und schmeichelhaft es für einen ehrgeizigen jungen Schriftsteller war, Alice Lee Langmans Protegé zu sein, und so zog ich bald darauf zu ihr in ihr Apartment in der Park Avenue. Als Boaty davon hörte, traute er sich zwar nicht, gegen Miss Langman Front zu machen, rief sie jedoch an, um Gift zu verspritzen. «Alice, ich sage dies nur, weil du die Kreatur in meinem Hause kennengelernt hast. Ich fühle mich verantwortlich. Sei auf der Hut! Der treibt's mit allem – Maultiere, Männer, Hunde, Feuerhydranten. Erst gestern bekam ich einen zornigen Brief von Jean (Cocteau). Aus Paris. Er hatte mit unserem Amigo eine Nacht im Plaza Hotel verbracht. Und jetzt hat er als Andenken einen Tripper! Weiß Gott, wovon die Kreatur sonst noch verseucht ist. Am besten konsultierst du deinen Arzt. Und noch etwas: der Kerl ist ein Dieb. Er hat mich um mehr als fünfhundert Dollar gebracht, indem er Schecks mit meinem Namen unterzeichnete. Ich könnte ihn auf der Stelle hinter Gitter bringen.» Manches davon hätte wahr sein können, doch war nichts davon wahr – und jetzt wird man sicher verstehen, was ich mit «Killer-Frucht» meine.

Nicht, daß es wichtig gewesen wäre: Hätte Boaty beweisen können, daß ich ein Schwindler war, der ein buckliges sowjetisches siamesisches Zwillingspaar um seinen letzten Rubel gebracht hatte, Miss Langman hätte das nicht irritiert. Sie liebte mich, sagte sie, und ich glaubte ihr; und eines Abends, als ihre Stimme vom allzu reichlichen Rot- und Weißweingenuß die Tonleiter bald hinauf-, bald hinunterturnte, fragte sie mich – auf eine so seufzervoll-schmachtende, blödlächelnd-anrührende Art, daß man sich versucht fühlen mußte, ihr die Zähne einzuschlagen, sie vielleicht aber auch zu küssen –, ob ich sie liebte; da ich, wenn schon nichts sonst, jedenfalls ein Lügner bin, erwiderte ich; na, sicher. Zum Glück habe ich das ganze Grauen der Liebe nur einmal durchlitten – ich werde davon berichten, wenn die Zeit dafür gekommen ist; das verspreche ich. Doch um wieder zur Langman-Tragödie zurückzukehren: Kann man – ich bin mir da nicht sicher – einen Menschen lieben, wenn das Hauptinteresse an ihm darin besteht, wie er sich benutzen läßt? Hemmt nicht das Zweckmotiv mit dem daraus erwachsenden Schuldbewußtsein die Entwicklung anderer Gefühle? Natürlich läßt sich argumentieren, daß selbst das anständigste Paar ursprünglich vom Prinzip wechselseitiger Ausbeutung magnetisiert worden sei – Sex, Nestwärme, befriedigtes Ego; aber das ist ebenso trivial wie menschlich: der Unterschied zwischen einem solchen Verhalten und der wirklichen *Benutzung* eines anderen Menschen ist der Unterschied zwischen eßbaren Pilzen und jener Art, die tötet: Unverdorbene Monster.

Was ich von Miss Langman wollte, war: ihr Agent, ihr Verleger, ihr Name in Verbindung mit einer hymnischen Würdigung meiner Arbeiten in einer jener zwar muffigen, jedoch akademisch einflußreichen Vierteljahreszeitschriften. Diese Operationsziele wurden etappenweise erreicht und sogar glanzvoll übertroffen. Dank Miss Langmans prestige-schweren Interventionen erhielt P. B. Jones schon bald ein Guggenheim-Stipendium ($ 3000), eine Beihilfe vom National Institute of Art and Letters ($ 1000) und einen Verlagsvorschuß für ein Buch mit Short Stories ($ 2000). Außerdem arbeitete Miss Langman diese – insgesamt neun – Stories durch, brachte sie auf Hochglanz und besprach sie dann, *Erhörte Gebete und andere Stories*, und zwar in der *Partisan Review* und in *The New York Times Book Review.* Der Titel war ihre Idee, obwohl keine einzige Story «Erhörte Gebete» benannt war, sagte sie: «Es paßt sehr gut. Die heilige Theresia von Ávila bemerkte einmal: ‹Es werden mehr Tränen über erhörte Gebete vergossen als über nicht erhörte.› Vielleicht ist das nicht das genaue Zitat, aber wir können ja nachschlagen. Jedenfalls scheint mir dies das gemeinsame Grundthema deiner Arbeiten zu sein: daß Menschen ihr verzweifelt erstrebtes Ziel erreichen, bloß daß ihnen das dann zum Nachteil ausschlägt – was ihre Verzweiflung noch beschleunigt und vertieft.»

Prophetenwort? *Erhörte Gebete* wurde für mich gleichsam zum nicht-erhörten Gebet. Als das Buch erschien, fanden viele Schlüsselfiguren im Literaturbetrieb, daß Miß Langman ihren Baby-Gigolo (Boatys Bezeichnung; er erzählte auch jedem: «Arme Alice. Es ist wie eine Kombination von *Chérie* und *La Fin de Chérie!*») allzu ungeniert gefördert, ja vielleicht sogar einen Mangel an Aufrichtigkeit hatte erkennen lassen, der bei einer an sich so integren Künstlerin erschrecken mußte. Ich kann nicht behaupten, daß meine Geschichten mit denen von Turgenjew oder Flaubert konkurrieren konnten; doch besaßen sie bestimmt genügend Substanz, um nicht gänzlich ignoriert zu werden. Niemand nahm sie aufs Korn; niemand machte sie madig: *hätte* man's nur getan – es hätte weniger geschmerzt als diese graue, abweisende Leere, die Lähmung und Ekel bewirkte, so daß man schon am Vormittag nach Martinis lechzte. Miss Langman war genauso tief getroffen wie ich – sie teile meine Enttäuschung, behauptete sie, doch was ihr insgeheim zusetzte, war die Befürchtung, das süße Wasser ihrer kristallklaren Reputation könne getrübt worden sein.

Ich kann nicht vergessen, wie sie dort saß in ihrem Salon von so vollkommenem Geschmack, die wunderschönen Augen rot von Tränen und Gin, nickend, nickend, die bitterböse Wortflut über sich ergehen lassend, die der Gin aus meinem Hirn und meinem Mund hervorquellen ließ: die Vorwürfe, mit denen ich sie überhäufte wegen des Debakels des Buches, wegen meiner Niederlage, wegen meiner kalten Hölle; nickend, nickend, sich auf die Lippen beißend, damit nicht mal ein Hauch von Vergeltung laut werden konnte; alles nahm sie hin, weil sie in der Gewißheit ihrer eigenen Gaben so stark war wie ich in der Ungewißheit der meinen schwach und paranoid; und weil sie wußte, daß ein einziger schneller wahrer Satz von ihr tödlich sein würde – und weil sie fürchtete, daß, wenn ich sie verließ, es für sie in der Tat *La Fin de Chérie* werden würde.

Altes texanisches Sprichwort: Frauen sind wie Klapperschlangen – das letzte, was stirbt, ist ihr Schwanz.

Es gibt Frauen, die ihr Leben lang alles auf sich nehmen für einen Fick; und Miss Langman, so hat man mir erzählt, war eine wahre Enthusiastin, bis, buchstäblich, der Schlag sie traf. Allerdings, um's mit Kate McClouds Worten zu sagen: «Ein wirklich guter Fick ist eine Weltreise wert – in mehr als nur einer Hinsicht.» Und Kate McCloud, wie wir alle wissen, hat sich das Recht auf eine eigene Meinung verdient: Himmel, wenn aus Kate so viele «Stacheln» hervorstarren würden, wie in sie hineingesteckt worden sind, so würde sie aussehen wie ein Stachelschwein.

Aber Miss Langman, *requiescat in pace*, hatte ihren Beitrag geleistet zur Story von P. B. Jones – ein Paranoid-Film in Zusammenarbeit mit Priapus Productions; denn P. B.

war bereits der Zukunft begegnet. Sie, nein, er hieß Denham Fouts – Denny genannt von seinen Freunden, darunter auch Christopher Isherwood und Gore Vidal, die ihn nach seinem Tode beide als Hauptfigur in eigenen Werken aufspießten, Vidal in seiner Story *Pages from an Abandoned Journal* und Isherwood in einem Roman, *Down There on a Visit.*

Schon lange bevor er in meinen Gewässern auftauchte, war Denny eine mir wohlbekannte Legende, ein Mythos, betitelt: Best-aus-gehaltener Junge der Welt.

Als Denny sechzehn gewesen war, hatte er in einem Verkehrsknotenpunkt-Kaff in Florida gelebt und in der Bäkkerei seines Vaters gearbeitet. Die Rettung – mancher würde wohl sagen der Ruin – nahte eines Morgens in Gestalt eines schmerbäuchigen Millionärs am Steuer eines nagelneuen, maßgeschneiderten 1936er Duesenberg-Kabrioletts. Der Fettwanst war ein Kosmetik-Tycoon, der seinen Reichtum weitgehend einem berühmten Sonnenschutzmittel verdankte; er war zweimal verheiratet gewesen, hatte jedoch eine Vorliebe für Ganymeds, so zwischen vierzehn und siebzehn. Als er Dennys ansichtig wurde, muß ihm zumute gewesen sein wie einem Sammler von «antikem» Porzellan, der sich in einen Trödlerladen verirrt hat und unversehens ein Meißener «Weißer Schwan»-Service entdeckt: der Schock! das gierige Frösteln. Er kaufte Doughnuts, lud Denny zu einer Spritztour im Duesenberg ein, ließ ihn sogar ans Steuer; und in der Nacht befand sich Denny, ohne sich von zu Hause auch nur frische Unterwäsche geholt zu haben, bereits im hundert oder hundertfünfzig Kilometer weit entfernten Miami. Einen Monat später erhielten seine gramerfüllten Eltern (die verzweifelt waren, nachdem Suchtrupps vergeblich die heimatlichen Sümpfe durchforscht hatten), einen Brief aus Paris. Dieser Brief wurde das erste Sammelstück einer vielbändigen Erinnerungskollektion: *Die weltweiten Reisen unseres Sohnes Denham Fouts.*

Paris, Tunis, Berlin, Capri, St. Moritz, Budapest, Belgrad, Cap Ferrat, Biarritz, Venedig, Athen, Istanbul, Moskau, Marokko, Estoril, London, Bombay, Kalkutta, London, London, Paris, Paris, Paris – und seinen ursprünglichen Eigner hatte er inzwischen weit hinter sich gelassen, weit, so weit, im fernen Capri, Schatz; denn in Capri war's, wo ihn der Blick erhaschte und er sich entführen ließ von einem siebzigjährigen Urgroßvater, der zufällig auch Direktor bei Dutch Petroleum war. Dieser Gentleman verlor Denny an hochkarätig blaues Blut – an den Prinzen Paul, später König Paul von Griechenland. Der Prinz stand Denny altersmäßig weitaus näher, und ihre gegenseitige Zuneigung hielt sich immerhin so sehr die Waage, daß sie sich in Wien von einem Tätowierer auf identische Weise markieren ließen – ein kleines blaues Symbol oberhalb des Herzens, doch erinnere ich mich nicht mehr, was es war oder was es bedeutete.

Auch entsinne ich mich nicht mehr, wie die Affäre endete; ich weiß nur noch, daß das Ende in einem Krach bestand, weil Denny in der Bar des Hotel Beau Rivage in Lausanne Kokain schnupfte. Doch inzwischen war Denny, gleich Porfirio Rubirosa, ein weiterer Von-Mund-zu-Mund-Mythos im kontinentalen Gesellschaftszirkus und hatte also das *sine qua non* des erfolgreichen Abenteurers kreiert: Rätselhaftigkeit und die allgemeine Begierde, die Quelle dieser Rätselhaftigkeit zu erkunden. Barbara Hutton und Doris Duke, beispielsweise, hatten *de facto* je eine Million Dollar springen lassen, um herauszufinden, ob andere Ladies logen, wenn sie sich in lautem Lob ergingen über jenes kraushaarige Stück Handelsware, Seine Exzellenz, den dominikanischen Botschafter Porfirio Rubirosa, noch im nachhinein stöhnend über die massive Effektivität seines viertel-negroiden Schwanzes, eines angeblich dreißig Zentimeter langen Café-au-lait-Kolbens vom Umfang eines Männerhandgelenks (und Betthüpfer, die mit beiden gehüpft waren, behaupteten, der in der Penis-Parade dem Botschafter einzig Ebenbürtige sei der persische Schah). Was den guten, nicht mehr unter uns weilenden Prinzen Ali Khan betrifft – der eine ehrliche Haut und ein guter Freund von Kate McCloud war –, was also Ali betrifft, so interessierte die durch sein Bett paradierende Feydeau-Farce-Brigade ausschließlich dies: Ist es wahr, daß dieser Hengst pro Tag fünfmal je eine Stunde gehen kann, ohne ein einziges Mal zu kommen? Die Antwort – für den Fall, daß Sie's nicht wissen – lautet: ja – und das Geheimnis dabei ist ein orientalischer Trick, eine Art Zauberformel namens *karezza;* der Hauptwitz besteht nicht etwa in Sperma-, sondern in Phantasiekontrolle: man fickt und leckt nach Herzenslust, stellt sich währenddessen jedoch ganz fest eine simple braune Büchse oder einen trottenden Hund vor. Allerdings empfiehlt es sich, stets mit Austern und Kaviar vollgestopft zu sein und keiner Tätigkeit zu obliegen, die einen stören könnte beim Schlafen und Schnarchen – und der Konzentration auf simple braune Büchsen.

Frauen experimentierten mit Denny: die Ehrenwerte Daisy Fellowes, reiche Erbin der amerikanischen Singer-Nähmaschinen-Dynastie, schleppte ihn an Bord ihrer schnittigen kleinen Jacht, der *Sister Anne,* durch die Ägais; doch die Hauptbeitragszahler für Dennys Genfer

Bankkonto blieben weiterhin die reichsten der doppeltorigen «Big Daddies» – Arturo Lopez-Willshaw, ein Chilene, *le tout Paris* zugehörig und der Welt Hauptlieferant von Guano, versteinerter Vogelscheiße, sowie der Marquis de Cuevas, von Diaghilews Wandertruppe. Aber 1938 fand Denny, bei einem Besuch in London, seinen letzten und dauerhaften Wohltäter: Peter Watson, Sohn und Erbe eines Margarine-Tycoons, war nicht einfach ein weiterer schwerreicher Schwuler, sondern – auf eine eigentümliche intellektuelle, bitter-lippige, gebeugte Art – einer der stattlichsten Männer in England. Es war sein Geld, mit dessen Hilfe Cyril Connollys Magazin *Horizon* gestartet und gestützt wurde. Watsons Kreis war entsetzt, als der seriöse Peter, der für gewöhnlich eine konventionelle Vorliebe für schlichte Matrosen bekundet hatte, in blinder Leidenschaft zu dem berüchtigten Denny Fouts entbrannte, einem «exhibitionistischen Playboy», einem Drogensüchtigen, einem Amerikaner, dessen Aussprache einen vermuten ließ, er habe gerade den Mund voller Alabama-Maisbrei.

Doch um die Verlockung zu begreifen, mußte man das an sich selbst erlebt haben: Dennys Würgegriff mit dem ständig steigenden Druck, der das Opfer in die bedrohliche Nähe des allerletzten Schlummers brachte. Denny eignete sich nur für eine einzige Rolle, die des Geliebten: jenes, der sich lieben läßt, der es *zu*läßt, anders war das nie bei ihm gewesen. Ein Gleiches galt – wenn man von seinen sporadischen Anwandlungen für die Handelsmarine absah – für Watson. Auch er war sein Leben lang der Geliebte gewesen: der Umworbene, der in der Behandlung seiner Anbeter mitunter selbst einen de Sade ausstach (Watson machte einmal eine Seereise um die halbe Welt, nur um seinen Gefährten zu peinigen, einen liebestrunkenen jungen Aristokraten, dem er nie einen Kuß oder eine Liebkosung gewährte, obwohl sie Nacht für Nacht im selben schmalen Bett schliefen – das heißt, Mr. Watson schlief, während sein ebenso braver wie total frustrierter Freund schlaflos lag, mit zuckenden Gliedern und schmerzenden Hoden).

Natürlich galt für Watson, was für die meisten sadistisch veranlagten Männer gilt: er war im gleichen Maße masochistisch. Doch brauchte es einen Denny mit seinem *puttana*-Instinkt für die unausgesprochenen Bedürfnisse eines schamgehemmten Klienten, um dies zu wittern und entsprechend zu handeln. Sobald das Blatt sich gewendet hat, kann keiner die süßen Stacheln der Demütigung besser würdigen als der Ex-Demütiger: Watson war verliebt in Dennys Grausamkeit, denn Watson war ein Künstler, der die überlegene Meisterschaft eines anderen (an)erkannte – ein Werk, das den hocheleganten Mr. W. hingestreckt sah in Zuständen hellwacher Ohnmacht vor Eifersucht und köstlicher Verzweiflung. Der Ge-liebte verstand es sogar, seine Drogensucht in einen sado-romantischen Vorteil zu verkehren, denn Watson, obschon gezwungen, ein von ihm verabscheutes Laster zu finanzieren, war davon überzeugt, daß einzig seine Liebe und seine Aufmerksamkeit den Ge-liebten vor einem Heroin-Grab bewahren konnten. Wenn der Ge-liebte die Daumenschrauben ein wenig fester zu ziehen wünschte, brauchte er sich nur seiner Privatapotheke zuzuwenden.

Zweifellos war es die Sorge um Dennys Wohlergehen, die Watson darauf bestehen ließ, daß Denny 1940, als die deutschen Bombardements begannen, von England in die Vereinigten Staaten zurückkehrte – auf welchselbiger

Reise Denny sich im Geleitschutz von Cyril Connollys amerikanischer Gattin Jean befand. Das Ehepaar sollte sich niemals wiedersehen – Jean Connolly, ein freizügiger, biologischer Typ, schwand dahin und davon in den Nachwehen einer lottertollen Soldaten-Sodom-Matrosen-Marihuana-gesättigten Denny-Jean Cross-Country Toll-Lotter-Tour. Die Kriegsjahre verbrachte Denny in Kalifornien, etliche davon in einem Gefangenenlager für Wehrdienstverweigerer; doch bereits in seiner kalifornischen Frühzeit begegnete er Christopher Isherwood, der in Hollywood als Drehbuchautor arbeitete. Das folgende Zitat, aus dem bereits erwähnten Isherwood-Roman (ich las es heute morgen in einer öffentlichen Bibliothek nach), ist eine Beschreibung Dennys – oder Pauls, wie Isherwood ihn nennt: «Als ich Paul, während er das Restaurant betrat, zum erstenmal sah, fiel mir sofort sein eigentümlich aufrechter Gang auf – er wirkte vor Anspannung fast paralysiert. Von Natur aus von schlankem Typus, war er damals geradezu knabenhaft dürr, und er kleidete sich auch wie ein junger Bursche, mit einem übertriebenen Anhauch von Unschuld, die er uns wie eine Herausforderung darzubieten schien. Sein fader schwarzer Anzug, schmalbrüstig und ohne Schulterpolster, sein sauberes weißes Hemd und die einfache schwarze Krawatte verliehen ihm den Anstrich eines Schülers von einer streng religiösen Boarding-School, der soeben in der Stadt eingetroffen war. Daß er sich so jung kleidete, erschien mir keineswegs lächerlich, da es zu seiner Erscheinung paßte. Allerdings wußte ich, daß er Ende zwanzig war, und so wirkte seine Jugendlichkeit als solche irgendwie unheimlich – wie etwas, das die Naturgesetze zu überlisten versucht.»

Als ich sieben Jahre später in Paris eintraf, um in der Rue du Bac Nr. 33 zu wohnen (in einem Appartement am linken Ufer, das Peter Watson gehörte), wirkte der Denham Fouts, dem ich dort begegnete, zwar bleicher als seine Lieblingsopiumpfeife aus Elfenbein, ansonsten jedoch fast genauso, wie Mme. Issyvoo ihn beschrieben hatte: noch immer sah er verletzlich jung aus – als sei Jugend eine chemische Lösung, von der Fouts auf Dauer umschlossen war.

Wie aber kam es, daß P. B. Jones sich in Paris befand, als ein Gast in jenen hohen, wie verwinkelten Räumen, die bei herabgelassenen Jalousien vor sich hinzudämmern schienen?

Kurze Pause, bitte: Ich will nach unten, um mich zu duschen. Seit einer Woche sind's in Manhattan dreißig Grad oder mehr.

Manche unserer christlichen Satyrn hier duschen sich so häufig und so lange, daß sie wie aufgeschwemmte Kewpie-Puppen aussehen; doch sie sind jung und, im großen und ganzen, wohlgestaltet. Der Besessenste dieser hygienischen Sex-Besessenen – und ein rastloser Korridor-Pirscher, ein schleichender Wilder-Jäger-Spuk dazu – ist ein alter Kerl mit dem Spitznamen Gums. Er hinkt, ist auf dem linken Auge blind, hat am Mundwinkel einen nässenden Ausschlag, und Pockennarben zieren seine Haut wie eine diabolische, pestilenzartige Tätowierung. Eben hat er seine Hand gegen meinen Schenkel streichen lassen, und ich tat so, als merkte ich nichts; doch hat die Berührung ein irritierendes Gefühl verursacht, so als seien seine Finger Brennesselspitzen.

Erhörte Gebete war bereits vor mehreren Monaten erschienen, als ich aus Paris eine knappe Mitteilung erhielt: «Lieber Mr. Jones, Ihre Stories sind brillant. Cecil Beatons Porträt desgleichen. Bitte, seien Sie hier mein Gast. Beiliegend ein Ticket für eine Erster-Klasse-Passage an Bord der *Queen Elizabeth*, Abreise am 24. April. Sollten Sie Referenzen wünschen, wenden Sie sich bitte an Beaton: er ist ein alter Bekannter. Ihr ergebener Denham Fouts.»

Ich hatte, wie gesagt, viel über Mr. Fouts gehört – genug, um zu wissen, daß der Grund für seine forsche Einladung gewiß nicht mein literarischer Stil war, sondern jenes Foto, das Beaton von mir für Boatys Magazin gemacht hatte – und das für den Schutzumschlag meines Buches verwendet worden war. Nachdem ich Denny dann kennengelernt hatte, begriff ich, was an jenem Foto-Gesicht ihn derart traumatisierte, daß er sich zu einer Einladung entschloß und eine Gastfreundschaft garantierte, die er sich gar nicht leisten konnte – nicht *konnte,* weil er von Peter Watson, der's bis obenhin satt hatte, verlassen worden war und in Watsons Pariser Appartement gleichsam als geduldeter Untermieter wohnte, der jeden Tag hinausgesetzt werden konnte; im übrigen existierte er von ein paar Almosen, die ihm treue Freunde sowie frühere – halb-erpreßte – Freier zukommen ließen. Die Fotografie vermittelte einen völlig falschen Eindruck von mir – ein kristallklarer Jungmann, ohne Arg, unverderbt, taufrisch und funkelnd wie ein Regentropfen im April. Ho ho ho.

Es kam mir nie in den Sinn, etwa nicht zu fahren; auch fiel es mir nicht ein, Alice Lee Langman von meiner Abreise zu verständigen – sie kam vom Zahnarzt nach Hause und fand, daß ich, samt meinen Siebensachen, ausgeflogen war. Ich sagte zu niemandem auf Wiedersehen, ich verschwand einfach; ich bin der Typ – und ein keinesfalls seltener Typ –, mit dem man eng befreundet sein mag, ein Kumpel, mit dem man tagtäglich spricht, wenn man jedoch auch nur einen einzigen Tag *keinen* Kontakt zu ihm hält: wenn *du* es unterläßt, *mich* anzurufen, dann hat sich's damit ein für allemal, denn *ich* würde niemals *dich* anrufen. Ich habe solche Eidechsen-(also Kalt-)Blütler gekannt und sie niemals verstanden, obwohl ich doch selbst einer war. Haute einfach ab, jawohl, an Bord der *Queen Elizabeth* um Mitternacht, während mein Herz so heftig schlug wie die tönenden Gongs, wie die heiser tutenden Schiffsschornsteine. Ich erinnere mich, wie ich Manhattans mitternächtliches Lichtgeflicker beobachtete, das dunkelnd dahinschwand in herabströmenden Konfetti-Schauern – Flickerlicht, das ich erst zwölf Jahre später wiedersehen sollte. Ich erinnere mich, wie ich hinunterschwankte in eine Touristenklassenkabine (nachdem ich das Erste-Klasse-Ticket eingetauscht und die Preisdifferenz eingesackt hatte), ich erinnere mich, daß ich in Champagner-Kotze ausrutschte und mir den Hals verrenkte. Schade, daß ich ihn mir nicht brach.

Wenn ich an Paris denke, so kommt es mir so romantisch vor wie ein überschwemmtes Pissoir, so verführerisch wie eine in der Seine treibende erwürgte Nackte. Erinnerungen an die Stadt: Bilder so klar und so blau, ähnlich scharf umrissen wie die Sekundenbruchteil-Szenen, wenn der Scheibenwischer die schlierende Nässe von der Scheibe wischt; und ich sehe mich hinweghüpfen über Pfützen, denn es ist immer Winter und regnet, regnet; oder ich sehe mich allein auf der verlassenen Terrasse der Deux Magots sitzen und im *Time*-Magazin blättern, denn es ist auch immer ein Sonntagnachmittag im August. Ich sehe mich umherlaufen in ungeheizten Hotelzimmern, in Zimmern, die wie in einem Zerrspiegel schwanken vor meinem Pernod-Kater-Blick. Quer durch die Stadt, über die Brücken; jetzt dahinschreitend durch den leeren, von Vitrinen gesäumten Korridor, der die beiden Eingänge des Ritz-Hotels miteinander verbindet; dann in der Ritz-Bar auf ein amerikanisches Geld-Gesicht lauernd, Drinks schnorrend, erst dort, später dann im Bœuf-sur-le-Toit und in der Brasserie Lipp, und danach noch, bis Tagesanbruch, gierig-geil in einer schummrig-schwummrigen Nutten-Kaschemme, rauchschwadenblau vor Gauloises *bleues;* und wieder erwachend in einem Zerrspiegel-Zimmer in leichenäugigem Überschwang.

Zugegebenermaßen war mein Leben nicht das eines Alltagsfranzosen; doch nicht einmal die Franzosen können Frankreich ertragen. Oder eher: sie vergöttern ihr Land, während sie ihre Landsleute verachten – weil sie unfähig sind, einander die gemeinsamen Untugenden zu vergeben: Mißtrauen, Geiz, Neid, generelle Bösartigkeit. Ist man erst einmal soweit, einen Ort zu verabscheuen, so fällt es schwer, sich daran zu erinnern, daß man jemals anders empfand. Doch für eine winzige Zeitspanne *hatte* ich anders empfunden. Ich hatte Paris so gesehen, wie Denny mich es sehen lassen wollte; und wie er selbst es – noch immer – zu sehen wünschte.

(Alice Lee Langman hatte mehrere Nichten, und einmal kam die älteste von ihnen nach New York: ein höfliches junges Mädchen aus der Provinz, Daisy mit Namen, das nie zuvor aus Tennessee herausgekommen war. Ich murrte, als sie auf der Bildfläche erschien, bedeutete das doch, daß ich vorübergehend aus Miss Langmans Apartment ausziehen mußte und, schlimmer noch, Daisy in

New York herumzukarren hatte als Fremdenführer, der ihr die Rockettes zeigte und das Dach des Empire State Building und die Staten-Island-Fähre; der sie auf Coney Island mit Hot dogs fütterte und auch mit Baked beans aus dem Automaten und sonstigem Plunder. Jetzt erinnere ich mich daran mit gleichsam salziger Nostalgie; sie hatte einen Mordsspaß, die Daisy, und ich sicher noch mehr; denn es war, als sei ich hinaufgeklettert ins Innere ihres Kopfes und beobachtete und erlebte alles von jenem jungfräulichem Aussichtsturm aus. «Oh», sagte Daisy, während sie bei Rumpelmeyer's eine Portion Pistazien-Eiscreme löffelte, «ist ja irre»; und «Oh», sagte Daisy, als wir auf dem Broadway zu einer Menschenmenge stießen, die einen Selbstmordkandidaten anfeuerte, sich von einem Fenstersims im alten Roxy herabzustürzen, «oh, ist ja wirklich irre.»)

Und ich – ich war gewissermaßen Daisy in Paris. Ich sprach kein Französisch und hätte es auch nie gelernt, wenn Denny nicht gewesen wäre. Er zwang mich dazu, indem er nichts anderes sprach. Sofern wir uns nicht im Bett befanden; doch möchte ich erklären, daß er zwar darauf bestand, das Bett mit mir zu teilen, sein Interesse an mir jedoch romantischer und nicht sexueller Natur war; aber auch mit niemandem sonst hatte er was; seit zwei Jahren, erzählte er mir, müsse er auf die «Quadratur seines Kreises» verzichten, da Opium und Kokain ihn impotent gemacht hätten. Nachmittags gingen wir oft in die Kinos auf den Champs-Élysées, und irgendwann begann er dann leicht zu schwitzen und eilte auf die Herrentoilette, um sich eine Dosis Drogen zu verpassen; abends inhalierte er Opium oder schlürfte Opium-Tee, ein Gebräu, das er zubereitete, indem er die Opiumkruste, die sich in seiner

Pfeife gebildet hatte, in Wasser kochte. Doch zu den Haltlosen gehörte er nicht; nie sah ich ihn drogendumpf oder entkräftet.

Gegen Ende der Nacht, wenn schon das Tageslicht gegen die vorgezogenen Schlafzimmervorhänge drängte, konnte es geschehen, daß Denny die inneren Zügel ein wenig lockerte und in weitschweifig-opakem Wortschwall davongaloppierte. «Sag mal, Junge, hast du schon mal was von Father Flanagan's Nigger Queen Kosher Café gehört? Haste? Kannste Gift drauf nehmen. Aber selbst wenn du's nicht unter *diesem* Namen kennst und vielleicht meinst, das sei so 'ne Harlem-Sperrstunden-Kaschemme, so kennst du's doch unter *irgendeinem* Namen und weißt natürlich, was es ist und wo es ist. Einmal hab ich ein Jahr mit Meditationen in einem kalifornischen Kloster verbracht. Unter der Ober-Oberleitung Seiner Heiligkeit, des Right Reverend Mr. Gerald Heard. Suchend nach diesem... Bedeutungsvollen Ding. Diesem... Gott-Ding. *Ich hab's versucht.* Nie war ein Mensch nackter. Früh in die Federn, früh aus den Federn; und beten, beten, kein Schnaps und keine Lulle nicht – nicht mal, daß ich mir einen runterholte. Und das einzige, was jemals rauskam bei dieser Hundsschinderei war... Father Flanagan's Nigger Queen Kosher Café. Dort ist es: genau da, wo sie dich rausschmeißen an der Endstation. Gleich hinter der Müll-Deponie. Paß auf, wo du hintrittst. Tritt nicht auf den abgetrennten Kopf. Jetzt klopf. Klopf klopf. Father Flanagans Stimme: ‹Wer schickt dich?› Christus, um Christi willen, du blöder Ire. Drinnen... ist es... sehr... gemütlich. Denn Siegertypen gibt's hier nicht. Bloß Wracks, vor allem diese Fettwänste mit den fetten Bankkonten bei der Crédit Suisse. Du kannst also wirklich dein Haar auflösen, Cinderella. Kannst getrost zugeben, daß das, was wir hier haben, das Ende ist. Na wenn schon! Schmeiß einfach die Karten hin, bestell ein Cola und leg 'ne kesse Sohle aufs Parkett mit einem alten Freund wie dem, sagen wir mal, zwölfjährigen *Pfirsich*gesicht aus Hollywood, dem *Bübchen,* das sein Pfadfindermesser zückte und mir meine bildschöne ovale Cartier-Armbanduhr raubte. Das Nigger Queen Kosher Café! Der kühle grüne grabesstille Abgrund! Deshalb nehme ich Drogen: bloße Trocken-Meditation genügt nicht, um mich dorthin zu versetzen, mich dort zu halten, heil und happy bei Father Flanagan und seinen Abertausend Ausgestoßenen, bei ihm und all den andern Jidden, Niggern, Itakern, Schwuchteln, Junkies und Kommunisten. Bist happy, dort unten zu sein, wo du hingehörst: Ja, Sir, Massa! Ist man bloß – der Preis ist zu hoch, ich bring mich um.» Und, um einen lockeren, leichten und aufrichtigen Tonfall bemüht: «Ich bin wirklich dabei, mich umzubringen, weißt du. Allerdings – seit ich dich kenne, denk' ich anders darüber. Hab nichts mehr dagegen, am Leben zu bleiben. Vorausgesetzt, daß wir beide zusammenleben, Jonesy. Ich müßte ja eine Entziehungskur riskieren, und das ist *wirklich* ein Risiko. Ich hab schon mal eine gemacht. In einer Klinik in Vevey; und jeden Abend sind die Berge ringsum auf mich herabgestürzt, und jeden Morgen wollte ich mich im Genfer See ertränken. Aber wenn ich's täte, würdest du bei mir bleiben? Wir könnten doch zurück in die Staaten und uns eine Tankstelle kaufen. Nein, ganz im Ernst. Ich hab schon immer eine Tankstelle haben wollen. Irgendwo in Arizona. Oder in Nevada. ‹Letzte Tankstelle...› Sehr ruhig wär's, und du könntest Stories schreiben. Im Grunde bin ich kerngesund. Und ein guter Koch bin ich auch.»

Denny bot mir Drogen an, doch ich lehnte ab, und er bedrängte mich nicht. Einmal fragte er allerdings: «Angst?» Ja, aber nicht vor Drogen; es war Dennys verkommenes Leben, das mich schreckte, und ich hatte nicht die mindeste Lust, ihm nachzueifern. Komische Erinnerung jetzt, doch ich hatte mir den Glauben bewahrt. Ich sah mich als ernsthaften jungen Mann von echter Begabung und nicht als opportunistischen Lungerer, als emotionalen Gauner, der Miss Langman so lange gebohrt hatte, bis sie bei der Guggenheim-Stiftung für ihn fündig wurde. Ich wußte, daß ich ein Hundesohn war, ein Bastard, doch verzieh ich mir das, weil ich ja ein *geborener* Bastard war – ein begabter Bastard, dessen einzige Verpflichtung seine Begabung war. Trotz den nächtlichen Turbulenzen und dem dauernd von Wein und Branntwein übersäuerten Magen brachte ich es fertig, tagtäglich fünf oder sechs Seiten an einem Roman zu schreiben; durch nichts durfte diese Produktion unterbrochen werden, und Denny war in diesem Sinn ein Stück bedrohlicher Gegenwart, ein schwerlastiger Passagier – ich hatte das Gefühl, daß ich, falls ich mich nicht befreien konnte, ähnlich wie in der Geschichte von Sindbad und dem gewichtigen Alten, Denny für den Rest meines Lebens würde huckepack tragen müssen. Doch ich mochte ihn, wollte ihn zumindest nicht sich selbst überlassen, solange er so hilflos drogenabhängig war.

Also riet ich ihm zur Entziehungskur. Fügte allerdings hinzu: «Laß uns keine Versprechungen machen. Hinterher möchtest du dich vielleicht vor dem Kreuz niederwerfen oder am Ende für Dr. Schweitzer Nachttöpfe schrubben. Kann allerdings auch sein, daß das *mein* Schicksal wird.» Wie optimistisch war ich doch in jenen behüteten

Tagen! – gegen Tsetsefliegen kämpfen und Nachttöpfe mit der Zunge säubern wäre ein Honigschlecken gewesen, verglichen mit dem, was ich seither habe durchmachen müssen.

Denny, so einigten wir uns, sollte allein zur Klinik in Vevey reisen. In der Gare de Lyon nahmen wir Abschied voneinander; er hatte irgendeine Droge genommen und war ein wenig high; mit seiner frischen Gesichtsfarbe – er schien das Antlitz eines gestrengen, strafenden Engels zu haben – wirkte er wie zwanzig. Drauflos plappernd, hüpfte er von Thema zu Thema – von seinen geliebten Tankstellen zu einer Reise nach Tibet, die er irgendwann mal gemacht hatte. Schließlich sagte er: «Falls irgendwas schiefgeht, tu bitte dies: vernichte alles, was mir gehört. Verbrenn all meine Kleider. Meine Briefe. Ich möchte nicht, daß Peter das Vergnügen hat.»

Wir kamen überein, erst nach Dennys Entlassung aus der Klinik wieder miteinander in Verbindung zu treten; dann konnten wir uns, voraussichtlich, zur Erholung in einem der Küstenorte bei Neapel treffen – Positano oder Ravello.

Da ich nicht die Absicht hatte, Denny dort oder, falls es sich vermeiden ließ, überhaupt wiederzusehen, zog ich von dem Appartement in der Rue du Bac in ein kleines Zimmer unter dem Dach des Hotel Pont Royal. Damals gab's im Pont Royal eine «ledrige» kleine Kellerbar, die so was wie die Lieblingstränke der Haute-Bohème-Betuchten war. Der schieläugige, bleiche, pfeifennuckelnde Jean-Paul Sartre und seine altjüngferliche Amüsierdame, die Beauvoir, hockten meist in einer Ecke wie ein verlassenes Bauchrednerpuppenpaar. Oft sah ich dort auch Arthur Koestler, niemals nüchtern – ein aggressiver abgebrochener Riese, der gern die Fäuste schwang. Und Albert Camus – scharf und scheu zugleich, ein Mann mit kräftigem braunem Haar, vor Leben glänzenden Augen und einem besorgten, gleichsam ständig lauschenden Gesichtsausdruck: ein zugänglicher Mensch. Ich wußte, daß er Lektor bei Gallimard war, und eines Nachmittags stellte ich mich ihm vor als amerikanischer Autor, der ein Buch mit Short Stories veröffentlicht hatte – ob er's wohl lesen würde, um zu prüfen, ob Gallimard vielleicht eine Übersetzung davon herausbringen könnte? Später schickte mir Camus das ihm zugesandte Exemplar zurück, mit einem Begleitschreiben, in dem er sagte, sein Englisch sei zu mangelhaft, als daß er ein Urteil fällen könne, doch finde er, daß ich die Fähigkeit besäße, Charaktere zu erschaffen, Spannungen zu erzeugen. «Allerdings kommen mir diese Stories zu abrupt und zu wenig ausgereift vor. Sollten Sie jedoch noch andere Sachen haben, so würde ich sie gern sehen.» Wenn ich Camus später im Pont Royal begegnete – einmal auch bei einer Gallimard-Gartenparty, wo ich mich ohne Einladung einschmuggelte –, so nickte er mir stets zu und lächelte ermutigend.

Ein anderer, nicht weniger freundlicher Gast, den ich in dieser Bar kennenlernte, war die Vicomtesse Marie Laure de Noailles, hochgeschätzte Lyrikerin, eine *saloniste,* die einem Salon präsidierte, wo man jeden Augenblick die Materialisierung der ektoplasmischen Erscheinungen von Proust und Reynaldo Hahn erwartete. Verheiratet war diese Exzentrikerin mit einem reichen, sportbesessenen Aristokraten aus Marseille, und daneben eine zärtliche, wenngleich eher wahllose Gefährtin zeitgenössischer Julien Sorels: mein maßgeschneiderter Lotterie-Automat. *Mais alors* – jenen Fleischtopf hatte bereits Ned Rorem, ein anderer junger amerikanischer Abenteurer, geleert. Trotz ihren Mängeln – Schwabbelbacken, Wulstlippen und eine Poposcheitelfrisur, die auf beklemmende Weise jene auf Lautrecs Porträt von Oscar Wilde zu kopieren schien – konnte man sehen, was Rorem in Marie Laure sah (ein elegantes Dach über seinem Kopf, jemanden, der seinen Melodien zum Aufstieg ins musikalische Frankreich verhalf) – allerdings: umgekehrt galt das nicht. Rorem stammte aus dem Mittelwesten, ein Quäker-Bruder und also Schwul-Bruder-Quäker: eine unerträgliche Kombination von Scheinheiligkeit und selbstgerechter Frömmelei. Er hielt sich für den wiedergeborenen Alkibiades, Sonnenlicht übergossen, golden; und es gab viele, die ihn in diesem Glauben noch bestärkten – ich allerdings gehörte nicht dazu. In meinen Augen hatte sein Schädel die Konturen eines Kriminellen: hinten abgeflacht wie der von Dillinger; und sein Gesicht, so glatt, so süß wie Rührkuchenteig, war eine miese Mischung aus Willensschwäche und Eigenwilligkeit. Wahrscheinlich bin ich jedoch unfair, weil ich Rorem beneidete – um seine Erziehung, um seinen Ruf als verheißungsvoller junger Künstler, um seinen überragenden Erfolg als Lebendiger Dildo für Alte Häute, wie wir Gigolos unsere weiblichen Scheckbücher nannten. Wen das Thema interessiert, der sollte Neds bekenntnisreiches *Pariser Tagebuch* lesen: es ist gut geschrieben und so grausam, wie das wohl nur ein ausgestoßener Quäker fertigbringt, der der Wahrheit rücksichtslos auf den Grund geht. Ich frage mich, was Marie Laure dachte, als sie das Buch las. Gewiß hat sie schon schlimmere Qualen durchleiden müssen als jene, die ihr Neds weinerliche Enthüllungen zufügen konnten. Ihr letzter Gefährte – zumindest der letzte, den ich kannte – war ein behaarter bulgarischer Maler, der sich, um Selbstmord zu begehen, das Handgelenk aufschlitzte und dann, einen Pinsel schwingend und die durchtrennte Arterie als Palette benutzend, zwei Wände mit kühnen Strichen bedeckte und so ein abstraktes, nur allzu buchstäblich blutrotes Riesengemälde schuf.

In der Tat verdanke ich der Pont-Royal-Bar viele Bekanntschaften, darunter auch jene mit Miss Natalie Barney, der ersten Exil-Amerikanerin, einer reichen Erbin mit Unabhängigkeitssinn und eigenen Moralvorstellungen, die seit über sechzig Jahren in Paris beheimatet war.

In all den Jahrzehnten hatte Miss Barney in ein und demselben Appartement in der Rue de l'Université gewohnt: in einer zum Hof gelegenen Flucht überraschender Zimmer. Farbige Fenster, farbiges Deckenglas – ein Tribut an den Jugendstil, der beim guten alten Boaty einen Anfall von Tollwut ausgelöst haben würde: Lalique-Lampen von der Form milchiger Rosenbuketts, mittelalterliche Tische voller gold- und schildpattgerahmter Fotografien von Freunden: Apollinaire, Proust, Gide, Picasso, Cocteau, Radiguet, Colette, Sarah Bernhardt, Stein und Toklas, Strawinsky, die Königinnen von Spanien und Belgien, Nadia Boulanger, die Garbo in Kuschelpose mit ihrer alten Vertrauten Mercedes d'Acosta, sowie Djuna Barnes, ein üppiger, pimento-lippiger Rotschopf und – kaum zu glauben – bitterwitzige Autorin von *Nightwood*.

Miss Barney war vermutlich bereits über achtzig, doch in dem virilen grauen Flanell, den sie für gewöhnlich trug, sah sie aus wie eine permanente, perlfarbene Fünfzigerin. Sie liebte Autos und kutschierte selbst in einem smaragdgrünen Bugatti mit Planverdeck umher – im Bois de Boulogne oder, an schönen Nachmittagen, hinaus nach Versailles. Mitunter wurde ich zu einer Fahrt eingeladen, denn Miss Barney belehrte gern, und sie fand, daß ich noch viel zu lernen hätte.

Einmal hatte sie noch einen Gast, Miss Steins Witwe. Die Witwe wollte zu einem italienischen Lebensmittelgeschäft, dort gebe es einzigartige weiße Trüffeln aus den Hügeln um Turin zu kaufen. Das Geschäft befand sich in einem entlegenen Viertel. Als wir dort durch die Straßen fuhren, sagte die Witwe plötzlich: «Aber sind wir hier nicht in der Nähe von Romaines Atelier?» Miss Barney betrachtete mich mit einem beunruhigend forschenden Blick und erwiderte: «Wollen wir hier halten? Ich habe einen Schlüssel.»

Die Witwe, eine schnurrbärtige Spinne, rieb, ihre Fühler befühlend, die schwarzbehandschuhten Hände gegeneinander und sagte: «Ja, das muß ja dreißig Jahre her sein!»

Wir betraten ein düsteres Gebäude, das durchtränkt schien von Katzenurin, jenem persischen (aber auch römischen) Parfüm, und stiegen sechs Stockwerke hinauf, zu Romaines Atelier – wer immer Romaine auch sein mochte; keine der beiden Damen ließ ein erklärendes Wort über die gemeinsame Freundin fallen, doch ahnte ich, daß sie den Weg allen Fleisches gegangen war und daß ihr Atelier von Miss Barney als eine Art ungepflegtes Weihetempel-Museum unterhalten wurde. Durch griesgraue Dachfenster fiel feuchtes Nachmittagslicht auf das Sammelsurium von Gegenständen im großen Raum: verhüllte Stühle, ein Piano mit einem spanischen Schal, spanische Kandelaber mit teilweise heruntergebrannten Kerzen. Als Miss Barney einen Lichtschalter betätigte, geschah – nichts.

«Da laust mich doch der Affe», sagte sie, plötzlich ganz

derbe Prärie-Amerikanerin, und zündete einen Kandelaber an, den sie dann trug, während sie uns zur Besichtigung von Romaine Brooks' Gemälden im Raum herumführte. Es waren an die siebzig Bilder, sämtlich Porträts in äußerst realistischer Manier; dargestellt waren ausschließlich Frauen, alle gleich gekleidet, komplett im Frack mit weißer Schleife. Manchmal, da gibt's so Augenblicke, wo man sofort weiß, daß man sie nicht vergessen wird. Und so wußte ich in diesem Augenblick, daß ich diesen Augenblick nicht vergessen würde: nicht diesen Atelierraum und nicht diese Kollektion maskuliner Lesben, die, nach den Frisuren und Make-ups zu urteilen, sämtlich zwischen 1917 und 1930 gemalt worden waren.

«Violet», sagte die Witwe, während sie eine gertenschlanke Bubikopf-Blondine betrachtete, die ein Monokel trug: stark vergrößertes Eispickel-Auge dahinter. «Gertrude mochte sie. Ich fand sie grausam. Sie hatte eine Eule, die sie in einem so kleinen Käfig hielt, daß sich das Tier nicht bewegen konnte. Hockte einfach so da, während ihr Gefieder sozusagen durch die Drähte quoll. Lebt Violet noch?»

Miss Barney nickte. «Sie hat ein Haus in Fiesole. Wirkt gesund und munter. Soll sich der Niehanstherapie unterzogen haben.»

Schließlich kamen wir zu einem Bild, das die betrauerte Gefährtin der Witwe zeigte – hier dargestellt mit einem Cognacglas in der linken Hand und einem Stumpen in der rechten, ganz und gar nicht der braune Mutter-Erde-Monolith, als den Picasso sie interpretiert hatte, sondern eher ein Diamond-Jim-Brady-Typ, ein fettwänstiger Protzer – was der Wahrheit näher sein dürfte. «Romaine», sagte die Witwe und strich sich über ihre karge Oberlippenzierde,

«Romaine verfügt über ein gewisses Maß an Technik. Doch sie ist *keine* Künstlerin.»

Miss Barney ging in Opposition. «Romaine», verkündete sie mit einer Stimme, die vor Frost klirrte wie vereiste Alpengipfel, «ist ein wenig begrenzt. *Aber.* Romaine ist eine ganz große Künstlerin!»

Es war Miss Barney, die es mir ermöglichte, Colette zu besuchen: Colette, die ich unbedingt kennenlernen wollte, jedoch nicht aus den für mich typischen opportunistischen Gründen, sondern weil Boaty mich mit ihrem Werk vertraut gemacht hatte (intellektuell bin ich ja, wie man nicht vergessen darf, so was wie ein Anhalter, der sich seine Bildung an Autostraßen und unter Brücken zusammenklaubt), und ich bewunderte sie: *La maison de Claudine* ist ein Meisterwerk, einfach unvergleichlich in der Kunstfertigkeit, mit der hier auf der Klaviatur der Sinne gespielt wird – Geschmack, Geruch, Gefühl, Gesicht.

Ich war auch neugierig auf die Colette als Mensch; wer das Leben so ausgekostet hatte wie sie, wer so intelligent war wie sie, der mußte doch, meinte ich, für so manches eine Antwort wissen. Daher war ich dankbar, als Miss Barney für mich einen Tee mit der Colette in deren Appartement im Palais Royal arrangierte. «Aber», ermahnte mich Miss Barney telefonisch, «ermüden Sie sie nicht, indem Sie zu lange bleiben; sie ist den ganzen Winter über krank gewesen.»

Es ist richtig, daß mich die Colette in ihrem Schlafzimmer empfing – in einem goldenen Bett sitzend, ähnlich wie Ludwig XIV. bei seiner Morgenlevée; ansonsten wirkte sie so wenig unpäßlich wie ein bemalter Watusi, der einen Stammestanz anführt. Mit ihrem *maquillage,* ihrer Kriegsbemalung, schien sie für eine solche Aufgabe wohlgerüstet: ihre schrägen, glänzenden Augen waren schwarz umrandet, das klare und kluge Gesicht clownsbleich gepudert; ihre Lippen trugen, trotz ihrem fortgeschrittenen Alter, ein glänzendes, erregendes, beinahe schlüpfriges Show-Girl-Rot; und auch ihr Haar war rot oder doch rötlich, ein rosiges Erröten, ein krauses Gewirr. Das Zimmer roch nach ihrem Parfüm (irgendwann während unseres Gesprächs fragte ich sie, was es denn sei, und die Colette erwiderte: «Jicky. Die Kaiserin Eugénie hat es immer getragen. Ich mag es, weil es so ein altmodischer Duft mit einer eleganten Geschichte ist, und weil es witzig, dabei jedoch ohne Derbheit ist – wie Menschen, die sich auf wirklich gepflegte Konversation verstehen. Proust hat es getragen. Zumindest behauptet das Cocteau. Allerdings ist er nicht *allzu* zuverlässig.) – nach Parfüm und nach Schalen voll Obst und nach einer Junibrise, die sacht die Gardinen blähte.

Ein Dienstmädchen brachte Tee, stellte das Tablett auf ein Bett, das bereits voll ausgelastet schien: mit dösenden Katzen und Stapeln von Briefen, mit Büchern und Zeitschriften und einer Menge Bibelots, vor allem viele antike französische Kristall-Briefbeschwerer – eine Menge solch kostbarer Gegenstände fanden sich auch auf Tischen und auf einem Kaminsims. Ich hatte noch nie dergleichen gesehen, und die Colette, die mein Interesse bemerkte, nahm ein solches Stück und hielt es gegen gelbes Lampenlicht, so daß es glitzernd zur Geltung kam: «Dieses hier heißt Die Weiße Rose. Wie Sie sehen, befindet sich dort eine einzelne weiße Rose inmitten reinsten Kristalls. Dieses Stück wurde 1850 von der Clichy-Fabrik hergestellt. Alle großartigen Stücke dieser Art sind zwischen 1840 und 1900 von nur drei Firmen produziert worden – Clichy, Baccarat und St. Louis. Als ich damit anfing, welche zu kaufen, auf dem Flohmarkt oder an ähnlichen Orten, waren sie nicht übermäßig teuer, doch in den letzten Jahrzehnten ist es zur Mode, ja zur Manie geworden, sie zu sammeln, und man zahlt unglaubliche Preise dafür.» Sie drehte eine blitzende Kugel, in der eine grüne Eidechse eingeschlossen war, und eine andere mit einem Korb voll roter Kirschen. «Ich habe an ihnen mehr Freude als an Schmuck. Oder an Skulpturen. Eine stumme Musik, diese kristallenen Universen. Und jetzt», sagte sie mit abrupter Nüchternheit, «erzählen Sie mir doch, was Sie vom Leben erwarten. Außer Ruhm und Reichtum – die nehmen wir als gegeben.» Ich sagte: «Ich weiß nicht, was ich erwarte. Ich weiß, was ich mir wünsche. Und das ist: erwachsen zu werden.» Colettes bemalte Augenlider hoben und senkten sich wie die langsam bewegten Schwingen eines großen blauen Adlers. «Aber das», sagte sie, «ist genau das, was niemand von uns jemals sein kann: erwachsen. Denn was heißt das – Erwachsensein? Ist das so eine Art Geist, der in Sack und Asche der Weisheit geht? Frei von allen *Untugenden* – Neid und Bosheit und Raffgier und Schuld? Unmöglich. Voltaire, *sogar* Voltaire lebte mit einem Kind in seinem Inneren, das eifersüchtig und jähzornig war, ein zotenhafter kleiner Junge, der dauernd seine Finger beroch. Voltaire trug dieses Kind mit sich zu Grabe, so wie wir es mit unserem Kind tun werden. Der Papst auf seinem Balkon... von einem hübschen Gesicht in seiner Schweizer Garde träumend. Und der britische Richter mit seiner exquisiten Perücke – woran denkt er, wenn er einen Menchen zum Galgen schickt? An Gerechtigkeit und Ewigkeit und *reife* Dinge? Oder fragt er sich vielleicht, wie er's schaffen kann, in den Jockey Club gewählt zu werden? Natürlich haben Menschen erwachsene *Augenblicke*, ein paar edle dann und wann, und von diesen ist der Tod offenkundig der wichtigste. Der Tod verwandelt den zotenhaften kleinen Jungen in einen ganz braven; er macht aus dem, was von uns übrigbleibt, ein Objekt, ohne Leben, jedoch rein, so wie Die Weiße Rose. Hier –» sie schob mir das Kristall mit der darin eingebetteten Blume zu «– stecken sie das in Ihre Tasche. Behalten Sie's als Erinnerungsstück, damit Sie niemals vergessen, was es bedeutet, dauerhaft und vollkommen – also wirklich erwachsen – zu sein: daß man dann ein Gegenstand ist, ein Altar, die Gestalt in einem farbigen Kirchenfenster: verehrungswürdig, mag sein. Aber es ist so unendlich viel besser, zu niesen und menschlich zu empfinden.»

Ich zeigte dieses Geschenk einmal Kate McCloud, und Kate, die als Taxiererin bei Sotheby's hätte arbeiten können, meinte: «Mit der müssen sie durchgegangen sein. Ich meine, wieso hat sie dir das eigentlich geschenkt? Ein Clichy-Briefbeschwerer von dieser Qualität ist garantiert seine... na, mindestens seine fünftausend Dollar wert.»

Am liebsten hätte ich vom Wert des Briefbeschwerers überhaupt nichts gewußt, denn ich wollte ihn nicht als letzte Reserve in der Not betrachten. Doch würde ich ihn so und so nie verkaufen, zumal jetzt, wo ich so richtig mit dem Arsch auf der Talsohle sitze – denn: na ja, für mich ist er eine Art Talisman, von einer Art Heiligen gesegnet, und es gibt zumindest zwei Grundsituationen, in denen man einen Talisman auf gar keinen Fall opfert: wenn man nichts hat und wenn man alles hat – jede ist ein Abgrund für sich. Während all meiner Reisen, durch Hungertage und Selbstmordverzweiflung, selbst während meines Hepatitis-Jahrs in einem hitzegepeinigten, fliegendurchsummten Krankenhaus in Kalkutta, habe ich sie mir bewahrt, Die Weiße Rose. Hier im Y.M.C.A. halte ich sie unter meinem Bett versteckt: in einer von Kate McClouds gelben alten Wollskisocken, die sich in meinem einzigen Gepäckstück befindet, einer Air-France-Reisetasche (als ich Southampton verließ, hatte ich's brandeilig, und ich bezweifle, daß ich sie je wiedersehen werde, jene Vuitton-Koffer, Battistoni-Hemden, Lanvin-Anzüge, Peal-Schuhe; nicht, daß ich mich danach sehnte, denn beim bloßen Anblick würde ich in meiner eigenen Kotze ersticken).

Hab sie gerade hervorgeholt, Die Weiße Rose, und in ihren blinkenden Facetten konnte ich die bläulichen Schneefelder über St. Moritz sehen, und auch Kate McCloud, ein rotbraunes Phantom auf gelben Kneissl-Skiern, hügelabwärts jagend, ein huschendes Profil, ein gekrümmter Körper – nicht weniger elegant und präzise als das kühle Clichy-Kristall.

Vorgestern hat's nachts geregnet; und am Morgen stoppte dann ein herbstlicher Zustrom trockener kanadischer Luft die nächste Hitzewelle, so daß ich mich zu einem Spaziergang aufmachte; und wem lief ich dann sozusagen in die Hände? – Woodrow Hamilton, ausgerechnet: dem Mann, der, zumindest indirekt, für mein letztes katastrophales Abenteuer verantwortlich ist. Ich stehe dort im Central-Park-Zoo, voller Mitgefühl für irgendso 'n Zebra, als eine Stimme ungläubig sagte: «P. B.?» – und dort stand er, der Nachkömmling unseres achtundzwanzigsten Präsidenten. «Mein Gott, P. B. Wie Sie aussehen...»

Ich wußte, wie ich aussah, in meiner grauen Haut, in meinem verdreckten Leinenanzug. «Warum sollte ich nicht?»

«Oh. Verstehe. Hab mich schon gefragt, ob Sie darin verwickelt seien. Alles, was ich weiß, hab ich in der Zeitung gelesen. Muß ja eine tolle Geschichte gewesen sein. Gehen wir doch», sagte er, als ich keine Antwort gab, «auf einen Drink ins Pierre.»

Im Pierre weigerte man sich, mir etwas zu servieren, weil ich keine Krawatte trug; und so gingen wir zu einem Saloon in der Third Avenue. Auf dem Weg dorthin beschloß ich, weder über Kate McCloud zu sprechen noch über irgendwas, das vorgefallen war: nicht aus Diskretion, sondern weil ich noch immer wund war – aus offenen Wunden blutete.

Woodrow bedrängte mich nicht; äußerlich wirkt er wie ein netter, braver Plastikspießer, doch ist das eine Tarnung, ein Schutz für die weniger geglätteten Aspekte seines Wesens. Ich hatte ihn zum letztenmal im Trois Cloches in Cannes gesehen, und das war vor einem Jahr. Er sagte, er habe ein Apartment in Brooklyn Heights und unterrichte Griechisch und Latein in einer Vorbereitungsschule für Jungen in Manhattan. «Allerdings», fügte er verschmitzt hinzu, «habe ich noch einen Teilzeitjob. Etwas, das Sie interessieren könnte: falls der äußere Eindruck nicht täuscht, könnten sie etwas Kleingeld ganz gut gebrauchen.»

Er sah in seiner Brieftasche nach und reichte mir zunächst einen Hundertdollarschein: «Hab ich mir grad heut nachmittag verdient, indem ich Ringelreihen um den Maibaum spielte, mit einer Vassar-Absolventin, Abgangsjahrgang '09», dann eine Visitenkarte: «Und hier sehen Sie, wie ich die Dame kennengelernt habe. Wie ich sie alle kennenlerne. Männer. Frauen. Krokodile. *Fuck for fun and profit*. Auf jeden Fall *for profit*.»

Auf der Karte stand: DER SELF SERVICE. INHABERIN: MISS VICTORIA SELF. Genannt waren außerdem eine Adresse in der 42. Straße West und eine Telefonnummer mit einem Circle-Anschluß.

«Also», sagte Woodrow, «säubern Sie sich und suchen Sie Miss Self auf. Die wird Ihnen einen Job geben.»

«Ich glaube nicht, daß ich einen Job übernehmen könnte. Dazu bin ich zu kaputt. Außerdem versuche ich wieder zu schreiben.»

Woodrow knabberte an der Zwiebel in seinem Gibson. «Ich würde das nicht 'n *Job* nennen. Nur ein paar Stunden pro Woche. Denn was glauben Sie wohl, was für eine Art Service der Self-Service bietet?»

«*Bums*-valera, natürlich. Pachthengst per Telefon.»

«Ah, Sie *haben* also zugehört – Sie kamen mir so umnebelt vor. Pachthengst, in der Tat. Allerdings nicht total. Kooperation ist die Devise. Die Self offeriert was auch immer wo auch immer wie auch immer wann auch immer.»

«Komisch – als Pachthengst hätt ich Sie mir nie vorgestellt.»

«Ich auch nicht. Aber ich bin ein bestimmter Typ: gute Manieren, grauer Anzug, Hornbrille. Glauben Sie mir, die Nachfrage ist beträchtlich. Und die Self ist auf Vielfalt spezialisiert. Die hat in ihrer Kartei alles, von puertorikanischen Ganoven bis zu Nachwuchsbullen und sogar Maklern.»

«Wie sind Sie an die geraten?»

«Das», sagte Woodrow, «ist eine zu lange Geschichte.» Er bestellte einen weiteren Drink; ich lehnte ab, denn seit jener letzten unglaublichen Gin-verrückten Fete mit Kate McCloud hatte ich keine harten Sachen mehr getrunken, und jetzt hatte ein einziger Drink genügt, um mich ein wenig schwerhörig zu machen (Alkoholgenuß wirkt sich bei mir als erstes immer aufs Gehör aus). «Ich will nur sagen, daß das durch einen Kerl kam, den ich von Yale her kannte. Dick Anderson. Arbeitet in der Wall Street. Ein an sich stinknormaler Typ, bloß daß er nicht allzu erfolgreich war, zumindest nicht erfolgreich genug, um sich ein Haus in Greenwich und drei Kinder zu leisten, von denen zwei in Exeter studieren. Vorigen Sommer verbrachte ich ein Wochenende bei den Andersons – seine Frau ist *wirklich* prima; Dick und ich saßen ein Weilchen auf und tranken Kalte Ente, das ist dieses Gemisch aus Champagner und perlendem Burgunder, mir dreht sich's, wenn ich bloß dran denke. Und Dick sagte: ‹Meistens bin ich angewidert. *Einfach angewidert.*› Gottverdammt, was ein Mann nicht alles tut, wenn er zwei Jungs in Exeter hat!» Woodrow gluckste. «Klingt wie aus einer Story von John Cheever, wie? Stadtmensch aus besseren Kreisen, respektabel, finanziell jedoch überstrapaziert, verhökert sein Dingsbums als Bumsding, um seine Country-Club-Rechnungen begleichen und seinen Kindern das Studium an einer *anständigen* Prep-School ermöglichen zu können.»

«Nein.»

«Nein was?»

«Cheever ist ein viel zu gewiefter Autor, um eine solche Figur zu riskieren: Makler, der seinen eigenen Schwanz vermakelt. Weil ihm das einfach niemand glauben würde. Seine Sachen sind stets realistisch, selbst wenn sie bizarr scheinen – wie *The Enormous Radio* oder *The Swimmer.*»

Woodrow war irritiert, vorsichtigerweise ließ ich seine

hundert Dollar in einer Brusttasche verschwinden, wo er nicht so leicht herankonnte. «Wenn es wahr ist, und das ist es, weshalb sollte es dann niemand glauben?»

«Daß etwas wahr ist, bedeutet noch lange nicht, daß es auch überzeugend ist, im Leben so wenig wie in der Kunst. Denken Sie an Proust. Würde *Auf der Suche nach der verlorenen Zeit* so wirken, wie's wirkt, wenn er mit den Fakten pedantisch umgegangen wäre und nicht Ereignisse, Identitäten, Geschlechtszugehörigkeiten abgeändert hätte? Wäre er minuziös bei den Tatsachen geblieben, so hätte der Roman weniger glaubwürdig gewirkt. Allerdings –» dieser Gedanke war mir schon öfter gekommen – «wäre er dann vielleicht besser geworden. Weniger akzeptabel, jedoch besser.» Ich entschloß mich jetzt doch zu einem weiteren Drink. «Das ist die Frage: ist Wahrheit eine Illusion, oder ist Illusion Wahrheit, oder sind beide im wesentlichen ein und dasselbe? Was mich betrifft, so schert's mich nicht, was irgendwer über mich sagt, solange es nicht die Wahrheit ist.»

«Vielleicht sollten Sie auf den zweiten Drink besser verzichten.»

«Sie glauben, ich bin betrunken?»

«Nun ja, Sie sind redselig.»

«Ich bin entspannt, das ist alles.»

Woodrow sagte freundlich: «Sie haben also wieder angefangen zu schreiben. An einem Roman?»

«An einem Bericht. Allerdings *nenn* ich es einen Roman. Falls ich ihn je zu Ende bringe. Doch bringe ich ja nie was zu Ende.»

«Haben sie schon einen Titel?» Na bitte, prompt kam er mir mit seiner Gartenparty-Fragerei.

«Erhörte Gebete.»

Woodrow legte seine Stirn in Falten. «Das habe ich doch schon mal gehört.»

«Kaum – falls Sie nicht gerade zu den dreihundert Typen gehören, die mein erstes und bisher einziges veröffentlichtes Buch gekauft haben. Das hieß gleichfalls *Erhörte Gebete*. Ohne irgendeinen besonderen Grund. Diesmal habe ich jedoch einen.»

«*Erhörte Gebete*. Ein Zitat vermutlich.»

«Die heilige Theresia. Ich habe selbst nie nachgeschlagen, und so kenne ich den genauen Wortlaut nicht, aber es war irgendwas wie: ‹Es werden mehr Tränen über erhörte Gebete vergossen als über nichterhörte.›» Woodrow sagte: «Bei mir klingelt's irgendwie. Dieses Buch – handelt von Kate McCloud *samt* Bande.»

«Nun ja, es handelt *auch* von ihnen – wenn auch nicht hauptsächlich.»

«Und wovon handelt es hauptsächlich?»

«Von Wahrheit als Illusion.»

«Ersteres. Das zweite ist auch eine Möglichkeit.»

«Und Illusion als Wahrheit?»

Woodrow wollte wissen, wie ich das meinte; doch jetzt war in mir der Whisky am Werk, und ich fühlte mich zu taub, um Woodrow die Sache zu erläutern; aber was ich ihm gesagt haben würde, war dies: da Wahrheit nichtexistent ist, kann es nie etwas anderes geben als Illusion – doch vermag Illusion, gleichsam als Nebenprodukt künstlerischen Schaffens, zu jenen Höhen zu gelangen, die ihm näher sind, dem unerreichbaren Gipfel der Vollkommenen Wahrheit. Man nehme als Beispiel – Frauendarsteller. So ein Impersonator ist de facto ein Mann (Wahrheit), ehe er sich wiedererschafft als Frau (Illusion) – und von den beiden ist die Illusion die wahrere.

Am Nachmittag gegen fünf, als sich die Büros leerten, suchte ich in der 42. Straße nach der auf Miss Selfs Karte angegebenen Adresse. Das Etablissement befand sich über einem Porno-Shop, einem von diesen Dingern, die mit einschlägigen Postern bepflastert sind: Porträts von baumelnden Schwengeln und klaffenden Spalten. Als ich mich dem Shop näherte, ließ ein aufgeregter Kunde, ein ebenso respektabler wie unauffälliger Durchschnittsbürger, ein Päckchen fallen. Es ging auf, und mehrere Dutzend Glanzfotos regneten aufs Pflaster – nichts Außergewöhnliches, die üblichen 69er-Sachen sowie Zuckerpuppen, im Dreier-Ritt vernascht. Trotzdem blieben ein paar Passanten stehen und begafften den Eigentümer, als dieser, niederkniend, seine Schätze einzusammmeln begann. Pornographie wird, meiner Meinung nach, sehr falsch eingeschätzt. Sie erzeugt keine Sex-Monster, die in dunklen Gassen auf Opfer lauern – sie bietet jenen einen Ersatz, die an sexueller Not leiden, besteht ihr Zweck doch unverkennbar darin, Masturbation zu stimulieren. Und zweifellos ist die Masturbation die angenehmere Alternative für Männer, denen «der Muskel schwillt», wie man in Pferdezüchterkreisen sagt.

Ein puertorikanischer Lude verhöhnte den Bürgertypen («Was du willst mit das, wo ich doch hab nette richtige *puta?*»), doch mir tat er leid: Er wirkte auf mich wie so ein jüngerer, einsamer Priester, der die gesamte Kollekte vom letzten Sonntag unterschlagen hatte, um sich diese Wichsvorlagen zu kaufen; und so entschloß ich mich, ihm beim Einsammeln zu helfen – doch prompt schlug er mir ins Gesicht: mit einem Karatehieb, der mir das Jochbein zu zersplittern schien.

«Mach, daß du wegkommst!» fauchte er. Ich sagte:

«Himmel, ich wollte Ihnen doch bloß helfen.» Und er sagte: «Zieh Leine. Bevor ich dir richtig eins verpasse.» Sein Gesicht war rot angelaufen, so *knall*rot, daß mir davon die Augen schmerzten; und dann begriff ich – dies war nicht nur die Farbe der Wut, sondern auch der Scham. Ich hatte geglaubt, er befürchtete, ich wolle ihm seine Bilder stehlen. Was ihn jedoch wirklich in Rage versetzte, war das Mitleid, das aus der von mir angebotenen Hilfe sprach.

Obwohl Miss Self eine überaus erfolgreiche Business-Frau ist, vergeudet sie kein Geld für eine gefällige Repräsentation ihres Etablissements. Ihre Büroräume befinden sich im vierten Stock eines fahrstuhllosen Gebäudes. THE SELF SERVICE: eine Milchglastür mit dieser Aufschrift. Doch ich zögerte (wollte ich dies wirklich tun? Nun, es gab nichts, das ich *lieber* getan hätte, zumindest nicht, um Geld zu verdienen). Ich kämmte mein Haar durch, zupfte die Bügelfalten straff (für fünfzig Dollar hatte ich mir gerade einen Robert-Hall-Fischgrät-*Special* mit zwei Hosen gekauft), klingelte dann und trat ein.

Das Vorzimmer war leer, bis auf eine Bank, einen Schreibtisch und zwei junge Gentlemen, von denen der eine, offenbar Sekretär und Rezeptionist in einer Person, hinter dem Schreibtisch saß, und der andere, ein ausgesprochen schöner Mulatte, einen *sehr* modischen dunkelblauen Seidenanzug trug; beide ignorierten mich vollkommen.

«...und so blieb ich danach dann», sagte der Mulatte, «mit Spencer eine Woche lang in San Diego. Spencer! Wow, Mann, das ist vielleicht 'ne *Rakete*. Eines Abends rollten wir so den San Diego Freeway entlang, und Spencer gabelte diesen schwarzen Marineinfanteristen auf, so 'n echten Country-Boy, strammer Alabama-Schinken, über den sich Spencer auf dem Rücksitz hermachte, und anschließend sagt der Typ: ‹Was *ich* davon hab, kapier ich ja. Fühlt sich so *gut*. Was ich nicht kapier, ist, was *ihr* davon habt.› Und Spencer sagt zu ihm: ‹Oh, Mann. Ist sooo köstlich. So richtig Fose am Stiel.›»

Der Sekretär richtete träge und mißbilligend seine wintergrünen Augen auf mich. Ein Blondling – und was für einer! Seine Haut hatte den etwas öligen Goldglanz, der von langen Wochenenden in Cherry Grove kommt. Und dennoch wirkte er insgesamt entschieden schimmlig-fahl – so eine Art Uriah-Heep-Typ. «Ja?» fragte er mit einer Stimme, die so *cool* durch die Luft kroch wie der ausgeatmete Rauch einer Menthol-Zigarette.

Ich erklärte, daß ich zu Miss Self wollte. Was mich herführte, wollte er wissen, und ich erwiderte, Woodrow Hamilton habe mich empfohlen. Er sagte: «Sie müssen unser Formular ausfüllen. Sind Sie Kunde? Oder bewerben Sie sich um einen Job?»

«Job.»

«Mmmmm», murmelte der dunkelhäutige Schönling, «wie schade. Hätte nichts dagegen gehabt, dir die Eier zu rühren, Daddy.» Und der Sekretär, prüder Etepetete-Typ, sagte: «Okay, Lester. Hiev deinen müden Arsch von Schwesterchens Schreibtisch und mach, daß du zum Americana kommst. Hast 'n Job um halb sechs. Zimmer 507.»

Nachdem ich das Formular ausgefüllt hatte (nur die üblichen Fragen: Alter? Adresse? Beruf? Familienstand?) entschwand Draculas Tochter damit in einen inneren Büroraum, und während er fort war, schlenderte dieses Mädchen herein, ein übergewichtiges, jedoch verdammt attraktives Mädchen, eine junge *boule de suif* mit rosigem, rundem Milchgesicht und einem Prachtpaar superstrammer Bobbies, die sich im Mieder unter dem pinkfarbenen Sommerkleid deutlich bewegten.

Sie setzte sich dicht neben mich und steckte sich eine Zigarette zwischen die Lippen. «Was ist?» fragte sie, und ich erklärte, falls sie Feuer wolle, könne ich ihr nicht helfen, da ich mit dem Rauchen aufgehört hätte; und sie sagte: «Ich auch. Dies ist bloß Staffage. Ich habe gemeint: Was ist, wo ist Butch? Butch!» rief sie und erhob sich, um den zurückkehrenden Sekretär zu umschlingen.

«Maggie!»

«Butch!»

«Maggie!» Dann, zu Sinnen kommend: «Du Luder! Fünf Tage! Wo hast du gesteckt?»

«Haste Maggie vermißt?»

«Scheiß auf *mich*. Was zähl *ich* denn schon? Aber dieser alte Sack aus Seattle. Mannomann, hat der vielleicht Krach geschlagen, als du ihn Donnerstag nacht versetzt hast.»

«Tut mir leid, Butch. Eeehrlich.»

«Aber wo *hast* du denn gesteckt, Maggie? Zweimal bin ich zu deinem Hotel. Hundertmal hab ich angerufen. Du hättest dich melden können.»

«Ich weiß. Aber siehst du... ich hab geheiratet.»

«Geheiratet? Maggie!»

«Bitte, Butch. Es ist nichts Ernstes. Wird nicht weiter *stören*.»

«Gar nicht auszudenken, was Miss Self sagen wird.» Und endlich erinnerte er sich wieder an mich. «Ach ja», sagte dieser Sekretär, als schnippe er sich einen Fussel vom Ärmel, «Miss Self wird Sie jetzt empfangen, Mr. Jones.

Miss Self», verkündete er, während er eine Tür für mich öffnete, «dies ist Mr. Jones.»

Sie sah aus wie Marianne Moore; eine stämmigere, eher deutsch wirkende Miss Moore. Graue Hausfrauenflechten umschlossen ihren schmalen Schädel; ein Make-up trug sie nicht, und ihr Kostüm, man könnte sagen, ihre Uniform, war aus blauer Serge, ähnlich wie bei einer Gefängnisaufseherin – eine Lady, der es an luxuriösem Anstrich genauso mangelte wie ihrem Büro. *Außer*... an ihrem Handgelenk sah ich eine goldene, ovale Uhr mit römischen Ziffern. Kate McCloud hatte genausoeine – ein Geschenk von John F. Kennedy, das von Cartier in London stammte und zwölfhundert Dollar gekostet hatte.

«Nehmen Sie doch bitte Platz.» Ihre Stimme klang eher schüchtern-scheu, doch ihre Kobaltaugen hatten die 20/20-Stahlhärte eines professionellen Killers. Sie warf einen Blick auf ihre Armbanduhr, die so gar nicht zu ihrer ansonsten uneleganten Erscheinung paßte. «Trinken Sie ein Glas mit? Es ist ja schon ein ganzes Stück nach fünf.» Aus einem Schreibtischfach holte sie zwei Gläser und eine Flasche mit Tequila hervor: ich hatte das Zeug noch nie probiert und war sicher, daß es mir nicht schmecken würde. «Sie werden's mögen», sagte sie. «Es hat Mumm. Mein dritter Mann war Mexikaner. Erzählen Sie mir jetzt», sagte sie und tippte auf mein Bewerbungsformular, «ob Sie diese Art Arbeit schon mal getan haben. Professionell, meine ich.»

Interessante Frage; ich dachte darüber nach. «*Professionell*, würde ich nicht sagen. Aber ich hab's für... Profit getan.»

«Das ist professionell genug. Wohlsein!» sagte sie und nahm einen satten Schluck Tequila. Verzog das Gesicht.

Schüttelte sich. «*Buenos Dios,* das ist haarig. *Haarig*. Los doch», sagte sie. «Kippen Sie's runter. Sie werden's mögen.»

Schmeckte mir wie parfümiertes Benzin.

«Und jetzt, Jones», sagte sie, «werde ich mit Ihnen ein bißchen Klartext reden. Neunzig Prozent unserer Kunden sind Männer mittleren Alters, und was verlangt wird, ist zur Hälfte auf die eine oder andere Weise pervers. Falls Sie hier also als Normaltyp anheuern wollen, können Sie die Sache vergessen. Verstehen Sie mich?»

«Absolut.»

Sie schenkte sich nach. «Sagen Sie mir, Jones. Gibt es irgendwas, das sie nicht tun wollen?»

«Ich laß mich nicht stoßen. Ich stoße – aber ich laß mich nicht stoßen.»

«Ach – so?» Sie *war* eine Deutsche. Dieses «Ach» war so etwas wie das Überbleibsel eines Akzents, dem Duft von Kölnisch Wasser ähnlich, der in einem alten Taschentuch verweilt. «Ist das ein moralisches Vorurteil?»

«Eigentlich nicht. Hämorrhoiden.»

«Was ist mit *S. und M.*? F. F.?»

«Die ganze Palette?»

«Ja, mein Lieber. Peitschen. Ketten. Zigaretten. F. F. So in der Art.»

«Ich fürchte: nein.»

«Ach – so? Und ist *dies* ein moralisches Vorurteil?»

«Ich halte nichts von Grausamkeit. Selbst wenn sie jemand anderem Lust bereitet.»

«Dann sind Sie noch niemals grausam gewesen?»

«Das hab ich nicht gesagt.»

«Stehen Sie auf», sagte sie. «Ziehen Sie Ihr Jackett aus. Drehen Sie sich um. Noch einmal. Langsamer. Schade, daß Sie nicht ein bißchen größer sind. Aber Sie haben eine gute Figur. Einen hübschen flachen Bauch. Wie gut sind Sie besattelt?»

«Habe nie irgendwelche Klagen gehabt.»

«Möglicherweise verlangt unser Publikum mehr. Sehen Sie, das ist die eine Frage, die immer gestellt wird: wie groß ist sein Glied?»

«Wollen Sie's sehen?» fragte ich und fingerte an meinem *super-special* Robert-Hall-Hosenschlitz. «Es gibt keinerlei Grund, sich gewöhnlich zu benehmen. Sie werden doch begreifen, daß ich, obwohl ich die Dinge offen beim Namen nenne, keineswegs zu Gewöhnlichkeiten neige. Setzen Sie sich jetzt», sagte sie und schenkte unsere beiden Tequilagläser voll. «Bis jetzt bin ich der Inquisitor gewesen. Was möchten Sie gern wissen?»

Was mich interessierte, war ihre Lebensgeschichte; nur wenige Menschen haben bei mir so prompt so starke Neugier erregt. War sie vielleicht aus Hitler-Deutschland geflüchtet, eine Veteranin von der Hamburger Reeperbahn, die vor dem Krieg nach Mexiko emigriert war? Mir ging auch durch den Kopf, daß sie womöglich nicht die eigentliche Kraft hinter diesem Unternehmen war, sondern, wie die meisten amerikanischen Bordellwirte und Sex-Café-Padrones, eine Galionsfigur für Mafioso-Unternehmer.

«Hat's Ihnen die Sprache verschlagen? Nun, ich bin sicher, daß Sie unsere finanziellen Vereinbarungen interessieren werden. Das Standardhonorar für eine gebuchte Stunde beträgt fünfzig Dollar, die wir halbehalbe zwischen uns teilen. Irgendwelche Trinkgelder von seiten des Kunden können sie jedoch für sich behalten. Natürlich variiert das Honorar; bei mancher Gelegenheit werden Sie wesentlich mehr verdienen. Außerdem erwartet Sie ein

Bonus für jeden akzeptablen Kunden oder Angestellten, den Sie uns zuführen. Jetzt», sagte sie und richtete ihre Augen wie zwei Gewehrläufe auf mich, «gibt's da noch eine Anzahl von Regeln, an die Sie sich halten müssen. Drogen scheiden aus, ebenso übermäßiger Alkoholgenuß. Unter gar keinen Umständen werden Sie je direkt mit einem Kunden verhandeln – sämtliche Buchungen müssen über den Service erfolgen. Und zu keiner Zeit darf ein Angestellter mit einem Kunden gesellschaftlich verkehren. Jeder Versuch, mit einem Kunden eine private Vereinbarung zu treffen, hat die sofortige Entlassung zur Folge. Jeder Versuch, einen Kunden zu erpressen oder irgendwie in Ungelegenheiten zu bringen, zieht äußerst schwere Bestrafungen nach sich – und damit meine ich nicht einfach die Entlassung aus dem Service.»

Sieh an: es sind also doch jene dunklen sizilianischen Spinnen, die auch dieses Netz weben.

«Habe ich mich deutlich genug ausgedrückt?»

«Absolut.»

Der Sekretär erschien. «Mr. Wallace am Apparat. Sehr dringend. Ich glaube, er ist betrunken.»

«Ihre Meinungen interessieren uns nicht, Butch. Stellen Sie den Gentleman bitte durch.» Auf ihrem Schreibtisch standen mehrere Telefone, sie hob einen Hörer ab. «Hier Miss Self. Wie geht es Ihnen, Sir? Ich glaubte, Sie seien in Rom. Nun, ich hab's in der *Times* gelesen. Daß Sie in Rom seien und eine Audienz beim Papst gehabt hätten. Oh, ich bin sicher, daß Sie recht haben: *quel* Camp! Ja, ich kann Sie gut hören. Verstehe. Verstehe.»

Sie kritzelte etwas auf einen Schreibblock, und da ich die Fähigkeit habe, auch auf dem Kopf stehende Buchstaben zu entziffern, konnte ich lesen: *Wallace Suite 713 Ho-*

tel Plaza. «Tut mir leid, aber Gumbo ist nicht mehr bei uns. Diese schwarzen Jungs, sie sind so unzuverlässig. Wir werden jedoch in kürzester Zeit jemanden dort haben. Keine Ursache. Ich danke Ihnen.»

Sie betrachtete mich sehr lange. «Mr. Wallace ist ein hochgeschätzter Kunde.» Wieder ein längeres Mustern. «Wallace ist natürlich nicht sein richtiger Name. Wir gebrauchen für all unsere Kunden Pseudonyme. Für die Angestellten auch. Sie heißen Jones. Wir werden Sie Smith nennen.»

Sie riß das Blatt vom Notizblock ab, rollte es zu einer Art Kügelchen zusammen und warf es mir zu. «Ich glaube, Sie können damit fertigwerden. Es handelt sich nicht eigentlich um eine... physische Situation. Es ist mehr ein... Pflegeproblem.»

Ich rief Mr. Wallace über eines der stilvollen goldenen Haustelefone aus der Lobby des Plaza an. Lärm knallte gegen mein Trommelfell – das Poltern eines Telefonhörers, gefolgt von Höllenhundbellen. «Heh, heh, ist man bloß mein Hund», erklärte eine whisky-rauhe Stimme. «Jedesmal, wenn's Telefon läutet, schnappt er sich den Hörer. Sind Sie der Typ vom Service? Dann kommen sie rauf.»

Als der Kunde die Tür öffnete, kam sein Hund herausgestürzt und schleuderte sich gegen mich wie ein hochkarätiger Football-Verteidiger. Es war eine schwarz-weiß gescheckte englische Bulldogge – etwa sechzig Zentimeter groß und rund einen Meter breit, Gewicht ungefähr ein Zentner. Die Wucht der Attacke nagelte mich an die Wand; ich brüllte wie am Spieß. Der Höllenhundbesitzer lachte: «Keine Angst. Old Bill, der ist bloß zärtlich.» Und wie! Der geile Bock ritt meinen Schenkel wie ein gedopter Hengst. «Bill, hör damit auf», befahl Bills Herr mit ginsattem Glucksen. «Also wirklich, Bill. Hör damit auf.» Endlich befestigte er eine Leine am Halsband des Sex-Monsters und zerrte die Bestie von mir fort. «Armer Bill. Bin einfach nicht in der Verfassung gewesen, ihn auszuführen. Zwei Tage lang nicht. Das ist einer der Gründe, weshalb ich den Service angerufen habe. Als erstes möchte ich, daß Sie mit Bill in den Park gehen.»

Bill benahm sich manierlich – bis wir den Park erreichten.

Unterwegs dachte ich über Mr. Wallace nach: abgebrochener Riese, fettwanstig, alkoholgedunsen, mit Zierschnurrbärtchen über lakonischen Lippen. Die Zeit hatte ihre Spuren hinterlassen, denn er war mal ganz präsentabel gewesen; ich hatte ihn sofort wiedererkannt, obwohl ich ihn nur einmal gesehen hatte, und das vor rund zehn Jahren. Ich erinnerte mich sehr deutlich an ihn, weil er damals der berühmteste amerikanische Dramatiker gewesen war, und in meinen Augen auch der beste; im übrigen half die damalige kuriose *mise-en-scène* meiner Erinnerung mit auf die Sprünge: es war nach Mitternacht in Paris gewesen, in der Bar des Bœuf-sur-le-Toit, wo er an einem mit rosa Tuch bedeckten Tisch gesessen hatte, zusammen mit drei anderen Männern, von denen zwei teure Lustbubis waren. Korsische Piraten in britischem Flanell, und der dritte kein anderer als Sumner Welles – Fans von *Confidential* werden sich an den aristokratischen Mr. Welles erinnern, ehemaliger Unterstaatssekretär, großer und guter Freund der Bruderschaft der Schlafwagenschaffner. Es bot sich ein wahrhaft betrachtenswertes Tableau, ein Tableau *vivant* zumal dann, als seine Exzellenz, voll wie eine

Strandhaubitze, jene korsischen Ohren zu beknabbern begann.

Herbstspaziergänger schlenderten die abendlichen Parkwege entlang. Ein japanisches Pärchen blieb stehen, um Bill seine Zuneigung zu bekunden; die beiden waren schier aus dem Häuschen, zerrten an seinem verkrümmten Schwanz, umarmten und drückten ihn – was ich verstehen konnte, denn Bill mit seinem verbeulten Gesicht und seinen Quasimodobeinen, mit seinem geradezu grotesk disproportionierten Körper war für den Schönheitssinn von Orientalen genauso anziehend wie Bonsai-Bäume und Zwerghirsche und auf fünf Pfund gezüchtete Goldfische. Ich allerdings war nun mal *kein* Orientale, und als mich Bill aufs Gras und unter einen Baum lockte, um mich dort unversehens aufs Neue sexuell zu attackieren, mangelte es mir an der richtigen Wertschätzung dafür.

Da ich mich einem derart entschlossenen Notzüchter nicht gewachsen fühlte, war ich pragmatisch genug, mich einfach rücklings ins Gras zu legen und ihn gewähren zu lassen – ihn sogar anzufeuern: «Aber ja doch, Baby. Gib's mir, aber richtig. Fahr so richtig satt ab.» Wir hatten ein Publikum – links und rechts von den glotzenden, geilleidenschaftlichen Augen meines Liebhabers schwappten, am Horizont sozusagen, irgendwelche Gesichter. Eine Frauenstimme sagte scharf: «Sie mieser Lüstling! Hören Sie auf, das Tier zu mißbrauchen! Warum ruft denn niemand einen Polizisten?» Eine andere Frau sagte: «Albert, laß uns nach Utica zurückfahren. Noch heute abend.» Immer intensiver hechelnd sabberte Bill mich voll.

Meine naß verfleckten Robert-Hall-Hosen waren keineswegs Bills einzige Missetat an mir, ehe der Abend sich neigte. Als ich ihn zum Plaza zurückbrachte und das Foyer der Suite betrat, landete mein Fuß mitten in einem großen Haufen feuchter Scheiße, Bills Scheiße, und ich rutschte aus und fiel platt aufs Gesicht – in einen *zweiten* Scheißhaufen. Ich sagte zu Mr. Wallace nur: «Ist es Ihnen recht, wenn ich mich dusche?» Er erwiderte: «Darauf bestehe ich stets.»

Allerdings war, wie Miss Self ja hatte durchblicken lassen, Mr. Wallace eher der gesprächige als der sinnliche Typ, worin er Denny Fouts glich. «Sie sind ein guter Junge», versicherte er mir. «Oh, ich weiß, daß Sie kein Kind mehr sind. *So* betrunken bin ich nicht. Ich seh Ihnen an, daß Sie Erfahrungen haben. Aber lassen Sie nur, Sie sind ein guter Junge; seh ich in Ihren Augen. Verwundete Augen. Erniedrigt und beleidigt. Haben Sie Dostojewski gelesen? Nun, das schlägt wohl weniger in Ihr Fach. Aber Sie sind einer von seinen Menschen. Einer der Erniedrigten und Beleidigten. Genau wie ich selbst; deshalb fühle ich mich mit Ihnen sicher.» Wie ein Geheimagent ließ er seine Blicke durchs lampenscheinhelle Schlafzimmer gleiten; es sah aus, als sei gerade ein Hurrikan hindurchgefegt – überall dreckige Wäsche, dazu Hundescheiße und auf den Teppichen Pfützen abgetrockneter Hundepisse. Bill schlief jetzt am Fußende des Bettes mit einem Geschnarche voll postkoitaler Melancholie. Immerhin gestattete er seinem Herrn sowie dessen Gast, selbiges Bett ein bißchen mit ihm zu teilen, der Gast splitternackt, der Herr voll angekleidet, inklusive schwarzer Schuhe sowie Weste mit Bleistiften in der Tasche und einer Hornbrille. In der einen Hand hielt Mr. Wallace ein Zahnputzglas, randvoll mit unverdünntem Scotch, und in der anderen eine Zigarre, die sich, zittrig, zunehmend in Asche verwandelte. Mitunter streckte er die Hand aus, um mich zu streicheln, und einmal versengte mir die heiße Asche den Nabel; erst dachte ich, es sei Absicht, kam aber dann zu dem Schluß, es sei wohl eher versehentlich passiert.

«So sicher, wie sich ein Gejagter fühlen kann. Einer, dem die Mörder auf den Fersen sind. Ich werde voraussichtlich ganz plötzlich sterben. Und wenn ich sterbe, wird es kein natürlicher Tod sein. Die werden versuchen, es wie Herzversagen aussehen zu lassen. Oder wie einen Unfall. Aber versprechen Sie mir, daß Sie das nicht glauben werden. Versprechen Sie mir, der *Times* einen Brief zu schicken und denen zu sagen, daß es Mord gewesen ist.»

Bei Betrunkenen und Verrückten muß man immer logisch sein. «Aber wenn Sie glauben, daß Sie sich in Gefahr befinden, warum verständigen Sie dann nicht die Polizei?»

«Bin doch kein Singvogel», sagte er und fügte hinzu: «Liege sowieso im Sterben. Krepiere an Krebs.»

«Um was für eine Art Krebs handelt es sich?»

«Blut. Kehlkopf. Lunge. Magen. Gehirn. Arschloch.» Alkoholikern ist der Geschmack von Alkohol echt zuwider; er schüttelte sich, als er sein Glas mit Scotch zur Hälfte leerte. «Das fing alles vor sieben Jahren an, als sich die Kritiker gegen mich wandten. Jeder Schriftsteller hat seine Tricks, und früher oder später kommen ihm die Kritiker auf die Schliche. Ist soweit auch ganz in Ordnung; sie lieben einen, solange sie einem ein Etikett aufkleben können. Mein Fehler war, daß ich meine alten Tricks sattkriegte und ein paar neue lernte. Sowas lassen einem Kritiker nicht durchgehen; sie hassen Wandlungsfähigkeit – ist ihnen zuwider, wenn sich ein Schriftsteller entwickelt oder irgendwie verändert. Und damals fing's dann an mit dem Krebs. Als die Kritiker zu behaupten begannen, die alten Tricks seien ‹der Stoff reiner poetischer Kraft› gewesen; die neuen hingegen nannten sie ‹schäbige Prätentionen›. Sechs Flops nacheinander, vier am, zwei off Broadway. Sie schlachten mich ab, aus Neid und Unwissenheit. Und ohne Scham und Reue. Was schert sie's, daß mir der Krebs das Gehirn auffrißt!» Dann sagte er, ziemlich ruhig: «Sie glauben mir nicht, stimmt's?»

«Die sieben Jahre galoppierender Krebs, die kauf ich Ihnen nicht ab. Das ist unmöglich.»

«Ich bin ein Sterbender. Aber das glauben Sie mir nicht. Sie glauben nicht einmal, daß ich überhaupt Krebs habe. Sie meinen, das sei alles ein Problem für den Klapsdoktor.» Nein, was ich dachte, war dies: hier ist ein trauriger kleiner Kerl mit einem dramatischen Gemüt, der, genau wie irgendeine seiner ausgeflippten Heroinen, Zuwendung und Mitgefühl heischt, indem er Wildfremden halbgeglaubte Lügen vorsetzt. Wildfremden, weil er keine Freunde hat; und er hat keine Freunde, weil die einzigen Personen, für die *er* Mitgefühl hegt, seine eigenen Figuren sind und er selbst – alle übrigen gehören zum Publikum. «Aber zu Ihrer Information. Ich bin bei einem Klapsdoktor gewesen. Zwei Jahre lang habe ich fünfmal in der Woche pro Stunde sechzig Dollar geblecht. Aber der Mistkerl hat bloß seine Nase in meine persönlichen Angelegenheiten gesteckt.»

«Ist das nicht genau das, wofür sie bezahlt werden? Daß sie ihre Nase in persönliche Angelegenheiten stecken?»

«Spielen Sie nicht den Klugscheißer, alter Kumpel. Dies ist kein Scherz. Dr. Kewie hat mein Leben ruiniert. Er überzeugte mich davon, daß ich nicht schwul sei und daß ich Fred nicht liebte. Er sagte mir, ich sei als Schriftsteller erledigt, falls ich mir Fred nicht vom Halse schaffte. In Wahrheit jedoch war Fred das einzig Gute in meinem ganzen Leben. Möglich, daß ich *ihn* nicht geliebt habe. Aber er hat *mich* geliebt. Er hat mein Leben zusammengehalten. Fred war keineswegs der falsche Kerl, als den Dr. Kewie ihn hingestellt hat. Kewie sagte: ‹Fred liebt nicht Sie, er liebt Ihr Geld.› Kewie ist der, der Geld liebt. Nun, ich wollte Fred nicht verlassen, und so ruft Kewie ihn heimlich an und sagt ihm, ich würde mich zu Tode trinken, falls er nicht aus meinem Leben verschwände. Fred packt seine Sachen und haut ab, und ich kapier das einfach nicht, bis Dr. Kewie, mächtig stolz auf mich, mir seine Schandtat gesteht. Und ich sagte zu ihm: ‹Sehen Sie, Fred hat Ihnen geglaubt und sich, weil er mich so sehr liebte, selbst geopfert.› Aber da irrte ich mich. Denn als wir Fred fanden, und ich engagierte die Pinkertons-Detektei, die ihn in Puerto Rico ausfindig machte, da sagte Fred bloß, er wolle mir die Nase einschlagen. Er habe geglaubt, *ich* hätte hinter Kewies Anruf gesteckt, es sei alles ein Komplott von meiner Seite gewesen. Trotzdem versöhnten wir uns wieder. Aber was half's. Am 17. Juni wurde Fred im Memorial Hospital operiert, und am 4. Juli starb er. Er war erst sechsunddreißig Jahre alt. Und er hatte wirklich Krebs. So geht's, wenn man die Seelenbohrer ihre Nase in sein Privatleben stekken läßt. Was für ein Schlamassel! Sich vorzustellen, daß ich Stricher engagieren muß, damit sie mit Bill Gassi gehen.»

«Ich bin kein Stricher.» Warum ich protestierte, weiß ich allerdings nicht: ich bin ein Stricher und bin seit jeher einer gewesen.

Er grunzte sarkastisch; wie alle Rührtypen war er kaltherzig. «Wie ist's?» sagte er und blies die Asche von seiner Zigarre. «Roll herum und spreiz die Backen auseinander.»

«Tut mir leid, mach ich nicht. Stoßen – ja. Stoßen lassen – nein.»

«Ohhh», sagte er, und seine Südstaatler-Stimme klang so breiig wie Süßkartoffelpastete, «will dich gar nicht stoßen, alter Kumpel. Will bloß meine Zigarre ausdrücken.»

Mann, hatte ich 'n raschen Abgang! – katapultierte mit meinen Kleidern ins Bad und verriegelte die Tür. Während ich mich anzog, hörte ich, wie Mr. Wallace vor sich hingluckste. «Alter Kumpel?» sagte er. «Glaubst doch nicht etwa, daß ich das ernst gemeint habe, alter Kumpel, wie? Also ich weiß nicht. Keiner hat mehr Sinn für Humor.» Als ich aus dem Bad kam, schnarchte er leise – eine sanfte Begleitung zu Bills robustem Rasseln. Zwischen den Fingern hielt Mr. Wallace noch die brennende Zigarre: wenn eines Tages niemand da ist, um ihn vor Schaden zu bewahren, wird er auf diese Weise selbst für seinen Abgang sorgen.

Hier im Y.M.C.A. schläft ein sechzigjähriger blinder Mann in der Zelle neben mir. Er ist Masseur und arbeitet seit ein paar Monaten für die Sporthalle unten. Ein Kerl mit mächtigem Wanst, der Bob heißt und nach Baby-Öl und Sloan's Liniment riecht. Ich erzählte ihm mal, daß ich auch als Masseur gearbeitet hätte, und er sagte, es würde ihn interessieren, was für eine Art Masseur ich sei, und so tauschten wir uns über unsere Techniken aus. Während er mich mit seinen dicken, hochsensitiven Blindenhänden durchknetete, erzählte er mir ein bißchen von sich. Bis fünfzig sei er Junggeselle gewesen, dann habe er eine Kellnerin aus San Diego geheiratet. «Helen. Sie behauptete, eine hinreißende blonde Sexbombe zu sein, einunddreißig Jahre alt, geschieden, aber so doll war's mit ihr sicher nicht, weshalb hätte sie sonst mich geheiratet? Aber sie hatte eine gute Figur, und mit diesen Händen konnte ich sie gewaltig in Fahrt bringen. Nun, wir kauften uns einen Ford-Kleinlaster und einen Wohnwagen und zogen nach Cathedral City – das ist in der kalifornischen Wüste bei Palm Springs. Ich hoffte, einen Job in einem der Clubs in Palm Springs zu kriegen, und das klappte auch. Ist ganz phantastisch dort vom November bis zum Juni, tagsüber heiß, nachts kalt, das beste Klima auf der Welt, doch im Sommer, allmächtiger Vater, da kletterte das Thermometer auf fünfzig und oft noch ein gutes Stück drüber, und es war nicht etwa eine trockene Hitze, wie man annehmen sollte, nicht seit die dort eine Million Swimming-pools gebaut haben: die Pools machen die Wüstenluft *schwül*, und Schwüle bei fünfzig Grad ist nichts für weiße Männer. Oder weiße Frauen.

Helen litt schrecklich, doch Abhilfe gab's nicht – ich konnte im Winter nie genug zusammensparen, um mit Helen im Sommer von dort wegzufahren. Wir wurden in unserem kleinen Aluminium-Wohnwagen bei lebendigem Leibe gegrillt. Hockten dort einfach rum, und Helen glotzte in die Glotze und fing an, mich zu hassen. Vielleicht hatte sie mich schon immer gehaßt; oder unser Leben; oder *ihr* Leben. Aber da sie eine ruhige Frau war und wir uns kaum je zankten, sollte mir erst letzten April klarwerden, wie sie wirklich empfand. Da mußte ich nämlich mit der Arbeit aufhören und ins Krankenhaus gehen, um mich operieren zu lassen. Wegen der Krampfadern an meinen Beinen. Ich hatte gar nicht das Geld dafür, doch es stand auf Leben und Tod. Der Arzt sagte, ich könnte andernfalls jederzeit eine Embolie bekommen. Erst drei Tage nach der Operation kam Helen mich besuchen. Sie fragte nicht, wie's mir ging, gab mir keinen Kuß, nichts. Was sie sagte, war: ‹Ich will nichts weiter haben, Bob. Ich habe einen Koffer mit deinen Kleidern mitgebracht. Ich nehm bloß den Laster und den Wohnwagen.› Ich frag sie, wovon sie spricht, und sie sagte: ‹Tut mir leid, Bob. Aber ich muß weiterziehen.› Ich kriegte es mit der Angst; ich fing an zu heulen – ich flehte sie an, ich sagte: ‹Helen, bitte, Frau, ich bin blind, und jetzt bin ich auch lahm, und ich bin schon sechzig – du kannst mich doch nicht so zurücklassen, wo ich kein Heim hab und nicht weiß, was ich machen soll.› Weißt du, was sie geantwortet hat?

‹Wenn das so ist, dann dreh doch den Gashahn auf.› Und das waren die letzten Worte, die sie zu mir sagte. Als ich aus dem Krankenhaus entlassen wurde, hatte ich vierzehn Dollar und achtundsiebzig Cents, aber ich wollte unbedingt so weit wie möglich von dort weg, und so machte ich mich nach New York auf, per Anhalter. Helen, wo immer sie auch sein mag, ist jetzt hoffentlich glücklicher. Ich hege keinen Groll gegen sie. Allerdings finde ich, daß sie mich besonders hart behandelt hat. Das war eine schlimme Sache – ein alter, blinder und halblahmer Mann, per Anhalter quer durch ganz Amerika.»

Ein hilfloser Mann, im Dunkeln am Rande einer unbekannten Straße wartend: so muß sich Denny Fouts vorgekommen sein, denn ich war zu ihm genauso herzlos gewesen wie Helen zu Bob.

Denny hatte mir aus der Klinik in Vevey zweimal geschrieben. Das erste Mal war seine Schrift fast unleserlich gewesen: «Schreiben bereitet mir Schwierigkeiten, da ich meine Hände nicht unter Kontrolle halten kann. Father Flanagan, illustrer Besitzer von Father Flanagan's Nigger Queen Kosher Café, hat mir meinen Scheck gegeben und mir die Tür gezeigt. Merci Merci pour toi. Sonst würde ich mich sehr allein fühlen.» Sechs Wochen später erhielt ich eine Postkarte mit fester, klarer Schrift: «Bitte ruf mich in Vevey unter 46 27 14 an.»

Ich tat's aus der Bar des Pont Royal, und während ich auf den Klang von Dennys Stimme wartete, beobachtete ich Arthur Koestler, wie er methodisch eine Frau fertigmachte, die mit ihm am selben Tisch saß – irgendwer sagte, sie sei seine Freundin; sie weinte, wehrte sich jedoch nicht gegen seine Beleidigungen. Es ist unerträglich, einen Mann weinen oder eine Frau schikaniert zu sehen; doch niemand griff ein, und die Bartender und Kellner gaben vor, nichts zu merken.

Dann klang, aus alpinen Höhen, Dennys Stimme herab – es war, als sei seine Lunge voll frischer, klarer Luft; es sei ganz schön haarig gewesen, sagte er, aber jetzt sei er bereit, die Klinik zu verlassen, und ob ich ihn am Dienstag in Rom treffen könne, wo Prinz Ruspoldi («Dado») ihm ein Appartamento überlassen habe. Ich bin ein Feigling – im frivolsten und zugleich allerernstesten Sinn; wenn's um meine Gefühle für einen anderen Menschen geht, kann ich immer nur begrenzt aufrichtig sein, und ich neige dazu, «ja» zu sagen, wenn ich «nein» meine. Also erklärte ich Denny, ja, ich würde ihn in Rom treffen, denn wie hätte ich ihm sagen sollen, daß ich nicht die Absicht hatte, ihn jemals wiederzusehen, weil er mir solche Furcht einflößte? Nicht wegen der Drogen und seines chaotischen Lebens, sondern weil ihn der Modergeruch von Vergeudung und

Versagen umgab: und es war der Schatten dieses Scheiterns, das irgendwie meinen eigenen bevorstehenden Triumph zu gefährden schien.

So reiste ich denn zwar nach Italien, jedoch nach Venedig, nicht nach Rom, und erst zu Anfang des Winters, als ich eines Nachts allein in Harry's Bar saß, erfuhr ich, daß Denny wenige Tage nach unserem verabredeten Treffen in Rom ebendort gestorben war. Mimi erzählte es mir. Mimi war Ägypter, noch fetter als König Faruk, ein Rauschgiftschmuggler, der zwischen Kairo und Paris hin und her pendelte; Denny war Mimi ergeben – oder jedenfalls den Drogen, die Mimi verhökerte; ich meinerseits kannte ihn allerdings kaum, und so war ich erstaunt, als er, kaum daß ich in Harry's Bar getreten war, auf mich zugewatschelt kam, mir mit seinen herabgebogenen Himbeerlippen einen Wangenkuß gab und sagte: «Ich muß lachen. Immer, wenn ich an Denny denke, muß ich lachen. *Er* würde gelacht haben. Auf solche Weise zu sterben! Das konnte nur Denny passieren.» Mimi hob seine gezupften Augenbrauen. «Ah. Sie wissen nicht. Es war die Kur. Wäre er bei den Drogen geblieben, hätte er noch zwanzig Jahre gelebt. Die Kur jedoch brachte ihn um. Er hockte auf dem Klo, als sein Herz plötzlich nicht mehr mitmachte.» Mimi behauptete, Denny sei auf dem protestantischen Friedhof bei der römischen Stadtmauer beigesetzt worden – aber als ich dort im Frühjahr darauf nach Dennys Grab suchte, konnte ich es nicht finden.

Viele Jahre lang hatte ich für Venedig eine große Vorliebe, und ich habe dort auch zu allen Jahreszeiten gelebt, wobei ich den Spätherbst und den Winter vorzog, wenn der Seenebel über die Piazzas treibt und das silberne Klingeln der Gondelglocken in den verschleierten Kanälen zittert. Meinen gesamten ersten europäischen Winter verbrachte ich dort, in einem ungeheizten kleinen Appartamento im obersten Stock eines Palazzo am Canale Grande. Nirgendwo sonst habe ich eine solche Kälte erlebt; es gab Augenblicke, in denen ein Chirurg mir Arme und Beine hätte amputieren können, ohne daß ich den leisesten Schmerz empfunden haben würde. Dennoch fühlte ich mich nicht unglücklich, denn ich war davon überzeugt, daß es sich bei meinem «work in progress», *Sleepless Millions*, um ein Meisterwerk handelte. Jetzt weiß ich, was es in Wirklichkeit war – ein Aufguß surrealistischer Prosa nach einem Vicki-Baum-Rezept. Mit einiger Beschämung – und nur der Vollständigkeit halber – will ich gestehen, daß der Roman von einem runden Dutzend Amerikaner handelte (einem geschiedenen Ehepaar, einem vierzehnjährigen Mädchen und einem jungen und reichen und gutaussehenden Voyeur in einem Motelzimmer, einem masturbierenden General der Marineinfanterie etc.), deren Leben lediglich durch den Umstand miteinander verknüpft war, daß sie sich alle zu sehr später Zeit im Fernsehen einen Spielfilm ansahen.

An dem Buch arbeitete ich jeden Tag von neun Uhr vormittags bis drei Uhr nachmittags, und ab drei wanderte ich dann, und zwar bei jedem Wetter, durch das Labyrinth der venezianischen Gassen – bis zum Einbruch der Dunkelheit, wenn es Zeit wurde für Harry's Bar: raus aus der Kälte und rein in die wohltuende Wärme des Herdfeuers von Signore Ciprianis mikroskopischem Delikatessen-und-Drink-Palast. Harry's ist im Winter eine andere Art Tollhaus als für den Rest des Jahres – genauso überfüllt zwar, doch herrschen zu Weihnachten dort nicht die Engländer und die Amerikaner, sondern eine exzentrische lokale Aristokratie, bleiche, stutzerhafte junge Grafen und kreischende Principessas, Leute, die sich nicht im Traum einfallen lassen würden, auch nur einen Fuß in die Lokalität zu setzen, ehe nicht, nach Ende Oktober, auch das letzte Ehepaar aus Ohio nach Hause abgedampft ist. Jeden Abend gab ich in Harry's neun oder zehn Dollar aus – für Martinis und Shrimp-Sandwiches und Schüsseln voll grüner Nudeln mit Salsa Bolognese. Obwohl mein Italienisch nie sehr viel taugte, gewann ich viele Freunde und könnte von so mancher wilden Fete berichten (doch wie ein alter Freund aus New Orleans zu sagen pflegte: «Baby, laß mich bloß nicht loslegen!»).

Die einzigen Amerikaner, an die ich mich von jenem Winter her erinnere, waren Peggy Guggenheim und George Arvin, ein hochbegabter Maler, der wie ein blonder Basketball-Coach mit Bürstenschnitt aussah; er liebte einen Gondoliere und lebte schon seit Jahren in Venedig mit dem Gondoliere und dessen Frau und Kindern zusammen (irgendwie fand dieses Arrangement schließlich ein Ende, und Arvin ging in ein italienisches Kloster, wo er, wie man mir erzählte, zu gegebener Zeit Ordensbruder wurde).

Sie erinnern sich an Hulga, meine Frau? Hätte es sie nicht gegeben, das heißt die Tatsache, daß wir gesetzlich noch ein Ehepaar waren, so hätte ich vielleicht die Guggenheim geheiratet, obwohl sie dreißig Jahre und mehr älter sein mochte als ich. Allerdings hätte ich's nicht deshalb getan, weil sie mich irgendwie anmachte – wenngleich sie so eine Art hatte, mit ihrem Gebiß zu klappern, und fast so aussah wie ein langhaariger Bert Lahr. Es war angenehm, einen venezianischen Winterabend im kompakten weißen Palazzo dei Leoni zu verbringen, wo sie mit elf tibetanischen Terriern lebte sowie einem schottischen Butler, der dauernd nach London abschwirrte zum Rendezvous mit seinem Geliebten: ein Umstand, über den sich seine Arbeitgeberin nicht beklagte, denn sie war ein Snob und es hieß, der Liebhaber sei Prinz Philips Kammerdiener; angenehm war es, den guten roten Wein der Lady zu trinken und ihr zuzuhören, während sie sich laut an ihre Ehen und Affären erinnerte – es verblüffte mich, im Rahmen dieser gigoloartigen Brigade, den Namen Samuel Beckett zu vernehmen. Schwer, sich eine unorthodoxere Paarung vorzustellen als diese reiche und sehr weltliche Jüdin und den mönchischen Autor von *Molloy* und *Warten auf Godot.* Da kann man ein bißchen ins *Grübeln* geraten über Beckett... und seine prätentiöse Entrücktheit, nüchterne Strenge. Denn bettelarme, ungedruckte Schriftsteller, und genau das war Beckett zur Zeit der Liaison gewesen, nehmen sich keine unattraktive amerikanische Kupfer-Erbin zur Geliebten, ohne mehr im Sinn zu haben als Liebe. Was mich betrifft, so wäre ich trotz meiner Bewunderung für sie an ihrem Zaster interessiert gewesen; und der einzige Grund dafür, daß ich nicht zu wahrer Form auflief und versuchte, bei ihr einiges für mich lockerzumachen, bestand darin, daß mich schierer Dünkel in einen gottverdammten Narren verwandelt hatte; alles würde mein sein an dem Tag, da *Sleepless Millions* auf dem Buchmarkt erschien.

Bloß, daß daraus nie was wurde.

Im März schloß ich das Manuskript ab und schickte eine Kopie davon an meine Agentin, Margo Diamond, ein pockennarbiges Weib, das es mit Hunden trieb und sich dazu hatte überreden lassen, meine Rechte zu vertreten, und zwar von einer ihrer Klientinnen, meiner alten, abgelegten Freundin Alice Lee Langman. Sie habe, ließ mich die Diamond wissen, meinen Roman dem Verleger meines ersten Buches, *Erhörte Gebete*, zugehen lassen. «Allerdings», schrieb sie mir, «habe ich dies nur aus Gefälligkeit getan, und falls man den Roman ablehnt, so werden Sie sich, fürchte ich, einen anderen Agenten suchen müssen, weil ich meine, es sei weder in Ihrem noch in meinem besten Interesse, wenn ich weiterhin für Sie tätig wäre. Ich will Ihnen nicht verheimlichen, daß Ihr Verhalten gegenüber Miss Langman, die ungewöhnliche Art und Weise, mit der Sie ihr ihre Großzügigkeit entgolten haben, meine Einstellung beeinflußt hat. Dennoch würde ich mich dadurch nicht beirren lassen, wenn ich das Gefühl hätte, daß Sie über eine Begabung verfügen, die unter allen Umständen gefördert werden muß. Aber das Gefühl habe ich nicht und habe ich nie gehabt. Sie sind kein Künstler – und wenn Sie schon kein Künstler sind, dann sollte man bei Ihnen zumindest damit rechnen können, daß Sie sich zu einem professionellen Schriftsteller entwickeln, der sein Handwerk wirklich beherrscht. Doch der Mangel an Selbstdisziplin, die fortdauernde Unbeständigkeit, lassen darauf schließen, daß Professionalismus für Sie unerreichbar ist. Wie wär's, wenn Sie, solange Sie noch jung sind, eine andere Karriere ins Auge faßten?»

Giftspeiendes Biest! Junge (dachte ich), das wird der noch mal leid tun! Und selbst als ich, nach meiner Ankunft in Paris, beim American Express einen Brief mit der Ablehnung des Verlages vorfand («Zu unserem Bedauern sind wir der Überzeugung, daß wir Ihnen einen schlechten Dienst erweisen würden, wenn wir für Ihr Debüt als Romancier in Anbetracht eines so konstruierten Werks wie *Sleepless Millions* verantwortlich zeichnen würden...») – selbst dann schwankte mein Selbstvertrauen keine Sekunde: ich war davon überzeugt, daß, nachdem ich Miss Langman den Laufpaß gegeben hatte, ihre Freunde mich literarisch zu lynchen versuchten.

Ich verfügte über vierzehntausend Dollar Notkapital, Ertrag meiner diversen Schwindeleien, und hatte keine Lust, in die Staaten zurückzukehren. Doch schien ich keine Wahl zu haben, falls ich *Sleepless Millions* gedruckt sehen wollte: aus der Ferne und ohne tüchtigen Agenten das Buch auf den Markt zu bringen, würde unmöglich sein. Und es ist schwieriger, einen ehrlichen und guten Agenten zu bekommen, als einen angesehenen Verleger. Margo Diamond gehörte zu den besten; sie stand mit den Eierköpfen von Intelligenzblättern wie der *New York Review of Books* auf ebenso gutem Fuß wie mit den Redakteuren vom *Playboy*. Vielleicht hielt sie mich tatsächlich für untalentiert, doch handelte es sich eher um einen Fall von Eifersucht – diese Fischweibfose war schon immer auf die Langman scharf gewesen. Doch bei der Vorstellung, nach New York zurückzukehren, stülpte sich mir wütend der Magen um. Jene Stadt, wo ich keine Freunde, jedoch viele Feinde hatte, wollte ich nie wieder betreten, es sei denn als Triumphator hinter Marschkapellen und im Konfettiregen. Es hätte jemandes mit weniger oder mehr Charakter, als ich aufweisen konnte, bedurft, um entmutigt und einen nicht an den Mann gebrachten Roman mit sich schleppend zurückzukehren.

Zu den kläglichsten Clans auf dieser Welt, bemitleidenswerter noch als ein Haufen heimatloser Eskimos, die sich sieben Monate lang durch eine Winternacht hungern, gehören jene Amerikaner, die – aus Eitelkeit oder aus vorgeblich ästhetischen Gründen oder wegen sexueller oder finanzieller Probleme – das Leben eines Exilierten wählen. Wem es gelingt, im Ausland Jahr um Jahr zu überleben, wer dem Frühling unentwegt auf der Spur bleibt (von Taroudant im Januar aus über Taormina und Athen bis, im Juni, nach Paris), der sieht sich gerechtfertigt in seinem Gefühl, etwas Außergewöhnliches geleistet zu haben: in seiner Überlegenheitsattitüde. Und es *ist* ja auch eine Leistung, wenn man wenig Geld hat oder, wie die meisten Amerikaner, die von Geldüberweisungen aus der Heimat leben, «gerade genug zum Leben hat». Ist man noch jung, so mag das ein paar Jahre lang angehen, aber wer das noch mit fünfundzwanzig, äußerstenfalls dreißig so hält, dem geht schließlich auf, daß das, was ein Paradies zu sein schien, in Wirklichkeit bloße Szenerie ist, ein buntbemalter Vorhang, der, wenn er sich hebt, den Blick auf Höllenfeuer freigibt.

Nach und nach wurde ich absorbiert von dieser kläglichen Karawane, und es dauerte eine ganze Weile, ehe ich merkte, was da vor sich ging. Als ich mich zu Sommeranfang entschloß, nicht in die Staaten zurückzukehren, sondern mein Buchmanuskript verschiedenen Verlagen per Post zugehen zu lassen, fingen meine Tage mit Kopfschmerzen und diversen Pernods auf der Terrasse des Deux Magots an; danach überquerte ich dann den Boulevard und betrat die Brasserie Lipp, um *choucroute* zu konsumieren und Bier, viel Bier: anschließend folgte eine Siesta in meinem hübschen kleinen Zimmer im Hotel Quai Voltaire mit Blick auf den Fluß. Die eigentliche Trinkerei begann erst so um sechs, wenn ich mit dem Taxi zum Ritz fuhr, wo ich die frühen Abendstunden damit verbrachte, an der Bar Martinis zu schnorren; und falls es mir nicht gelang, dort was aufzureißen: eine Einladung zum Dinner zu ergattern von irgendeinem Krypto-Schwuli oder zwei gemeinsam reisenden Ladies oder vielleicht von einem naiven amerikanischen Ehepaar, dann aß ich für gewöhnlich überhaupt nicht. Nach meiner Schätzung nahm ich an fester Nahrung pro Tag weniger als fünfhundert Kalorien zu mir. Doch der Alkohol, vor allem die scheußlichen Unmassen von Calvados, die ich jeden Abend trank, ob nun in wimmelnden senegalesischen Cabarets oder in Off-Beat-Bars wie Le Fiacre und Mon Jardin und Madame Arthur's und Bœuf-sur-le-Toit, ließ mich, obwohl meine innere Aushöhlung immer weiter fortschritt, wohlgefüllt und stämmig aussehen. Aber trotz allen gigantischen Kater- und Übelkeitszuständen hatte ich sonderbarerweise das Gefühl, einen Mordsspaß zu haben und genau die Art von Erlebnissen und Lebenserfahrungen zu sammeln, die ein Künstler notwendig braucht – und es ist wahr, daß eine Reihe von Leuten, denen ich bei meinen Zechtouren begegnete, die Calvados-Nebel durchdrangen und in meiner Erinnerung eine bleibende Spur hinterließen.

Und das bringt uns zu Kate McCloud! Kate! McCloud! Meine Liebe, meine Qual, meine Götterdämmerung, mein eigener ganz spezieller *Tod in Venedig*: unausweichlich, gefährlich wie die Schlange an Kleopatras Brust.

Es war später Winter in Paris; ich war aus Tanger zurückgekehrt, nachdem ich dort mehrere unnüchterne Monate zugebracht hatte, hauptsächlich als Stammgast von Jay Hazlewoods Le Parade, einem schicken kleinen Lokal, geleitet von einem freundlichen, schlaksigen Menschen aus Georgia, der ein kleines Vermögen gemacht hatte durch den Verkauf von «anständigen» Martinis und Jumbo-Hamburgers an heimwehkranke Amerikaner; für die Bevorzugten unter seinen ausländischen Gästen traf er auch Arrangements mit arabischen Sexpartnern oder -partnerinnen – ohne Aufpreis natürlich, einfach als Teil des Service.

Eines Abends lernte ich an der Bar des Parade jemanden kennen, der von großem Einfluß auf die künftigen Ereignisse sein sollte. Er hatte geglättetes blondes Haar mit Mittelscheitel wie von einer Haarwasser-Reklame aus den zwanziger Jahren; er war schlank und sommersprossig, hatte ein frischfarbenes Gesicht, ein angenehmes Lächeln und gesunde Zähne. Wenn auch ein paar zuviel. Er hatte die Tasche voller Küchenstreichhölzer, holte eines nach dem andern hervor und riß es mit dem Daumennagel an. Er war um die Vierzig, ein Amerikaner, doch einer von jenen mit nicht lokalisierbarem Akzent, wie das bei Menschen zu sein pflegt, die gewohnt sind, mehrere Sprachen zu sprechen: es handelt sich nicht um Affektiertheit, sondern um eine Art undefinierbaren Sprachfehlers. Er spendierte mir ein paar Drinks, und wir ließen auch die Würfel rollen; später befragte ich Jay Hazlewood über ihn.

«Ein Niemand», erwiderte Jay mit seiner etwas schleppenden Stimme. «Sein Name ist Aces Nelson.»

«Aber was treibt er?»

Jay sagte – und sagte es mit so feierlichem Ernst: «Er ist ein Freund der Reichen.»

«Und das ist alles?»

«Alles? Scheiße!» sagte Jay Hazlewood. «Ein Freund der Reichen zu sein und davon zu *leben* – da ist ein einziger Tag schwerer, als wenn zwanzig Nigger einen Monat lang als Kettensträflinge schuften.»

«Aber *wie* stellt er's an, davon zu leben?»

Hazlewood weitete ein Auge, kniff das andere zusammen – der mißtrauische Blick eines Pferdehändlers –, doch ich wollte ihn nicht foppen, ich kapierte wirklich nicht.

«Hör zu», sagte er, «es gibt eine Menge Pilotfische wie Aces Nelson. Es ist nichts Besonderes an ihm, außer daß er ein bißchen schlauer ist als die meisten seines Schlages. Aces ist okay. Relativ gesehen. Zwei-, dreimal pro Jahr taucht er in Tanger auf, immer an Bord irgendeiner Privatjacht; jeden Sommer verbringt er damit, von Jacht zu Jacht zu wandern – als da sind: die *Gaviota*, die *Siesta*, die *Christina*, die *Sister Anne*, die *Creola*; und so weiter. Für den Rest des Jahres ist er oben in den Alpen – St. Moritz oder Gstaad. Oder in Westindien. Antigua. Lyford Cay. Mit Zwischenstops in Paris, New York, Beverly Hills, Grosse Pointe. Aber wo er auch ist, er macht immer dasselbe. Leistet Schwerarbeit, um sich sein Stück Brot zu verdienen. Indem er Spiele spielt – von Mittag bis zum Zapfenstreich. Bridge. Gin. Cutthroat. Old Maid. Backgammon. Beaming. Und seine Jacketkronen blitzen läßt. Sorgt dafür, daß sich die Reichen glücklich fühlen in ihren seetüchtigen Salons. Auf die Weise verdient er sich das Lebensnotwendigste. Den Rest macht er, indem er Weiber jeden Alters ganz nach Bedürfnis bumst – reiche Fosen mit Ehemännern, denen es scheißegal ist, wer's ihren Weibern besorgt, solange sie's nicht selbst zu tun brauchen.»

Jay Hazlewood rauchte nie: als echter Sohn der Hügel von Georgia kaute er Tabak. Jetzt spie er einen braunen Strahl in seinen speziellen Privatspucknapf. «Harte Arbeit? Ich *weiß* es. Ich habe, Himmelarsch, fast Kobras gefickt. So kriegte ich die Pesetas zusammen, um diese Bar aufzumachen. Aber ich tat's für mich selbst. Um was aus *mir* zu machen. Aces, der hat sich in jenes Leben verloren. Zur Zeit ist er mit Babs Meute hier.»

Tanger ist ein weißes Stück kubistischer Skulptur vor Berghängen gegenüber der Bucht von Gibraltar. Von der Berghöhe her gelangt man durch einen Mittelklasse-Vorort mit verstreuten – und häßlichen – mediterranen Villen zur «modernen» Stadt, einem brodelnden Miasma von überbreiten Boulevards, zementfarbenen Hochhäusern, hin zum irren Labyrinth der Kasbah. Mit Ausnahme jener, die angeblich legitimer Geschäfte wegen in Tanger sind, sind praktisch alle, die hier leben, Ausländer, eines, wenn nicht aller der folgenden vier Gründe wegen da: wegen der mühelosen Verfügbarkeit von Drogen, von reizvollen jugendlichen Prostituierten, der Lockungen eines Paradieses für Steuerflüchtige und, schließlich und endlich, weil die betreffende Person so unerwünscht ist, daß man sie nördlich von Port Said nicht von Bord eines Schiffes oder Flugzeugs lassen würde. Tanger ist eine langweilige Stadt, wo alle denkbaren wesentlichen Risiken aus dem Weg geräumt sind. Damals waren die fünf regierenden Königinnen der Kasbah zwei Engländer und drei Amerikanerinnen, darunter Eugenia Bankhead, die genauso ursprünglich war wie ihre Schwester Tallulah: sie verstand es, im Zwielicht des Hafens ihren eigenen irren Sonnenschein zu gewinnen. Und Jane Bowles, der geniale Kobold, jenes lachende, heitere, zerquälte Selbst. Autorin eines unheimlichen, großartigen Romans, *Two Serious Ladies*, und eines einzigen Schauspiels, *In the Summer House*, das man genauso bezeichnen könnte. In der Kasbah wohnte Mrs. Bowles in einem der unzähligen Häuser, einer derart beengten und niedrigen Unterkunft, daß man fast kriechen mußte von Raum zu Raum; sie wohnte dort mit ihrer maurischen Geliebten, der berühmtem Cherifa, einer derben alten Bäuerin, die in einem der größten von Tangers Freiluftbasars die Kaiserin der Kräuter und seltenen Gewürze war – eine strapaziöse Persönlichkeit, die nur ein Genie wie Mrs. Bowles ertragen konnte, mit ihrem Witz und ihrer Vorliebe für extreme Absonderlichkeiten. («Aber», sagte Jane mit einem engelhaften Lachen, «ich liebe Cherifa wirklich. Cherifa liebt mich nicht. Wie könnte sie. Eine Schriftstellerin? Eine verkrüppelte Jüdin aus Ohio? Das einzige, woran sie denkt, ist Geld. Mein Geld. Wie wenig es auch ist. Und das Haus. Und wie sie das Haus kriegen kann. Mindestens einmal alle sechs Monate gibt sie sich die größte Mühe, mich zu vergiften. Und glaube nicht, daß ich paranoid bin. Es ist wirklich so.»)

Mrs. Bowles' Puppenhaus war das genaue Gegenteil des von einer Mauer umgebenen Palastes, der jener Königin gehörte, die dort die dritte genetisch authentische war, die Groschenladen-Maharani Barbara Hutton – die Ma Barker von Babs Meute, um Jay Hazlewood zu zitieren. Miss Hutton, mit einem Gefolge aus temporären Ehemännern, aktuellen Liebhabern sowie weiteren, weniger genau definierbaren Personen, residierte für gewöhnlich pro Jahr einen Monat lang in ihrem marokkanischen Domizil. Zerbrechlich, ängstlich, wagte sie sich kaum je heraus, und nur ganz wenige Ortsansässige wurden in den Palast geladen. Unstete Wanderin, die sie war – heute Madrid, morgen Mexiko – *reiste* Miss Hutton dennoch nie; sie überquerte nur Grenzen, vierzig Schrankkoffer und ihr insulares Ambiente mit sich führend.

«He, he doch! Hätten Sie Lust, zu einer Party zu gehen?» Aces Nelson; er rief mir von einer Caféterrasse auf dem

Petit Soko zu, einer Kasbah-Piazza, einem rund um die Uhr geschäftigen Al-fresco-Salon; es war schon nach Mitternacht.

«Schauen Sie mal», sagte Aces, der von nichts berauscht war außer von seiner eigenen prächtigen Laune; in der Tat war er dabei, *thé arabe* zu trinken. «Ich habe ein Geschenk für Sie.» Und ich sah, daß er einen zappligen, prallbäuchigen Welpen in den Händen hielt, ein weibliches Tier, Pickaninny mit Afro-Haar und weißen Ringen um die großen, angstvollen Augen – wie ein Panda, irgendeine Art Ghetto-Panda. Aces sagte: «Ich habe sie vor fünf Minuten von einem spanischen Seemann gekauft. Er kam hier vorbei, mit diesem komischen Bündelchen in der Tasche seiner Matrosenjacke. Der Kopf lugte hervor. Und ich sah diese niedlichen Augen. Und diese niedlichen Ohren – eins runtergeklappt, das andere wie gespitzt, sehen Sie. Ich befragte ihn, und er sagte, seine Schwester habe ihn geschickt, damit er das Tierchen Mr. Wu verkaufe, dem Chinesen, der geröstete Hunde ißt. Ich bot ihm hundert Peseten, und damit hatte sich's.» Aces streckte mir das Hündchen entgegen wie eine indische Bettlerin ihr kränkliches Kind. «Warum ich das Tier gekauft habe, ging mir erst auf, als ich Sie sah. Wie Sie auf den Soko geschlendert kamen. Mr. – Jones? Ich erinnere mich da doch richtig? Hier, Mr. Jones, nehmen Sie sie. Ihr braucht einander.»

Hunde, Katzen, Kinder – ich hatte nie was gehabt, das auf mich angewiesen war, es kostete mich schon Zeit genug, meine eigenen Windeln zu wechseln. Und so sagte ich: «Vergessen Sie's. Geben Sie den Hund dem Chinesen.»

Aces musterte mich mit dem Blick des erfahrenen Spielers. Er setzte das Hündchen mitten auf den Café-Tisch, wo es einen Augenblick furchtsam zitternd stand, um dann zum Pinkeln niederzuhocken. Aces! Du Sohn einer Hündin. *Die Nonnen. Die Felsen oberhalb von St. Louis.* Ich nahm das Tier und wickelte es in einen Lanvinschal, den Denny Fouts mir vor langer Zeit geschenkt hatte, und hielt es dicht an meinem Körper. Es hörte auf zu zittern. Es schnüffelte, seufzte, schlummerte.

Aces sagte: «Und wie wollen Sie sie nennen?»

«Mutt.»

«Oh? Da Sie mir die Bekanntschaft mit ihr verdanken, könnten Sie sie doch zumindest Aces nennen.»

«Mutt – Bastard, Promenadenmischung. Was wir ja alle sind – sie – und Sie – und ich. Mutt.»

Er lachte. «*Alors.* Aber ich habe Ihnen eine Party versprochen, Jones. Mrs. Cary Grant gibt sich heute abend die Ehre. Wird stinklangweilig werden. Trotzdem.»

Aces nannte die Huttontot (kleiner Kalauer von Walter Winchell), zumindest hinter ihrem Rücken, immer Mrs. Cary Grant: «Aus Respekt, eigentlich. Er war der einzige ihrer Ehemänner, der diesen Namen verdiente. Er betete sie an; doch sie mußte ihn verlassen; sie kann keinen Mann verstehen und keinem Mann vertrauen, der *nicht* hinter ihrem Geld her ist.»

Ein über zwei Meter großer Senegalese mit scharlachrotem Turban und weißer Dschellaba öffnete die eisernen Tore; man betrat einen Garten, wo im Laternenschein Judasbäume blühten und der mesmerische Duft von Tuberosen die Luft erfüllte. Wir gelangten in einen Raum, der fahl erhellt wurde von Licht, das von außen wie durch ein Efeu-Filigran hereinfilterte. Die Wände waren gesäumt von brokatbezogenen Banquettes, auf denen sich Brokatkissen türmten, eine luxuriöse Pracht, zitronengelb und karmesinrot mit silberfarben. Und es gab wunderschöne Messingtische mit flackernden Kerzen und schwitzenden Champagnerkübeln; die Fußböden mit ihren überlappenden Teppichschichten, Produkte von Webern aus Fez und Marrakesch, glichen fremdartigen Seen von altertümlicher, faszinierender Farbe.

Die wenigen Gäste wirkten gehemmt, als warteten sie darauf, daß sich die Gastgeberin zurückzöge, damit sie ihre Freiheit dann desto überschwenglicher genießen könnten – die typische Haltung von Höflingen, die mit mühsamer Beherrschung des Augenblicks harren, da sich die königliche Familie empfiehlt.

Die Gastgeberin, in einem grünen Sari und mit einer Kette aus dunklen Smaragden, saß in die Kissen zurückgelehnt. Ihre Augen besaßen jene Leere, wie man sie oft bei jahrelang Eingekerkerten findet; auch hatten sie, ähnlich wie die Smaragde, etwas von einer versteinerten Entrücktheit. Wahrhaft beklemmend war der eigentümlich selektive Blick der Gastgeberin; sie sah nur, was sie sehen wollte: und so sah sie mich, nahm den Welpen, den ich trug, jedoch überhaupt nicht wahr.

«Oh, Aces, mein Lieber», sagte sie mit leiser, matter Stimme. «Was *haben* Sie denn jetzt aufgetan?»

«Dies ist Mr. Jones, P. B. Jones, glaube ich.»

«Und Sie sind ein Dichter, Mr. Jones. Denn ich bin eine Dichterin. Und ich habe ein Gespür dafür.»

Dennoch war sie auf eine anrührende, gleichsam verschrumpfte Weise recht hübsch – eine Hübschheit, die beeinträchtigt wurde, weil sie unverkennbar allzu riskant auf der Schneide des Schmerzes balancierte. Ich erinnerte mich, daß ich einmal in einer Sonntagsbeilage gelesen hatte, als junge Frau sei sie dick gewesen, ein verfettetes Mauerblümchen. Auf den Rat eines Diät-Spinners sollte sie dann ein oder zwei Bandwürmer verschluckt haben, und wenn man sie jetzt so sah als magersüchtige Erscheinung von federhafter Durchsichtigkeit, so fragte man sich unwillkürlich, ob jene Würmer nicht noch immer Unter- oder eher Hauptmieter bei ihr waren, auf die die Hälfte ihres Körpergewichts entfiel. Sie schien ein wenig meine Gedanken gelesen zu haben: «Ist es nicht lächerlich. Ich bin so dünn. Ich bin zu schwach, um zu gehen. Ich muß überallhin getragen werden. Wirklich, ich würde gern Ihre Lyrik lesen.»

«Ich bin kein Dichter. Ich bin Masseur.»

Sie zuckte zusammen. «*Blaue Flecken.* Ein Blatt fällt auf mich, und ich habe einen blauen Fleck.»

Aces sagte: «Sie haben mir doch erzählt, daß Sie Schriftsteller sind.»

«Nun ja, bin ich auch. War ich. Allem Anschein nach bin ich jedoch ein besserer Masseur als Schriftsteller.»

Miss Hutton beriet sich mit Aces; es war, als flüsterten beide mit den Augen.

Sie sagte: «Vielleicht könnte er Kate helfen.»

Er blickte zu mir, fragte: «Wären Sie frei, um zu reisen?»

«Schon möglich. Sehr viel anderes scheine ich ohnehin nicht zu tun.»

«Wann könnten Sie sich mit mir in Paris treffen?» fragte er, energisch, ganz Geschäftsmann.

«Morgen.»

«Nein. Nächste Woche. Donnerstag. Ritz-Bar. Rue-Cambon-Seite. Viertel nach eins.»

Die reiche Erbin seufzte in eines der brokatseidenen

Federkissen. «Armer Junge», sagte sie und pochte mit ihren langen, aprikosefarben lackierten Fingernägeln gegen ein Champagnerglas: Zeichen für den senegalesischen Bediensteten, sie hochzuheben und die blaugekachelte Treppe hinaufzutragen zu ihrem kuscheligen Gemach, wo Morpheus, stets mutwilliger Tyrann der Hektischen, der Geängstigten, vor allem aber der Reichen und der Mächtigen, schon vergnügt auf ein ausgiebiges Hasch-mich-Spielchen wartete.

Ich verkaufte einen Saphirring, gleichfalls ein Geschenk von Denny Fouts (der ihn seinerseits von seinem griechischen Prinzen zum Geburtstag geschenkt bekommen hatte), an Dean, den farbigen Eigentümer von Dean's Bar, Hauptkonkurrenz von Le Parade im Hinblick auf die *haute monde* der Kolonie. Ich verkaufte ihn zu einem Spottpreis, doch reichte das Geld für einen Flug nach Paris, auf dem Mutt mich begleitete – in einer Reisetasche der Air France versteckt.

Am Donnerstag um genau ein Uhr fünfzehn betrat ich die Ritz-Bar, Mutt in der Leinentasche mit mir schleppend, denn sie hatte sich geweigert, in dem billigen Hotelzimmer zurückzubleiben, das wir in der Rue du Bac bezogen hatten. Aces Nelson, glattgekämmtes Haar, gutgelauntes Gesicht, wartete an einem Ecktisch auf uns.

Er tätschelte den Hund und sagte: «Nun. Ich bin überrascht. Ich hatte eigentlich nicht damit gerechnet, daß Sie kommen würden.»

Ich sagte nur: «Will sehr hoffen, daß dies 'ne gute Sache ist.»

Georges, der Chef-Bartender im Ritz, ist ein Daiquiri-Spezialist. Ich bestellte einen doppelten Daiquiri, Aces desgleichen, und während die Cocktails gemixt wurden, fragte Aces: «Was wissen Sie über Kate McCloud?»

Ich zuckte mit den Schultern. «Nur was man so in der Boulevardpresse liest. Kann gut mit einem Gewehr umgehen. War nicht sie es, die einen weißen Leoparden geschossen hat?»

«Nein», erwiderte er nachdenklich. «Sie war in Indien auf Safari, und sie hat auf einen Mann geschossen, weil der einen weißen Leoparden erlegt hatte – zum Glück war ihr Schuß nicht tödlich.»

Die Cocktails kamen, und wir genossen sie schweigend, bloß daß Mutt ab und zu einen Japser von sich gab. Ein guter Daiquiri-Cocktail ist angenehm herb und ein klein wenig süß; ein schlechter kann wie Salzsäure schmecken. Georges kannte den Unterschied. So bestellten wir uns noch einen, und Aces sagte: «Kate hat hier im Hotel ein Appartement, und nach unserem Gespräch möchte ich Sie ihr vorstellen. Sie erwartet uns. Doch zuerst möchte ich Ihnen von ihr erzählen. Hätten Sie Lust auf ein Sandwich?»

Wir bestellten uns einfache Chicken-Sandwiches, die einzige Sorte, die man in der Ritz-Bar, Rue-Cambon-Seite, kriegen kann. Aces sagte: «In Choate hatte ich einen Zimmergenossen – Harry McCloud. Seine Mutter war eine Otis aus Baltimore, und seinem Vater gehörte in Virginia eine Menge Land – vor allem in Middleburg hatte er ein großes Anwesen, wo er Jagdpferde züchtete. Harry war ungeheuer ehrgeizig, ein neidischer und eifersüchtiger Typ, der immer gewinnen wollte. Aber wenn man so reich ist wie er und so gut aussieht und so sportlich ist, dann – dann läßt man sich möglichst nichts anmerken. Alle hielten ihn für einen absolut normalen Kerl, bloß eines war bei ihm sonderbar. Immer wenn die Jungs über Sex losschwadronierten, welche Mädchen sie schon vernascht hätten und welche sie gern noch vernaschen würden und all den Quatsch, da blieb Harry immer stumm. In den ganzen zwei Jahren, wo wir zusammenwohnten, hatte er nie eine Verabredung, erwähnte niemals ein Mädchen. Ein paar von den Jungs meinten, Harry sei wohl schwul. Aber ich wußte ganz einfach, daß das nicht stimmte. Es war wirklich ein Rätsel. Schließlich, eine Woche vor der Graduierung, kippten wir eine Menge Bier – ah, süße Siebzehn! –, und ich fragte ihn, ob seine ganze Familie zur Graduierung kommen würde, und er sagte: ‹Mein Bruder kommt. Und Mom und Dad.› Ich fragte: ‹Und was ist mit deiner Freundin? Aber ich vergesse ganz – du hast ja keine Freundin.› Er sah mich sehr lange an, als könne er sich nicht schlüssig werden, ob er mir eine knallen oder aber mich ignorieren sollte. Schließlich lächelte er; es war das wildeste Lächeln, das ich je auf dem Gesicht eines Menschen gesehen habe. Ich kann's nicht erklären, aber ich fühlte mich wie vor den Kopf geschlagen; am liebsten hätte ich losgeheult. ‹Ja. Ich habe eine Freundin. Niemand weiß davon. Weder ihre Familie noch meine. Doch wir sind schon seit drei Jahren verlobt. Wenn ich einundzwanzig bin, werde ich sie heiraten. Im Juli werde ich achtzehn, und am liebsten würde ich sie dann heiraten. Aber das geht nicht. Sie ist erst zwölf.›

Die meisten Geheimnisse sollten Geheimnisse bleiben, zumal solche, die gefährlicher sind für den, dem sie anvertraut werden, als für den, der sie jemandem anvertraut; ich hatte das Gefühl, daß Harry es mir nicht verzeihen würde, daß ich es aus ihm herausgelockt, oder vielleicht sollte ich sagen: herausgelassen hatte, dieses Geständnis. Doch einmal in Schwung, gab's für ihn kein Bremsen mehr. Zusammenhanglos sprudelte es aus ihm hervor, wie bei einem Besessenen: der Vater des Mädchens, ein Mr. Mooney, sei ein irischer Immigrant, eine richtiggehende Sumpfratte aus County Kildare, jetzt Stallknecht auf der McCloud-Middleburg-Farm. Das Mädchen, das heißt Kate, sei eines von fünf Kindern, sämtlich Mädchen und sämtlich häßlich. Bis auf die jüngste – Kate. ‹Als ich sie zum erstenmal sah – als sie mir zum erstenmal *auffiel* –, war sie so sechs, sieben. Alle Mooney-Mädchen hatten rotes Haar, aber Kates Haar – kurzgestutzt wie bei einem Jungen. Reiten konnte sie wie keine zweite. Sie verstand es, ein Pferd zum Springen zu bringen, daß einem das Herz im Halse schlug. Und ihre Augen waren grün. Nicht *bloß* grün. Ich kann das nicht erklären.›

Die McClouds hatten zwei Söhne; außer Harry war da noch ein jüngerer Sohn, Wynn. Aber sie hatten sich schon immer eine Tochter gewünscht, und so wurde Kate, deren Familie nichts dagegen zu haben schien, gleichsam nach und nach der McCloud-Familie einverleibt. Mrs. McCloud war eine gebildete Frau, fremdsprachenkundig, musikalisch, belesen. Sie gab Kate Deutsch- und Französischunterricht und Klavierstunden. Vor allem aber gewöhnte sie ihr das irische Englisch ab. Sie puppte sie ein, und wenn die Familie nach Europa in Ferien fuhr, reiste Kate mit. ‹Ich habe nie jemand andern geliebt›, sagte Harry. ‹Vor drei Jahren fragte ich sie, ob sie mich heiraten würde, und sie gelobte, nie einen anderen zu heiraten. Ich schenkte ihr einen Brillantring. Den hatte ich meiner Großmutter aus dem Schmuckkästchen gestohlen, Großmutter meinte, sie müsse ihn wohl verloren haben. Sie meldete den Verlust sogar der Versicherung. Kate hält den Ring in einem Koffer versteckt.›»

Als die Sandwiches kamen, schob Aces seinen Teller beiseite, um sich eine Zigarette zu gönnen. Ich aß mein Sandwich zur Hälfte auf, verfütterte den Rest an Mutt.

«Und tatsächlich heiratete Harry McCloud vier Jahre später dieses außergewöhnliche, damals kaum sechzehnjährige Mädchen. Ich wohnte der Trauung bei – sie fand in der Episkopalkirche in Middleburg statt –, und ich sah die Braut zum erstenmal, als sie am Arm ihres kleinen Sumpfratten-Dads das Mittelschiff entlangschritt. Die Wahrheit ist: *sie wirkte irgendwie absolut irre*. Die Anmut, die Haltung, die *Autorität* – wie alt sie auch sein mochte, sie war einfach eine überragende Schauspielerin. Sind Sie ein Raymond-Chandler-Fan, Jones? Oh, gut. Gut. Ich halte ihn für einen großen Künstler. Was ich sagen will, ist dies: Kate Mooney erinnerte mich an eine jener reichen und rätselhaften Heldinnen Raymond Chandlers. Allerdings mit wesentlich mehr Klasse. Chandler hat über eine seiner Heldinnen gesagt: ‹Es gibt Blondinen – und es gibt Blondinen.› Sehr wahr; aber auf Rothaarige trifft das noch mehr zu. Bei Rothaarigen gibt's immer irgendwelche Mängel. Das Haar ist kraus, oder es hat die falsche Tönung, zu dunkel und zu hart, oder zu hell und zu schlapp. Und die Haut – die kann die Elemente nicht vertragen: wird verfärbt vom Wind, von der Sonne, von allem. Eine wirklich schöne Rothaarige ist seltener als ein makelloser vierzigkarätiger Taubenblut-Rubin – oder selbst ein nicht makelloser. Aber keine dieser Einschränkungen galt für Kate. Ihr Haar war wie ein Wintersonnenuntergang, mit den fahlen Strahlen eines allerletzten Glühens. Und die einzige Rothaarige, die einen dem ihren vergleichbaren Teint hatte, war Pamela Churchill. Aber Pamela ist Engländerin, und sie wuchs gleichsam durchtränkt vom Tau des englischen Nebels auf – etwas, das Dermatologen auf Flaschen ziehen sollten. Und Harry McCloud hatte absolut recht, was ihre Augen anbetraf. Im allgemeinen handelt sich's um einen Mythos. Für gewöhnlich sind sie grau, grau-blau, mit so einem leichten grünen Phosphoreszieren innen. In Brasilien traf ich am Strand einmal einen hellhäutigen farbigen Jungen mit leicht geschrägten und grünen Augen, so wie die von Kate. Wie Mrs. Grants Smaragde.

Sie war vollkommen. Harry betete sie an; seine Eltern auch. Allerdings hatten sie einen kleinen Faktor übersehen – sie hatte es faustdick hinter den Ohren, besaß wirklich Köpfchen, und sie plante weit über die McClouds hinaus. Das erkannte ich sofort. Ich gehöre zum selben Schlag, selbst wenn ich nicht behaupten kann, auch nur ein Zehntel von Kates Intelligenz zu besitzen.»

Aces kramte in seiner Tasche nach einem Streichholz; riß es gegen den Daumennagel an, entzündete sich eine frische Zigarette.

«Nein», sagte Aces als Antwort auf eine ungestellte Frage. «Kinder hatten sie keine. Die Jahre vergingen, zu Weihnachten bekam ich von ihnen regelmäßig Kartengrüße, meist mit einem Bild von Kate, hoch zu Roß für irgendeine Jagd – Harry zügelhaltend, Jagdhorn in der Hand. Einmal tauchte bei einem jener kleiner geselligen Joe-Alsop-Georgetown-Dinners Bubber Hayden auf, den ich von der gemeinsamen Zeit in Choate kannte; ich wußte, daß er in Middleburg wohnte, und so fragte ich ihn nach den McClouds. Bubber sagte: ‹Sie hat sich von ihm scheiden lassen – ist, soweit ich weiß, vor etwa drei Monaten ins Ausland, um dort zu leben. Eine schreckliche Geschichte, doch ist mir kaum ein Viertel davon bekannt. Allerdings weiß ich, daß die McClouds Harry in einer dieser ach so gemütlichen Anstalten in Connecticut untergebracht haben, wo die Tore bewacht werden und es starke Gitter an den Fenstern gibt.›

Dieses Gespräch muß ich so Anfang August geführt haben. Ich rief Harrys Mutter an – sie befand sich in Saratoga zum Einjährigen-Verkauf – und fragte sie wegen Harry; ich sagte, ich würde ihn gern besuchen, und sie sagte, nein, das sei nicht möglich, und sie fing an zu weinen und sagte, es tue ihr leid, und legte auf.

Nun reiste ich zufällig zu Weihnachten nach St. Moritz; unterwegs machte ich Zwischenstation in Paris, wo ich Tutti Rouxjean anrief, die seit Jahren für Balenciaga als *vendeuse* arbeitete. Ich lud sie zum Lunch ein, und sie sagte, ja, aber wir müßten ins Maxim gehen. Ich fragte, warum nicht ein ruhiges Bistro, doch sie beharrte auf dem Maxim und sagte: ‹Es ist wichtig. Du wirst schon sehen, weshalb.›

Tutti hatte einen Tisch im vorderen Raum reservieren lassen, und nachdem wir ein Glas Weißwein getrunken hatten, deutete sie auf einen benachbarten Tisch, der leer und auffälligerweise nur für eine Person gedeckt war. ‹Warte›, sagte Tutti. ‹Gleich wird eine wunderschöne junge Frau an dem Tisch dort Platz nehmen, und zwar ganz allein. Seit einem halben Jahr zeichnet Christobal für ihre Garderobe verantwortlich. Er ist der Meinung, daß es seit Gloria Rubio keine Frau wie sie gegeben hat.› (Anmerkung: Mme. Rubio, eine ungeheuer elegante Mexikanerin, die – nacheinander, versteht sich – verehelicht war mit dem deutschen Grafen von Fürstenberg, dem ägyptischen Prinzen Fakri und dem englischen Millionär Loel Guinness.) ‹*Le tout Paris* spricht über sie, und doch weiß niemand viel von ihr. Außer daß sie Amerikanerin ist. Und hier jeden Tag luncht. Stets allein.

Sie scheint keine Freunde zu haben. Ah, sieh nur. Da ist sie.›

Im Gegensatz zu den anderen Frauen im Raum trug sie einen Hut. Es war ein glamouröser, großer und schwarzer Hut mit weicher Krempe, von der Form eines Borsalinos, wie ihn Männer tragen. Um den Hals hatte sie, lose verknotet, einen grauen Chiffonschal geschlungen. Der Hut, der Schal, sie sorgten für den dramatischen Akzent; den Rest bildete eines jener einfachen, jedoch prachtvoll gearbeiteten schwarzen Bombasin-Kostüme von Balenciaga.

Tutti sagte: ‹Sie stammt von irgendwo aus dem Süden. Ihr Name ist Mrs. McCloud.›

‹Mrs. Harry Clinton McCloud?›

Tutti fragte: ‹Du kennst sie?›

Und ich sagte: ‹Will's meinen. Schließlich bin ich auf ihrer Hochzeit gewesen. Phantastisch. Gütiger Gott, sie kann höchstens zweiundzwanzig sein.›

Ich bat einen Kellner um Papier und schrieb ihr ein paar Zeilen: ‹Liebe Kate, ich weiß nicht, ob Sie sich an mich erinnern, doch ich wohnte während des Studiums mit Harry zusammen und war auch auf Eurer Hochzeit. Ich bin jetzt für ein paar Tage in Paris und würde mich, falls es Ihnen recht ist, gern mit Ihnen treffen. Ich wohne im Hotel Lotti. Aces Nelson.›

Ich beobachtete, wie sie die Notiz las, zu mir herüberblickte, lächelte und dann eine Antwort schrieb: «Natürlich erinnere ich mich. Wenn wir, bevor Sie gehn, einen Augenblick miteinander reden könnten, allein, trinken Sie doch bitte einen Cognac mit mir. Herzlichst, Kate McCloud.»

Tutti war zu fasziniert, um gekränkt zu sein, weil Kate sie in die Einladung nicht miteinbezogen hatte: ‹Ich werde dich jetzt nicht bedrängen, Aces, aber versprich mir, daß du mir von ihr erzählen wirst. Sie ist die schönste Frau, die ich je gesehen habe. Ich hielt sie für mindestens dreißig. Wegen ihres ‹Auges› – ihres so ungeheuer sicheren Geschmacks. Sie gehört wohl ganz einfach zu jenen alterslosen Erscheinungen.›

Und nachdem Tutti gegangen war, gesellte ich mich zu Kate an ihrem Einzeltisch und nahm auf der roten Banquette neben ihr Platz; zu meiner Überraschung küßte sie mich auf die Wange. Vor Schreck und Vergnügen wurde ich ganz rot, und Kate lachte – oh, ihr Lachen; es läßt mich immer an ein im Feuerschein glänzendes Brandyglas denken –, sie lachte und sagte: ‹Warum nicht? Es ist schon lange her, daß ich einen Mann geküßt habe. Oder daß ich mit jemandem gesprochen habe, der kein Kellner und kein Zimmermädchen und keine Verkäuferin war. Ich kaufe unheimlich viel. Ich habe genügend Sachen gekauft, um Versailles einzurichten.› Ich fragte sie, wie lange sie schon in Paris sei und wo sie wohne und was für ein Leben sie führe. Sie erwiderte, sie wohne im Ritz und sei seit fast einem Jahr in Paris: ‹Und was mein Alltagsleben betrifft – ich gehe shopping, ich gehe zu Anproben, ich besuche sämtliche Museen und Galerien, ich fahre in den Bois, ich lese, ich schlafe unheimlich viel, und jeden Tag lunche ich hier an diesem Tisch: nicht gerade sehr einfallsreich von mir, doch es ist vom Hotel aus ein angenehmer Spaziergang, und es gibt nicht allzu viele akzeptable Restaurants, wo eine junge Frau allein lunchen kann, ohne irgendwie verdächtig zu wirken. Selbst der Besitzer hier, Monsieur Vaudable – ich glaube, der hat mich anfangs für irgend so eine Art Kurtisane gehalten.› Und ich sagte: ‹Aber es muß doch ein solch einsames Leben sein. Liegt Ihnen denn nichts an der Gesellschaft anderer Menschen? Möchten Sie nicht mal was *anderes* tun?›

Sie sagte: ‹Ja. Ich möchte gern zu meinem Kaffee eine andere Art Likör haben. Einen, den ich überhaupt noch nicht kenne. Wissen Sie einen?›

So nannte ich denn den Verveine; er fiel mir ein, weil seine Farbe genau dem Grün ihrer Augen entsprach. Er wird aus tausenderlei Gebirgskräutern hergestellt; außerhalb Frankreichs und an den meisten Orten hier habe ich ihn noch nie gefunden. Köstlich – allerdings mit Nachwirkungen wie schlechter Selbstgebrannter. Wir ließen uns also welchen kommen, und Kate sagte: ‹Oh, ja. Der ist wirklich anders. Und um Ihre Frage ernsthaft zu beantworten... ich fange in der Tat an, mich – nein, nicht zu *langweilen*, aber doch *versucht* zu fühlen; auch wenn ich da einen gewissen Bammel hab. Wenn man lange Zeit in Schmerzen gelebt hat; wenn man einen Morgen nach dem anderen mit einem sich steigernden Gefühl der Hysterie aufgewacht ist, dann kommt einem Langeweile gerade zupaß, endlose Schlaferei, ein Schweigen in einem selbst. Alle wollten, daß ich in eine Klinik ginge; und ich hätte auch alles getan, um Harrys Mutter zu Gefallen zu sein, doch wußte ich, daß ich niemals wieder leben, niemals wieder *versucht* sein könnte, ehe ich nicht versucht hätte, es allein und ohne fremde Hilfe zu schaffen.› – ‹Sind Sie eine gute Skiläuferin?› fragte ich unvermittelt. Und sie sagte: ‹Ich hätte eine werden können. Aber Harry hat mich immer zu diesem schrecklichen Ort in Kanada geschleppt. Gray Rocks. 35 Grad unter Null. Er liebte es, weil alle so häßlich waren. Aces, dieser Drink ist eine großartige Entdeckung. Ich kann deutlich spüren, wie es in meinen Adern zu tauen beginnt.›

Dann sagte ich: ‹Hätten Sie nicht Lust, Weihnachten mit mir in St. Moritz zu verbringen?› Und sie wollte wissen: ‹Ist das eine platonische Einladung?› Ich preßte meine Hand gegen das Herz. ‹Wir werden im Palace wohnen. Um so viele Stockwerke voneinander getrennt, wie Sie wollen.› Sie lachte und sagte: ‹Die Antwort ist: ja. Aber nur, wenn Sie mir noch einen Verveine spendieren.›

Das war vor sechs Jahren – Gott, all das Blut, das inzwischen den Strom hinuntergeflossen ist. Doch jenes Weihnachtsfest damals in St. Moritz! Wirklich – die junge Mrs. McCloud aus Middleburg war mit das Wichtigste, was die Schweiz erlebt hat, seit Hannibal die Alpen überquerte.

Jedenfalls war sie eine fabelhafte Skiläuferin – so gut wie Doris Brynner oder Eugénie Niarchos oder Marella Agnelli: Kate und Eugénie und Marella wurden Bobbsey-Drillinge. Jeden Morgen flogen sie mit dem Hubschrauber hinauf zum Corviglia Club, wo sie lunchten, um dann nachmittags abzufahren. Kate war ungeheuer beliebt. Bei den Griechen. Den Persern. Den Deutschen. Den Italienern. Bei jeder Dinner-Party bat der Schah sie zu sich an den Tisch. Und nicht nur Männer sprachen so auf sie an – auch Frauen, selbst ihre großen Konkurrentinnen in puncto Schönheit wie etwa Fiona Thyssen oder Dolores Guinness reagierten voll Wärme, nicht zuletzt deshalb, glaube ich, weil Kate sich so überaus korrekt verhielt: sie flirtete nie, und sie ging stets zusammen mit mir auf Parties, die wir dann auch wieder gemeinsam verließen. Ein paar Dummköpfe tippten auf eine Affäre zwischen uns, doch die Klügeren meinten, und das sehr zu Recht, daß ein Schwan von Kates Adel sich nie mit einem Zockertyp wie Aces Nelson einlassen würde.

Ich hatte auch gar nicht den Ehrgeiz, ihr Geliebter zu werden. Ein guter Freund, ja; vielleicht so etwas wie ein Bruder. Oft machten wir Spaziergänge in den verschneiten Wäldern rings um St. Moritz. Und häufig sprach sie von den McClouds, und wie gut sie gewesen seien zu ihr und zu ihren Schwestern, den unansehnlichen Mooney-Mädchen. Doch vermied sie es, Harrys Namen zu nennen, und wenn sie von ihm sprach, so eher beiläufig, wenn auch mit bitterem Unterton – bis dann eines Nachmittags, als wir um den zugefrorenen See unterhalb des Palace wanderten, ein vorüberkommendes Schlittenpferd auf dem Eis ausglitt und stürzte und sich die Vorderbeine brach.

Kate schrie. Sie stieß einen Schrei aus, den man wohl im ganzen Tal hören konnte. Dann begann sie zu laufen und rannte direkt in einen anderen Schlitten, der gerade um die Ecke bog. Sie trug keine physische Verletzung davon, fiel jedoch in ein hysterisches Koma – sie war praktisch bewußtlos, bis wir sie ins Hotel geschafft hatten. Mr. Badrutt hatte einen Arzt zu Verfügung. Der Arzt gab ihr eine Spritze, wonach sie wieder zu sich kam, ihre Augen wieder klar wurden. Er wollte eine Krankenschwester rufen, doch ich widersprach und sagte, ich würde mich um Kate kümmern. Und so legten wir sie ins Bett, und er gab ihr noch eine *piqûre*, die alle Spuren des Schreckens auslöschte; und plötzlich wurde mir bewußt, daß unter der *soigné*-Oberfläche immer ein verängstigtes, ertrinkendes Kind gewesen war.

Ich dämpfte das Licht, und sie sagte, bitte, laß mich nicht allein, und ich sagte, ich geh ja nicht, ich werde hier sitzen, und sie sagte, nein, ich möchte, daß du dich hier neben mich aufs Bett legst, und so tat ich's, und wir hielten uns bei den Händen, und sie sagte: ‹Es tut mir leid. Es war wegen des Pferds. Das auf dem Eis stürzte. Ich hatte mir immer ein Palomino gewünscht, und Mrs. McCloud schenkte mir vor zwei Jahren eines zum Geburtstag, eine Stute – ein tolles, mutiges Jagdpferd; wir hatten so viel Spaß miteinander. Harry haßte sie natürlich; das war nun mal nicht anders bei seiner verrückten Eifersucht, so wie er mir gegenüber schon seit Kindertagen empfunden hatte. Einmal, im Sommer nach unserer Hochzeit, verwüstete er den Blumengarten, den ich angelegt hatte; zuerst behauptete er, das habe ein Fuchs getan, aber dann gab er zu, daß er's gewesen war: der Garten, erklärte er, hätte meine Zeit zu sehr in Anspruch genommen. Aus diesem Grund wollte er auch nicht, daß ich ein Baby kriegte; seine Mutter kam immer wieder auf dieses Thema zurück, und eines Sonntags beim Dinner brüllte er sie vor der ganzen Familie an: ‹Willst du vielleicht ein *schwarzes* Enkelkind? Oder wißt ihr nicht über Kate Bescheid? Sie fickt mit Niggern. Sie geht raus auf die Felder und legt sich hin und fickt mit Niggern.› Er studierte Jura, in Washington und Lee, doch fiel er durch, weil er sich nicht konzentrieren konnte, wenn er mich nicht unter Beobachtung hatte; er öffnete und las all meine Briefe, bevor ich auch nur einen Blick drauf werfen konnte; er hörte all meine Telefongespräche ab: man konnte in der Leitung seinen leisen Atem hören. Zu Parties wurden wir schon lange nicht mehr eingeladen; wir konnten nicht einmal mehr in den Country-Club gehen – ob betrunken oder nüchtern, Harry war immer bereit, sich zu prügeln, für gewöhnlich mit irgendeinem Mann, der es gewagt hatte, mich mehr als nur einmal zum Tanz aufzufordern. Aber das Allerschlimmste – er war davon überzeugt, daß ich eine Affäre mit seinem Vater und mit seinem Bruder hatte, mit Wynn. Nachts schüttelte er mich oft, so oft wach und setzte mir ein Messer an die Kehle – und dann sagte er: ‹Lüg mich nicht an, du Flittchen, du Hure, du Nigger-Ficker. Gib's zu, oder ich schlitz dir den Hals auf, von Ohr zu Ohr. Ich schneid dir den Kopf ab. Sag die Wahrheit. Wynn ist ein echter Bock, der beste, den du je gehabt hast, und Dad, der auch, der ist ein großer Hengst.› Meistens lagen wir stundenlang so, Aces – mit dem kalten Messer an meiner Kehle. Mrs. McCloud und auch die andern, alle wußten Bescheid; doch Mrs. McCloud weinte und flehte mich an, ihn nicht zu verlassen, weil sich Harry dann bestimmt umbringen würde. Aber dann passierte die Sache mit meinem Palomino, Nanny. Selbst Mrs. McCloud konnte die Augen vor dem wirklichen Ausmaß von Harrys Wahn, seiner irrsinnigen Eifersucht nicht länger verschließen. Harry ging nämlich eines Tages zum Stall und zerschmetterte mit einem Brecheisen Nannys Beine. Selbst Mrs. McCloud sah ein, daß es sinnlos war, daß Harry mich früher oder später umbringen würde; sie charterte ein Flugzeug, und wir flogen nach Sun Valley, wo sie mit mir blieb, bis die Scheidung in Idaho geregelt war. Eine wunderbare Frau; ich hab sie am Weihnachtstag angerufen, und sie war glücklich, daß ich in St. Moritz war und ausging und mit Menschen zusammenkam: sie wollte wissen, ob ich irgendwelche interessanten Männer kennengelernt hätte. Als ob ich jemals wieder heiraten würde!›»

«Aber wissen Sie», sagte Aces, «sie hat wieder geheiratet, und das nicht mal einen Monat später.» Ja: ich erinnere mich an eine Unmenge von Illustrierten-Covers an den Kiosken in Paris: *Der Stern, Paris Match, Elle.* «Natürlich. Sie heiratete…?»

«Axel Jaeger. Den reichsten Mann Deutschlands.»

«Und – ist sie inzwischen von Herrn Jaeger wieder geschieden?»

«Nicht direkt. Das ist einer der Gründe dafür, daß ich Sie mit ihr zusammenbringen möchte. Sie befindet sich in nicht unbeträchtlicher Gefahr. Sie braucht Schutz. Außerdem braucht sie einen Masseur, der ständig mit ihr reisen kann. Jemanden, der gebildet ist. Vorzeigbar.»

«Ich bin nicht gebildet.»

Er zuckte die Schultern und warf einen Blick auf seine Armbanduhr. «Kann ich sie jetzt anrufen und ihr sagen, daß wir auf dem Weg zu ihr nach oben sind?»

Ich hätte auf Mutt hören sollen; sie winselte, wie um mich zu warnen. Statt dessen ließ ich mich zu Kate McCloud führen. Zu Kate, für die ich lügen, stehlen und Verbrechen begehen würde, die mich lebenslänglich hinter Gitter bringen konnten – und noch immer könnten.

Ein Wetterwechsel; Duschen – ein belebendes Spray, das den Gestank von Manhattans Hitzewelle beseitigt. Das Spray allerdings, das in meinem geliebten Y.M.C.A. den tiefeingefressenen Geruch von Sportsuspensorien und Lysol vertriebe, das gibt es nicht. Ich schlief bis Mittag, rief dann den Self Service an, um die Verabredung abzusagen, für die mich, abends um sechs, irgend so ein Kerl gebucht hatte, der im Yale Club abgestiegen war. Doch dieses von der Sonne geküßte Luder, der goldene Butch, sagte: «Bist wohl *gaga*, wie? Die Sache bringt locker 'n paar Hunderter. Ist 'n Benjy-Franklin-Typ, ganz ohne Probleme.» Und als ich mich noch immer sträubte («Ehrlich, Butch, ich habe hirnfetzige Kopfschmerzen»), da kriegte er Miss Self *höchstpersönlich* an die Strippe, und die verpaßte mir eine echte Buchenwald-Spezialbehandlung, Marke Ilse

Koch («Ach, so? Sie wollen arbeiten? Sie wollen nicht? Dilettanten können wir nicht brauchen!»).

Okay, okay. Ich duschte mich, rasierte mich und war dann im Yale Club zur Stelle: mit offenem Hemdkragen, gestutztem Haar, unauffällig, weder feist noch feminin, Alter zwischen Dreißig und Vierzig, ziemlich ordentlich bestückt und mit guten Manieren: genau wie von dem Benjy-Franklin-Typ, dem Spießer, bestellt.

Er schien von mir angetan; und übermäßig viel Mühe war es nicht – ein Stück Arbeit halt, mit geschlossenen Augen und gelegentlichem genüßlichem Grunzen, während ich mich dem obligatorischen Orgasmus entgegenphantasierte («Halt's nicht zurück. Laß es mich haben»).

Der «Patron», um Miss Selfs Terminologie zu gebrauchen, war ein herzlicher, kahlköpfiger und walnußharter Mann Mitte Sechzig, verheiratet, mit fünf Kindern und achtzehn Enkelkindern. Verwitwet, hatte er vor etwa einem Jahrzehnt seine rund zwanzig Jahre jüngere Sekretärin geheiratet. Früher war er leitender Angestellter bei einer Versicherungsgesellschaft gewesen, jetzt lebte er zurückgezogen auf seiner Farm bei Lancaster, Pennsylvania, wo er Rinder züchtete sowie, als Hobby, «außergewöhnliche» Rosen. All dies erzählte er, während ich mich ankleidete. Ich mochte ihn, und am besten gefiel mir, daß er mir keine einzige Frage über mich selbst stellte. Als ich ging, gab er mir seine Karte (absolut ungewöhnlich für die auf Anonymität bedachten Kunden des Self Service) und sagte, falls ich je Lust verspüren sollte, den Staub der Stadt von meinen Schuhen zu schütteln, so sollte ich ihn anklingeln: ich sei zum Urlaub auf Appleton Farms willkommen. Sein Name war Roger W. Appleton, und Mrs. Appleton, versicherte er mir mit einem sympathischen, ganz und gar unvulgären Zwinkern, sei eine verständnisvolle Frau: «Alice ist ein feiner Kerl. Aber ruhelos. Sie liest viel.» Womit er wohl einen Dreier andeuten wollte. Wir schüttelten uns die Hände – sein Händedruck war so kraftvoll-muskulös, daß meine Knöchel für eine geschlagene Minute völlig ohne Gefühl waren –, und ich versprach ihm, darüber nachzudenken. Verdammt, es war das Überlegen wert: trottende Rinder, grüne Wiesen, Rosen, die Abwesenheit von...

...alldem hier! Dem Geschnarche. Dem rasselnden Keuchen. Dem unerträglichen Mief. Dem naßklatschenden Platschen tappender Füße. Auf dem «Heim»weg, ha, ha, erstand ich einen halben Liter Ausverkaufs-Gin – jene Art von Roh-Ambrosia, an der ein ganzes Schock ausgepichter Kneipenkehlen krepiert. Mit zwei Zügen hatte ich die Flasche zur Hälfte geleert, fing dann an zu nicken, erinnerte mich an Denny Fouts, und wünschte, ich könnte die Treppe hinunterjagen und einen Bus finden, den Magischen Pilz-Expreß, ein gechartertes Torpedo, das mich zur Endstation katapultieren würde, *zooommm* – bis ganz hin zu jener halkyonischen Diskothek: Father Flanagan's Nigger Queen Kosher Café.

Stop. Du bist am Arsch, P. B. Du bist ein Verlierer, ein saudummes, versoffenes Arschloch, mit dir ist es aus, P. B. Also gute Nacht. Gute Nacht, Walter Winchell – in welcher Hölle du auch schmorên magst. Gute Nacht, Mr. und Mrs. Amerika und alle Schiffe auf See – wo immer ihr auch am Absaufen seid. Und einen ganz speziellen Gutenachtgruß an die weise Philosophin Florie Rotondo, acht Jahre. Florie – und es ist mir ernst damit, Liebes –, ich hoffe, daß du nie das Innere des Planeten Erde erreichen wirst, daß du niemals Uran und Rubine und Unverdorbene Monster entdeckst. Mit meinem ganzen Herzen (mit dem jedenfalls, was davon noch übrig ist) hoffe ich, daß du aufs Land hinausziehst, auf daß du glücklich leben mögest immerdar.

II
KATE McCLOUD

«Ich mag ja ein schwarzes Schaf sein, doch meine Hufe sind aus Gold»

P. B. Jones,
unter dem Einfluß stehend

Unter der Woche schickte mich meine edle Arbeitgeberin, Miss Victoria Self, innerhalb von drei Tagen zu sieben verschiedenen «Treffs», obwohl ich ihr mit allen möglichen Ausreden kam, von der Bronchitis bis zur Gonorrhö. Und jetzt versucht sie, mich zur Mitwirkung bei einem Pornofilm zu überreden («P. B. Hör zu, Liebling. Das ist eine erstklassige Produktion. Mit einem *Drehbuch*. Ich kann für dich zweihundert pro Tag rausholen»). Aber davon will ich nicht berichten, nicht jetzt.

Jedenfalls fühlte ich mich gestern nacht zu kribbelig, zu rastlos, um zu schlafen; hielt es einfach nicht aus, in meiner ach-so-göttlichen Y.M.C.A.-Zelle wachzuliegen und auf das Mitternachtsgefurze und Alptraumgeächze meiner christlichen Brüder zu lauschen.

So beschloß ich denn, zur 42. Straße West hinüberzugehen, nicht allzuweit von hier, und mir in einem der ammoniak-geschwängerten Nachtkinos einen Film anzusehen. Als ich aufbrach, war es bereits nach eins, und mein Weg führte mich neun Blocks die Eighth Avenue entlang. Prostituierte, Schwarze, Puertorikaner, ein paar Weiße – in der Tat Angehörige sämtlicher Schichten der Straßen-Society: luxusliebende Latino-Luden (einer mit einem weißen Nerzhut und einem Brillantarmband), die Heroin-Junkies wie im Koma in Hauseingängen, die Stricher, die frechsten davon Zigeunerjungen und Puertorikaner und durchgebrannte Hillbilly-Burschen, kaum vierzehn oder fünfzehn Jahre alt («Mister! Zehn Dollar! Nimm mich mit nach Hause! Fick mich die ganze Nacht!») – sie kreisten über die Gehsteige, wie Geier über einem Schlachthof kreisen. Ab und zu ein patrouillierender Streifenwagen mit desinteressierten, nichtsehenden Insassen, hatten sie das alles doch schon so oft gesehen, daß ihnen die Augen davon tränten.

An der Ecke zur 40. Straße, wo's eine sogenannte Ladezone gab, sah ich eine Meute lachender, johlender Schakale in Lederjacken und mit Lederhelmen, die einen jungen Mann umringten, der, genauso gekleidet wie sie, bewußtlos auf dem Boden lag, auf der Bordschwelle praktisch: Seine Freunde, Kumpels, Kameraden oder Schänder – wie immer, zum Teufel, man sie nennen will – bepißten ihn und sauten ihn so von Kopf bis Fuß ein. Vorüberkommende Passanten schienen nichts zu merken; das heißt, sie *merkten* gerade soviel, daß sich ihre Schritte ein wenig verlangsamten; doch gingen sie weiter – ausgenommen ein Rudel empörter Prostituierter, schwarze, weiße, wenigstens zur Hälfte Transvestiten, die auf die Urinierenden einschrien («Hört damit auf! Oh, hört damit auf! Ihr *schwulen Schweine*. Ihr dreckigen schwulen Schweine!») und mit ihren Handtaschen auf sie einschlugen – bis die Leather-Boys, noch lauter grölend, ihre Schläuche auf sie richteten, und die Mädchen in ihren Stretch-Pants und surrealistischen Perücken (blaubeer- und erdbeerfarben, Vanille, Afro-Gold) hüftschwenkend davonflüchteten, kreischend, doch mit offenkundigem Genuß: «Schwulis. Warme Brüder. Dreckige, gemeine Schwulis.»

Sie verhielten an der Straßenecke, um einen Prediger aufs Korn zu nehmen, ein rhetorisches Naturtalent, der, wie ein Exorzist auf Dämonenjagd, ein rast- und ruheloses Publikum attackierte, Matrosen und Nutten, Drogen-Pusher und Bettler sowie von daheim durchgebrannte Farmerjungen, Treibgut, gerade frisch eingetroffen. «Ja! Ja!» schrie der Prediger, und auf seinem jungen, hungrigen, hysterischen Gesicht flackerte grünlich der Widerschein des Lichts von einem Hot-Dog-Stand. «Der Teufel suhlt sich in euch», kreischte er, und die Stimme klang dornig-spitz wie Stacheldraht. «Dort hockt der Teufel und mästet sich an eurer Verderbtheit. Laßt das Licht des Herrn ihn aushungern. Laßt das Licht des Herrn euch zum Himmel erheben –»

«Oh *yeah*?» schrie eine der Huren. «Kann doch kein Herrgott so 'n schweren Sack wie *dich* hochheben. Mann, du stecktst doch voll *Scheiße*.»

Der Mund des Predigers verzerrte sich in irrem Haß. «Dreckpack! Abschaum!»

Eine Stimme antwortete ihm: «Halt's Maul. Beschimpf die nicht.»

«Was?» fragte der Prediger, wieder kreischend.

«Ich bin nicht besser als die. Und du bist nicht besser als ich. Wir sind uns alle gleich.» Plötzlich wurde mir bewußt, daß das *meine* Stimme war, und ich dachte, Mannomann, Jesus, Herrgott noch mal, du hast sie ja nicht mehr alle, dir läuft ja das Gehirn zu den Ohren raus.

Und so machte ich, daß ich weiterkam, und eilte in das

erstbeste Kino, ohne darauf zu achten, welchen Film die dort zeigten. Im Foyer kaufte ich mir einen Riegel Schokolade und einen Beutel mit gebuttertem Popcorn – ich hatte seit dem Frühstück nichts gegessen. Dann fand ich einen Sitz auf dem Balkon, was ein Fehler war, denn es sind die Balkons in diesen Rund-um-die-Uhr-Kinos, wo die Schatten rastloser Sex-Sucher durch die Reihen wandern und wandeln – abgewrackte Huren, Frauen in den Sechzigern oder Siebzigern, die einen für einen Dollar blasen wollen («Fünfzig Cents?»), und Männer, die einem denselben Dienst umsonst offerieren, und andere Männer, mitunter recht konservative Geschäftsführertypen, die darauf spezialisiert zu sein scheinen, die zahlreichen schlafenden Betrunkenen anzusprechen.

Dann sah ich dort auf der Leinwand Montgomery Clift und Elizabeth Taylor. *Ein Platz an der Sonne*, ein Film, den ich mindestens schon zweimal gesehen hatte, nicht gerade alles überragend, aber doch sehr gut, vor allem die Schlußszene, die in ebendiesem Augenblick über die Leinwand flimmerte. Clift und die Taylor, beieinanderstehend, jedoch getrennt durch die Gitterstäbe einer Gefängniszelle, einer Todeszelle, denn Clift stand kurz vor seiner Hinrichtung. In seiner grauen Todeskleidung wirkte er wie ein poetisches Gespenst, während die Taylor, neunzehn Jahre alt und von hinreißender Schönheit, so zart und frisch aussah wie Flieder nach dem Regen. Traurig. *Traurig*. Genug, um selbst einem Caligula die Tränen in die Augen zu treiben. Ich würgte an einem Mundvoll Popcorn.

Der Film endete, und sofort folgte ein anderer, *Red River*, eine Cowboy-Liebesgeschichte mit John Wayne und, abermals, Montgomery Clift in den Hauptrollen. Es war Clifts erste bedeutende Filmrolle gewesen, jene, die ihn zum «Star» gemacht hatte – wie ich mich aus gutem Grund entsann.

Man erinnert sich doch noch an Turner Boatwright, jenen Magazin-Redakteur, meinen alten Mentor (und meine Nemesis), den lieben Kerl, der – ohne daß man ihm allzu sehr nachgetrauert hätte – so jäh aus dem Leben schied, weil ihn ein puertorikanischer Stricher im Heroinwahn zusammenschlug, bis sein Herz stehenblieb und ihm die Augäpfel die Backen herabbaumelten?

Als ich noch in seiner Gunst stand, hatte er mich eines Morgens angerufen und mich zum Dinner eingeladen: «Bloß eine kleine Party. Sechs Personen insgesamt. Ich gebe sie für Monty Clift. Hast du seinen neuen Film – *Red River* – gesehen?» fragte er und erzählte mir dann, daß er Clift seit langem kenne, schon aus dessen Zeit als junger Schauspieler, wo er ein Protegé der Lunts gewesen sei. «Und so», sagte Boaty, «habe ich ihn gefragt, ob es irgendeinen bestimmten Menschen gebe, den ich ihm zuliebe einladen solle, und er sagte, ja, Dorothy Parker – er habe sich schon immer gewünscht, Dorothy Parker kennenzulernen. Und ich dachte, o mein Gott – denn Dottie ist eine solche Schnapsdrossel geworden, bei der weiß man nie, wann sie mit dem Gesicht in der Suppe landen wird. Doch rief ich Dotty an, und sie sagte, oh, es würde sie *entzücken* zu kommen. Monty sei der schönste junge Mann, den sie jemals gesehen habe. ‹Doch geht's leider nicht›, sagte sie, ‹weil ich für den Abend bereits mit Tallulah zum Dinner verabredet bin. Und du weißt ja, wie sie ist, die würde mich glatt kielholen, falls ich absagte.› Ich erklärte ihr, Dottie, laß mich nur machen: ich werde Tallulah anrufen und sie gleichfalls einladen. Genau das tat ich dann auch.

Tallulah versicherte, mit Freunden würde sie kommen, D-d-darling, bloß daß – sie habe bereits Estelle Winwood eingeladen, ob sie Estelle mitbringen könne?»

Es war eine Vorstellung, bei der einem schwindlig werden konnte: Dorothy Parker, Tallulah Bankhead und Estelle Winwood – drei formidable Damen in ein und demselben Zimmer. Boatys Einladung war für halb acht, es blieb eine Stunde für Cocktails vor dem Dinner, das Boaty selbst zubereitet hatte – senegalesische Suppe, eine Casserole, Salat, verschiedene Käsesorten und ein Zitronensoufflé. Ich stellte mich etwas vorzeitig ein, um zu sehen, ob ich mich irgendwie nützlich machen könnte, doch Boaty, in einem olivfarbenen Samtjackett, war die Ruhe selbst, und es blieb praktisch nichts weiter zu tun, als die Kerzen anzuzünden.

Der Gastgeber kredenzte jedem von uns einen seiner «Special»-Martinis – Gin, bei null Grad angereichert mit einem Tropfen Pernod. «Kein Vermouth. Nur eine Spur Pernod. Ein alter Trick, den ich von Virgil Thompson gelernt habe.»

Aus halb acht wurde acht, und als wir bei unsrem zweiten Drink waren, Boaty und ich, waren die übrigen Gäste seit einer Stunde überfällig. Boaty begann sichtlich die Fassung zu verlieren; er fing an seine Fingernägel zu beknabbern – ein für seine Verhältnisse ungewöhnliches Zeichen von Selbstbeherrschung. Doch um neun Uhr explodierte er dann. «Mein Gott, begreifst du, was ich *getan* habe? Über Estelle bin ich ja nicht im Bilde, doch die drei andern sind alle Trinker. Ich habe drei Alkoholiker zum Dinner eingeladen! *Einer* ist schon schlimm genug. Aber *drei*. Die werden niemals kommen.»

Es läutete an der Tür.

«D-d-darling...» Es war Miss Bankhead, von einem Nerzmantel umhüllt, der die Farbe ihres langen, locker herabwallenden Haares hatte. «Tut mir ja so leid. Aber es war allein die Schuld des Taxifahrers. Er hat uns falsch gefahren. Zu irgendsoeinem elenden Apartment in der West-Side.»

Miss Parker sagte. «Benjamin Katz. So hieß er. Der Taxifahrer.»

«Du irrst dich, Dottie», verbesserte Miss Winwood, während die Damen sich aus ihren Mänteln schälten, um sodann von Boaty in seinen dunklen viktorianischen Salon geleitet zu werden, wo in einem Marmorkamin ein fröhliches Feuer prasselte. «Sein Name war Kevin O'Leary. Leidet schlimm am irischen Virus. Wußte deshalb nicht, wohin er überhaupt fuhr.»

«Irischer Virus?» fragte Miss Bankhead.

«Schnaps, meine Liebe», sagte Miss Winwood.

«Ah, Schnaps», seufzte Miss Parker. «Das ist genau das, was ich brauche», obwohl ihr leicht schwankender Gang deutlich verriet, daß ein weiterer Drink genau das war, was sie *nicht* brauchte. Miss Bankhead bestellte: «Einen Bourbon and Branch. Und sei nicht knausrig.» Miss Parker, die über eine gewisse *crise de foie* klagte, lehnte zunächst ab, sagte dann jedoch: «Nun ja, vielleicht ein Glas Wein.»

Miss Bankhead beäugte mich (der ich dicht beim Kamin stand) und stieß dann habichtgleich auf mich zu; sie war eine kleine Person, doch ihre dunkel hallende Stimme und ihre unbezwingbare Vitalität verliehen ihr etwas Amazonenhaftes. «*Und*», sagte sie, zwinkernd, mit kurzsichtigen Augen blinkernd, «ist dies Mr. Clift, unser großer neuer Star?»

Ich verneinte und erklärte, mein Name sei P. B. Jones. «Ich bin ein Niemand. Bloß ein Freund von Mr. Boatwright.»

«Nicht einer seiner ‹Neffen›?»

«Nein. Ich bin Schriftsteller – oder möchte jedenfalls einer werden.»

«Boaty hat so viele Neffen. Möcht bloß mal wissen, wo er die alle auftreibt. Verdammt noch mal, Boaty, wo bleibt mein Bourbon?»

Während sich die Gäste auf diversen roßhaargepolsterten Möbeln niederließen, befand ich, daß von den dreien Estelle Winwood, eine Schauspielerin Anfang Sechzig, die attraktivste war. Die Parker – die sah aus wie eine von den Frauen, denen man in der U-Bahn sofort einen Platz freimachen würde: ein zerbrechliches, unselbständig wirkendes Kind, das in Schlaf gesunken war – in einen Schlaf, aus dem es vierzig Jahre später erwachte mit Augenringen, künstlichem Gebiß und whiskysaurem Atem. Und die Bankhead – ihr Kopf war zu groß für ihren Körper, ihre Füße waren zu klein; im übrigen wirkte ihre Präsenz zu stark, um in ein Zimmer eingepfercht zu sein: sie brauchte ein Auditorium. Miss Winwood war ein exotisches Geschöpf – schlank wie eine Schlange, kerzengerade wie eine Gouvernante, trug sie einen enormen breitrandigen schwarzen Strohhut, den sie den ganzen Abend aufbehielt: der Hutrand beschattete die Perlblässe ihres hochmütigen Gesichts und verbarg, wenn auch nicht allzu erfolgreich, den Mutwillen, dessen Feuer sacht in ihren Lavendelaugen flackerte. Sie rauchte eine Zigarette, und wie sich zeigen sollte, war sie Kettenraucherin. Genau wie Miss Bankhead. Und auch Miss Parker.

Miss Bankhead zündete sich an der alten eine frische

Zigarette an und verkündete: «Ich hatte letzte Nacht einen sonderbaren Traum. Ich träumte, ich sei im Savoy in London. Und tanzte mit Jock Whitney. Also *das* war ein attraktiver Mann. Diese großen roten Ohren, diese Grübchen.»

Miss Parker fragte: «Ja und? Was ist daran so sonderbar?»

«Nichts. Bloß, daß ich zwanzig Jahre lang nicht an Jock gedacht hatte. Und dann, eben heute nachmittag, *sah* ich ihn. Er überquerte die 57. Straße in der einen Richtung, während ich in die andere ging. Hat sich nicht sehr verändert – ein bißchen mehr Gewicht, ein bißchen mehr Speck. Gott, wieviel Spaß wir miteinander hatten. Er pflegte mich zu den Ballspielen mitzunehmen; und zu den Rennen. Im Bett klappte es allerdings nie. Dieselbe alte Geschichte. Einmal suchte ich einen Psychoanalytiker auf, und die Stunde kostete mich fünfzig Dollar, während ich herauszufinden versuchte, warum's im Bett nie mit einem Mann klappt, den ich wirklich liebe, nach dem ich wirklich verrückt bin. Wohingegen irgendsoein Bühnenarbeiter, an dem mir überhaupt nichts liegt, mich fix und fertig machen kann.»

Boaty erschien mit den Drinks; Miss Parker leerte ihr Glas mit einem raschen Zug und sagte: «Warum bringst du die Flasche nicht einfach her und läßt sie auf dem Tisch stehen?»

Boaty sagte: «Möchte nur wissen, was Monty zugestoßen sein mag. Wenigstens anrufen hätte er können.»

«Miau! Miau.» Das Katzengejaule wurde begleitet von kratzenden Geräuschen an der Tür. «Miau!»

«Pardonnez-moi, señor», sagte der junge Mr. Clift, als er hereintorkelte, um sich dann, Boaty umarmend, abzu-

stützen. «Mußte 'n Rausch ausschlafen.» Beiläufig bemerkt, schien mir, daß er ihn nicht ausgiebig genug ausgeschlafen hatte. Als Boaty ihm einen Martini reichte, sah ich, wie er ihn mit zitternden Händen entgegenzunehmen versuchte.

Unter einem verkrumpelten Regenmantel trug er graue Flanellhosen und einen grauen Rollkragenpullover; außerdem hatte er Argyle-Socken an und ein Paar leichte Schuhe. Er streifte die Schuhe ab und kauerte zu Miss Parkers Füßen nieder.

«Die Story von Ihnen, die mir so gefällt, also mir gefällt die mit der Frau, die darauf wartet, daß das Telefon läutet. Die auf den Anruf von einem Kerl wartet, der ihr den Laufpaß geben will. Und sie erfindet immer neue Gründe, weshalb er nicht anruft, und schärft sich ein, daß sie auf gar keinen Fall ihn anrufen darf. Ich kenn mich aus mit sowas. Hab's selber durchgemacht. Und dann die andere Story, ‹Big Blonde› – wo die Frau all diese Pillen schluckt, bloß stirbt sie nicht, sie wacht auf und muß weiterleben. Wow, wär ich sauer, wenn mir das passieren würde. Haben Sie jemals irgendwen gekannt, dem das passiert ist?»

Miss Bankhead lachte. «Und ob, sie hat ihre Erfahrungen. Dotti schluckt dauernd eine Überdosis Tabletten oder schlitzt sich die Handgelenke auf. Ich weiß noch, wie ich sie einmal im Krankenhaus besuchte, und sie hatte ihre Handgelenke mit rosa Bändchen drapiert, die zu niedlichen rosa Schleifen gebunden waren. Bob Benchley sagte: ‹Wenn sie nicht damit aufhört, wird Dottie sich eines Tages noch wirklich was antun.›»

«Das hat nicht Benchley gesagt», beschwerte sich Miss Parker. «*Ich* hab das gesagt. Ich sagte: ‹Wenn ich nicht aufhöre damit, werd ich mir eines Tages noch wirklich was antun.›»

Während der nächsten Stunde watschelte Boaty zwischen der Küche und dem Salon hin und her und holte Drinks und noch mehr Drinks und grämte sich wegen seines Dinners, vor allem wegen der Casserole, weil die eintrocknete. Erst nach zehn gelang es ihm, die andern dazu zu bringen, am Speisezimmertisch Platz zu nehmen, und ich machte mich nützlich, indem ich Wein einschenkte, ohnehin die einzige Nahrung, die allgemein von Interesse schien: Clift ließ eine Zigarette in seine unberührte Schale mit senegalesischer Suppe fallen und starrte ausdruckslos in die Leere, als verkörpere er einen trommelfeuergeschädigten G. I. Seine Tischgenossen taten, als ob sie nichts bemerkten, und Miss Bankhead strickte unentwegt an einer Endlos-Anekdote. («Das war, als ich ein Haus auf dem Lande hatte, und Estelle war bei mir, und wir lagen auf dem Rasen und hörten Radio. Es war ein Kofferradio, eines der ersten, die je produziert wurden. Plötzlich schaltete sich ein Sprecher ins laufende Programm ein; eine wichtige Meldung sei zu erwarten. Wie sich herausstellte, betraf sie die Entführung des Lindbergh-Babys: wie jemand eine Leiter benutzt hatte, um in ein Schlafzimmer zu klettern und das Baby zu rauben. Als es vorbei war, gähnte Estelle und sagte: ‹Also, Tallulah, *das* kann uns beiden nicht mehr passieren!›») Während sie sprach, tat Miss Parker etwas, das so sonderbar war, daß es die allgemeine Aufmerksamkeit auf sich zog; es brachte sogar Miss Bankhead zum Verstummen. Mit Tränen in den Augen berührte Miss Parker Clifts wie hypnotisiertes Gesicht, und zärtlich strich sie ihm mit ihren kurzen Fingern über die Stirn, die Wangen, die Lippen, das Kinn.

Miss Bankhead sagte: «Verdammt, Dottie. Für wen hältst du dich? Helen Keller?»

«Er ist so schön», murmelte Miss Parker. «So sensitiv. So fein geformt. Der schönste junge Mann, den ich je gesehen habe. Wie jammerschade, daß er ein Schwanzlutscher ist.» Dann sagte sie, großäugig, ganz süßes, naives Mädchen. «Oh. Oh, meine Güte. Hab ich was *Verkehrtes* gesagt? Ich meine, er ist doch ein Schwanzlutscher, oder nicht, Tallulah?»

Miss Bankhead sagte: «Nun, D-d-darling, das weiß ich wir-r-rklich nicht. *Meinen* Schwanz hat er nie gelutscht.»

Ich konnte meine Augen nicht offenhalten, *Red River* und der Geruch des Desinfektionsmittels (von der Toilette) chloroformierten mich. Ich brauchte einen Drink, und ich fand einen in einer irischen Bar Ecke Eighth Avenue und 38. Straße. Es war kurz vor der Polizeistunde, aber noch spielte eine Juke-box, und zu der Musik tanzte, ganz für sich allein, ein Matrose. Ich bestellte einen dreifachen Gin. Als ich meine Brieftasche öffnete, fiel eine Karte heraus. Eine weiße Visitenkarte mit dem Namen eines Mannes sowie Adresse und Telefonnummer: Roger W. Appleton Farms, Postfach 711, Lancaster, Pa. Tel. 905-537-1070. Ich starrte auf die Karte und fragte mich, wie sie in meinen Besitz gekommen war. Appleton? Ein kräftiger Schluck Gin half meinem Gedächtnis auf die Sprünge. Appleton. Natürlich. Ein ehemaliger Self-Service-Kunde, einer der wenigen, an die ich mich nicht ungern erinnerte. Ich hatte mit ihm eine Stunde in seinem Zimmer im Yale Club verbracht: ein älterer Mann, jedoch zäh, stark, gut gebaut, mit einem Händedruck, daß einem die Knochen knackten. Ein netter Kerl, sehr offen – er hatte mir viel von sich erzählt: daß er nach dem Tod seiner ersten Frau eine viel jüngere geheiratet hatte, mit der er auf weitem, welligen Farmgelände voller Obstbäume und wandernder Kühe und schmaler, sprudelnder Bäche lebte. Er hatte mir seine Karte gegeben und mich aufgefordert, ihn, wann immer ich wollte, anzurufen und zu besuchen. Erfüllt von Selbstmitleid, ermutigt durch den Alkohol und ohne daran zu denken, daß es bereits drei Uhr früh sein mußte, bat ich den Bartender, mir für fünf Dollar 25-Cent-Stücke zu geben.

«Tut mir leid, Sportsfreund. Aber wir machen jetzt dicht.»

«Bitte. Es handelt sich um einen Notfall. Ich muß ein Ferngespräch führen.»

Während er mir das Geld hinzählte, sagte er: «Wer sie auch immer sein mag, sie ist es nicht wert.»

Nachdem ich die Nummer gewählt hatte, verlangte eine «Dame vom Amt» zusätzlich vier Dollar. Das Telefon läutete ein halbdutzendmal, bevor sich eine Frauenstimme meldete, ziemlich tief und schlafschwer.

«Hallo. Ist Mr. Appleton da?»

Sie zögerte. «Ja. Aber er schläft. Doch falls es etwas Wichtiges ist...»

«Nein. Es ist nichts Wichtiges.»

«Darf ich fragen, wer Sie sind?»

«Sagen Sie ihm nur... sagen Sie ihm nur, ein Freund hätte angerufen. Sein Freund vom anderen Ufer des Styx.»

Doch zurück zu jenem Winternachmittag in Paris, an dem ich zum erstenmal Kate McCloud begegnete. Dort waren wir, wir drei – ich selbst, meine junge Promenadenmischung, Mutt, und Aces Nelson, gemeinsam eingepfercht in einen jener kleinen, mit Seide verkleideten Fahrstühle im Ritz.

Wir fuhren zum obersten Stockwerk hinauf, stiegen dort aus, und während wir den von altmodischen Überseekoffern gesäumten Gang entlanggingen, sagte Aces: «Natürlich kennt sie nicht den wirklichen Grund, aus dem ich Sie hierherbringe...»

«Na, was das betrifft – ich kenne ihn auch nicht!»

«Ich habe nur gesagt, daß ich einen phantastischen Masseur gefunden hätte. Sehen Sie, seit etwa einem Jahr leidet sie an Rückenbeschwerden. Sie hat einen Arzt nach dem andern konsultiert, hier und in Amerika. Manche sagen, es handle sich um eine verrutschte Bandscheibe oder um eine andere Schädigung der Wirbelsäule, doch die meisten sind der Meinung, es sei etwas Psychosomatisches, eine *maladie imaginaire*. Aber das Problem besteht darin...» Er stockte.

«Worin?»

«Aber ich hab's Ihnen doch erzählt. Gerade eben. Während wir in der Bar die Drinks hatten.»

In meinem Kopf spulten ein paar erinnerte Gesprächsfragmente ab. Momentan lebte Kate McCloud in Trennung von ihrem Ehemann Axel Jaeger, einem deutschen Industriellen, angeblich einer der reichsten Männer der Welt. Bereits mit sechzehn Jahren war sie verheiratet gewesen, damals mit dem Sohn eines reichen virginischen Pferdezüchters, für den ihr Vater als Zureiter arbeitete. Diese erste Ehe war wegen – wohlbegründeter – seelischer Grausamkeit geschieden worden. Kate McCloud nahm später ihren Wohnsitz in Paris und wurde, über die Jahre hinweg, zur Göttin der Modepresse; Kate McCloud auf einer Bärenjagd in Alaska, auf einer Safari in Afrika, bei einem Rothschild-Ball, beim Grand Prix mit Fürstin Gracia Patricia, auf einer Jacht mit Stavros Niarchos.

«Das Problem besteht darin...» Aces suchte nach Worten. «Es ist, wie ich's Ihnen gesagt habe, sie befindet sich in Gefahr. Und sie braucht... jemanden, der bei ihr ist. Einen Leibwächter.»

«Teufel, warum verkaufen wir ihr dann nicht einfach Mutt?»

«Bitte», sagte er. «Dies ist ganz und gar nicht lustig.»

Wahr, *wie* wahr! Hätte ich doch bloß geahnt, in was für ein Labyrinth er mich führte, als uns jetzt eine Schwarze die Tür öffnete. Sie trug einen schicken schwarzen Hosenanzug sowie, um den Hals und die Handgelenke, zahllose Goldkettchen. Auch ihr Mund war voll Gold, und ihr Gebiß wirkte eher wie eine Investition als wie eine Ansammlung von Zähnen. Sie hatte krauses weißes Haar und ein rundes, faltenloses Gesicht. Ich hätte sie so auf fünfundvierzig, sechsundvierzig geschätzt; später erfuhr ich, sie sei eine Kindbraut.

«Corinne!» rief Aces und küßte die Frau auf beide Wangen. «*Comment ça va*»?

«Bestens, allerbestens.»

«P. B., dies ist Corinne Bennett, Mrs. McClouds Faktotum. Und, Corinne, dies ist Mr. Jones, der Masseur.»

Corinne nickte, doch ihr Blick richtete sich auf den Hund unter meinem Arm. «Was soll der Hund – was ist das für einer? Hoffentlich kein Geschenk für Miss Kate. Die will schon immer einen neuen Hund haben, seit Phöbe –»

«*Phöbe*»?

«Mußte das Tier abschaffen. Genauso, wie man's eines

Tages mit mir machen wird. Aber erwähnen Sie bloß *ihr* gegenüber nichts davon. Sonst geht's bei ihr gleich wieder los. Seien Sie gnädig, nie habe ich einen erwachsenen Menschen so fürchterlich weinen sehen.» Mit gedämpfter Stimme fügte sie hinzu: «Diese Mme. Apfeldorf ist bei ihr.»

Aces schnitt eine Grimasse; er musterte mich, schien etwas sagen zu wollen, doch das erübrigte sich; ich hatte oft genug *Vogue* und *Paris-Match* durchgeblättert, um zu wissen, wer Perla Apfeldorf war: die Frau eines sehr rassistischen südafrikanischen Platin-Tycoons und im selben Maße eine Figur des weltlichen Milieus wie Kate McCloud. Sie war Brasilianerin, und ihre Freunde – das erfuhr ich allerdings erst später – nannten sie insgeheim die Black Duchess, die Schwarze Herzogin, eine Anspielung auf ihre Herkunft; sie behauptete zwar, rein portugiesischer Abstammung zu sein, war in Wirklichkeit jedoch ein Kind von Rio de Janeiros *favelos* und hatte einen kräftigen Schuß schwarzes Blut in den Adern – ein hübscher Witz auf Kosten des strammen Rassisten Apfeldorf, falls es denn der Wahrheit entsprach.

Das Appartement befand sich ganz unter dem Dach juchhe; die Zimmer, sämtlich beherrscht von großen, runden «Giebelfenstern» mit Blick auf die Place Vendôme, waren alle gleich groß; Kate McCloud hatte sechs der einstigen Einzelquartiere des Hotelpersonals für sich mit Beschlag belegt und jeden Raum individuell für einen besonderen Zweck ausgestaltet. Doch blieb insgesamt irgendwie der Gesamteindruck einer Mietskasernenwohnung in höchst luxuriöser Umgebung.

«Miss Kate? Die Herren sind hier.»

Und plötzlich befanden wir uns, wie durch Magie, in

Kate McClouds Schlafzimmer. «Aces. Engel.» Sie saß auf dem Rand eines Bettes und bürstete sich das Haar. «Möchtet ihr Tee? Perla trinkt grad welchen. Oder einen Likör? Nein? Nun, ich aber. Corinne, bringst du mir einen Tropfen Verveine? Aces, willst du mich bitte mit Mr. Jones bekannt machen? Mr. Jones», vertraute sie Mme. Apfeldorf an, die auf einem Stuhl neben dem Bett saß, «wird die Dämonen aus meiner Wirbelsäule vertreiben.»

«Nun», sagte Mme. Apfeldorf, deren geglättetes Haar so schwarz glänzte wie Krähengefieder und deren Stimme einen Anklang an Krähengekrächz hatte, «hoffentlich ist er besser als dieser sadistische kleine Japaner, den Mona mir schickte. Nie wieder werde ich zu Mona Vertrauen haben. Nicht, daß ich jemals welches zu ihr gehabt hätte. Glaubt doch keiner, was der Kerl mit mir angestellt hat! Ich mußte mich nackt auf den Fußboden legen, und dann *stellte* er sich mit bloßen Füßen auf meinen Nacken und *spazierte* auf meinem Rücken hin und her, tanzte geradezu herum. Die *Schmerzen*.»

«Oh, Perla», sagte Kate McCloud mitleidig. «Was weißt du schon von Schmerz? Ich habe gerade eine Woche in St. Moritz verbracht und nie ein Paar Skier gesehen. Habe nicht mal mein Zimmer verlassen, außer um Heinie zu besuchen. Lag einfach so da, kaute Doridens und betete. Aces», sagte sie und reichte ihm einen Silberrahmen, der auf einem Tisch bei ihrem Bett gestanden hatte, «dies ist ein neues Bild von Heinie. Sieht er nicht reizend aus?»

«Dies ist Mrs. McClouds Sohn», erläuterte Aces und zeigte mir das Bild im Silberrahmen: ein pausbäckiges, ernstes Kind, dick eingepuppt in einen Pelzmantel, mit einer Pelzmütze und Pelzhandschuhen, in denen der Junge einen Schneeball hielt. Und dann bemerkte ich, daß überall im Zimmer verteilt Dutzende von Fotos von diesem Jungen waren, die ihn in verschiedenen Altersphasen zeigten.

«Ja, reizend. Wie alt ist er jetzt?»

«Fünf. Im April wird er fünf.» Sie begann wieder ihr Haar zu bürsten, doch ruckhaft, irgendwie aggressiv. «Es war ein Alptraum. Nie durfte ich ihn allein sehen. Der teure Onkel Frederick und der geliebte Onkel Otto. Diese beiden alten Weiber. Die waren immer dabei. Glotzten. Zählten die Küsse und hielten sich bereit, mir die Tür zu zeigen in dem Augenblick, wo meine Stunde um war.» Sie schleuderte die Bürste durchs Zimmer, und Mutt ließ ein Bellen hören. «Mein eigenes Kind.»

Die Black Duchess räusperte sich; es klang, als ob eine Krähe gurgelte. Sie sagte: «Kidnappe ihn.»

Kate McCloud lachte und ließ sich in einen Haufen Porthault-Kissen fallen. «Ist irgendwie sonderbar. Du bist schon der zweite Mensch, der das in der letzten Woche zu mir gesagt hat.» Sie zündete sich eine Zigarette an. «Es stimmt nicht ganz, daß ich in St. Moritz nie ausgegangen bin. Ich bin ausgegangen. Zweimal. Einmal zum Dinner für den Schah, und an einem anderen Abend zu so einer verrückten Fete, die Mingo im King's Club veranstaltete. Und ich lernte diese außergewöhnliche Frau kennen –»

Mme. Apfeldorf fragte: «War Dolores dort?»

«Wo?»

«Auf der Schah-Party.»

«Dort waren so viele Leute. Ich kann mich nicht erinnern. Warum?»

«Nichts. Bloß Gerüchte. Wer gab die Party?»

Kate McCloud zuckte die Schultern. «Einer der Griechen. Die Livanos, glaube ich. Und nach dem Dinner zog

Seine Hoheit seine gewohnte Show ab: hielt alle stundenlang an ihren Tischen fest, während er abgeschmackte Witze erzählte. Auf französisch. Englisch. Deutsch. Persisch. Alle brüllten vor Lachen, auch wenn sie nicht ein einziges Wort verstanden hatten. Es ist peinlich, Farah Diba zu beobachten; sie wird wirklich rot –»

«Klingt, als ob er sich nicht sehr verändert hätte, seit wir in Gstaad gemeinsam die Schule besucht haben. Le Rosey.»

«Und ich hatte Niarchos als Tischnachbarn, was wahrhaftig keine Hilfe war. Der hatte so viel Cocnac intus, daß man darin ein Rhinozeros hätte konservieren können. Richtig streitsüchtig legte er gegen mich los: ‹Blicken Sie mir in die Augen.› Ja, wie denn – ihm *schwamm* nämlich der Blick. ‹Schauen Sie mir in die Augen und sagen Sie mir, was Sie auf der Welt am glücklichsten macht.› Schlafen, erwiderte ich. Er sagte: ‹*Schlafen*. Das ist das traurigste, was ich jemals gehört habe. Sie haben noch viele tausend Jahre Schlaf vor sich. Jetzt werde ich Ihnen sagen, was mich am glücklichsten macht. Zu jagen. Zu töten. Durch Dschungel zu pirschen und einen Tiger, einen Elefanten, einen Löwen zu erlegen. Danach bin ich ein friedlicher Mensch. Ein glücklicher Mensch. Was meinen Sie dazu?› Und ich sagte: ‹Das ist das traurigste, was *ich* jemals gehört habe. Zu töten und zu vernichten, das scheint mir doch eine zu erbärmliche Sache zu sein, um sie Glück zu nennen.›»

Die Black Duchess neigte zustimmend ihr Haupt. «Ja, die Griechen haben dunkle Gemüter. Die reichen Griechen. Sie ähneln Menschen auf ähnliche Weise, wie Coyoten Hunden ähneln. Coyoten sehen zwar wie Hunde *aus*, aber natürlich sind sie keine Hunde –»

Aces schaltete sich mit einem Kommentar ein: «Aber, Kate, du jagst doch gern. Wie erklärst du dir das?»

«Ich liebe es, Jagen zu *spielen*. Ich mag das Wandern und die Wildnis. Das einzige, was ich jemals geschossen habe, war ein Kodiakbär, und das geschah in Notwehr.»

«Du hast auch auf einen Mann geschossen», brachte Aces ihr in Erinnerung.

«Nur in die Beine. Und er verdiente es. Er hatte einen weißen Leoparden getötet.» Corinne erschien mit einem kleinen Glas voll Verviene, und ich sah, daß Aces recht hatte: die Tönung des Likörs paßte perfekt zum Ultragrün von Kate McClouds Augen. «Aber was ich euch eigentlich erzählen wollte, das war die Sache mit dieser unwahrscheinlichen Frau, die ich bei Mingos Fandango kennenlernte. Sie setzte sich neben mich und sagte: ‹Hallo, Honey. Ich höre, Sie sind aus dem Süden. Bin ich auch. Aus Alabama. Ich bin Virginia Hill.›»

Aces fragte: «*Die* Virginia Hill?»

«Nun, daß sie berühmt war, ging mir erst auf, als Mingo mir's sagte. Ich hatte noch nie von ihr gehört.»

«Ich genausowenig», sagte Mme. Apfeldorf. «Wer ist sie? Eine Schauspielerin?»

«Eine Gangster-Moll», erklärte Aces. «Die Meistgesuchte Frau. In allen Postämtern Amerikas hat das F.B.I. Bilder von ihr aufgehängt. Ich habe über sie einen Artikel gelesen, betitelt ‹Die Madonna der Unterwelt›. Alle sind hinter ihr her, nicht nur das F.B.I., sondern auch ihre alten Gangster-Spezies: die fürchten, wenn das F.B.I. sie schnappt, könnte sie's Singen anfangen und zuviel ausplaudern. Als ihr der Boden zu heiß wurde, flüchtete sie nach Mexiko und heiratete einen österreichischen Skilehrer; seither hält sie sich in Österreich und der Schweiz versteckt. Die Amerikaner haben es nie geschafft, daß sie ausgeliefert wurde.»

«Mon Dieu», sagte Mme. Apfeldorf und bekreuzigte sich. «Sie muß sehr verängstigt sein.»

«Nicht verängstigt. Verzweifelt, ja, vielleicht mit Selbstmordgedanken spielend, doch trägt sie immer – und sehr überzeugend – eine heitere Maske. Sie hielt den Arm um mich geschlungen und drückte mich und sagte: ‹Das tut wirklich gut, mit jemandem von daheim zu reden. Teufel, von mir aus kann man sich Europa in 'n Arsch stecken. Siehst du meine Hand?› Sie zeigte mir die Hand, das heißt den Gipsverband, den sie drumherum trug, und sagte: ‹Ich hab meinen Mann mit einem von diesen Häschen im Bett erwischt und ihr den Unterkiefer gebrochen. Ich hätt ihm auch seinen gebrochen, wäre er nicht zum Fenster rausgesprungen. Sicher weißt du, was für Trouble ich in den Staaten habe, aber manchmal meine ich, es wäre besser, nach Hause zurückzukehren, um die Sache hinter mich zu bringen. Ich kann mich dort auch nicht mehr im Gefängnis fühlen als hier.»

Aces fragte: «Wie sieht sie denn *wirklich* aus? Ist sie schön?»

Kate überlegte. «Schön sicher nicht, aber doch hübsch, wie so eine hübsche Drive-in-Kellnerin. Sie hat ein nettes Gesicht, allerdings mit Doppelkinn. Und was wohl ihre Titten wiegen mögen – mindestens ein paar Kilo.»

«Bitte, Kate», protestierte die Black Duchess. «Du weißt, wie ich solche Wörter verabscheue. Titten.»

«Ach, ja. Ich vergeß das immer. Du bist ja von brasilianischen Nonnen erzogen worden. Aber was ich sagen wollte: plötzlich flüsterte mir diese Frau ins Ohr: ‹Warum kidnappst du ihn nicht?› Ich sah sie bloß an; ich hatte keine Ahnung, wovon sie sprach. Sie sagte: ‹Du weißt von mir alles, aber ich bin auch über dich ganz gut im Bilde. Ich weiß, daß du diesen deutschen Mistkerl geheiratet hast; und daß er dich rausgeschmissen und den Jungen behalten hat. Hör zu, ich bin auch Mutter. Ich habe auch einen Jungen. Und ich weiß, wie dir zumute ist. Bei dem Reichtum dieses Kerls und den europäischen Gesetzen hast du nur eine Chance, dein Kind zurückzubekommen – durch Kidnapping.›»

Mutt winselte; Aces klimperte in seiner Tasche mit ein paar Münzen; Mme. Apfeldorf sagte: «Ich glaube, sie hat absolut recht. Und es ließe sich bewerkstelligen.»

«Ja, schon», sagte Aces. «Eine verdammt gefährliche Angelegenheit. Doch es *könnte* gemacht werden.»

«Wie?» rief Kate McCloud und hieb mit ihren Fäusten in die Kissen. «Du kennst doch das Haus. Es ist eine Festung. Dort könnte ich ihn nie herausholen. Nicht mit den alten Onkeln als ständigen Wachhunden. Und dem Personal.»

Aces sagte: «Auch das ließe sich vielleicht schaffen. Bei hundertprozentiger Planung.»

«Und was dann? Sobald der Alarm ausgelöst wird, komme ich nicht mal auf zehn Kilometer an die Schweizer Grenze ran.»

«Aber mal angenommen», krächzte Mme. Apfeldorf, «angenommen, du würdest überhaupt nicht versuchen, die Grenze zu überqueren. Im Auto, meine ich. Stell dir vor, du hättest einen privaten Grumman-Jet, der im Tal auf dich wartet. Alle an Bord, und ab geht's.»

«Wohin?»

«Nach Amerika.»

Aces war aufgeregt: «Ja! Ja! Bist du erst mal in den

Staaten, ist für Herrn Jaeger guter Rat teuer. Du könntest die Scheidung einreichen, und in ganz Amerika gibt es keinen Richter, der dir Heinie nicht zusprechen würde.»

«Tagträume. Hirngespinste. Mr. Jones», sagte sie, «tut mir leid, daß ich Sie so lange hab warten lassen. Der Massagetisch befindet sich dort in dem Wandschrank.»

«Hirngespinste. Vielleicht. Aber ich würde doch drüber nachdenken», sagte die Black Duchess und erhob sich. «Laß uns nächste Woche miteinander lunchen.»

Aces küßte Kate McCloud auf die Wange. «Ich ruf dich später an, Darling. Passen Sie gut auf mein Mädchen auf, P. B. Und wenn Sie fertig sind, suchen Sie mich in der Bar.»

Während ich den Massagetisch aufstellte, sprang Mutt auf das Bett und kauerte nieder, um Wasser zu lassen. Ich streckte den Arm nach dem Tier. «Macht doch nichts», sagte Kate. «In diesem Bett sind schon viel schlimmere Dinge passiert. Sie ist so häßlich, daß sie schon wieder hinreißend ist. Ich liebe ihr schwarzes Gesicht mit den großen weißen Ringen um die Augen. Wie bei einem Panda. Wie alt ist sie?»

«Drei, vielleicht vier Monate. Mr. Nelson hat sie mir geschenkt.»

«Ich wünschte, er hätte sie *mir* geschenkt. Wie heißt sie?»

«Mutt.»

«*So* können Sie sie doch unmöglich nennen. Dafür ist sie viel zu reizend. Wir müssen uns etwas Passenderes ausdenken.»

Als ich mit dem Aufstellen des Massagetisches fertig war, rollte sie vom Bett herunter und ließ ein kurzes, dünnes Negligé fallen, unter dem sie nichts weiter anhatte. Ihr Schamhaar und das schulterlange, honigrote Kopfhaar waren von genau der gleichen Tönung: Kate, kein Zweifel, gehörte zu den Natur-Rothaarigen. Sie war dünn, doch brauchte ihr Körper nicht eine einzige zusätzliche Unze; wegen ihrer vollkommenen Haltung wirkte sie größer als ich, obwohl wir etwa die gleiche Größe hatten: einssiebzig. Lässig und mit kaum zitternden spitzen Brüsten ging sie zur anderen Seite des Zimmers und drückte auf den Knopf eines Stereo-Plattenspielers: spanische Musik, Segovias Gitarre, drang in die Stille. Wortlos trat Kate zum Massagetisch, streckte sich lang darauf aus, ließ ihr faszinierendes Haar lang über den Rand fallen. Seufzend ließ sie die Lider über ihre glänzenden Augen gleiten; schloß sie, als wolle sie sich eine Totenmaske abnehmen lassen. Sie trug kein Make-up und brauchte keines, denn ihre hohen Wangenknochen besaßen eine warme natürliche Tönung, und ihr hübscher Schmollmund war rosa überhaucht.

Ich spürte, wie es sich in meinen Lenden regte; fühlte dann, wie ich steif wurde, während mein Blick über ihren gesunden, wie gemeißelten Körper glitt, über ihre vollen Brüste, über die Rundungen der Hüften und über die langen Beine bis hin zu den schlanken Füßen, deren einziger Makel die «Skifahrer-Knollen» an ihren beiden kleinen Zehen waren. Ich hatte feuchte, unsichere Hände und beschimpfte mich selbst: Nimm dich zusammen, P. B. – dies ist nicht gerade professionell von dir, alter Junge. Aber was half's, mein Schwanz drückte immer stärker gegen meinen Hosenschlitz. So spontan war meine Reaktion noch nie gewesen, obwohl ich doch eine ganze Menge aufregender Frauen massiert, und mehr als nur massiert, hatte – wenn auch keine, die sich mit dieser Galatea vergleichen ließ. Ich wischte meine nassen Hände an meiner

Hose ab und begann, Kates Nacken und die oberen Schulterpartien zu bearbeiten – knetete die angespannte Haut und die Sehnen, als wäre ich ein Kaufmann, der ein kostbares Gewebe befühlt. Zuerst war sie noch verkrampft, aber nach und nach gelang es mir, sie zu lockern, zu entspannen.

«Hmm», murmelte sie wie ein schläfriges Kind. «Das ist schön. Erzählen Sie mir doch, wie sind Sie unserem nichtsnutzigen Mr. Nelson in die Hände gefallen?»

Ich war froh, reden zu können; Hauptsache, ich verdrängte jeden Gedanken an den peinlichen Steifen in meiner Hose. Und so erzählte ich ihr nicht nur, wie ich Aces in einer Bar in Tanger kennengelernt hatte, sondern hängte auch gleich ein kurzes Resümee an, P. B. Jones und seine Reisen betreffend. Ein Bastard, in St. Louis geboren und dort in einem Waisenhaus erzogen, bis ich dann mit fünfzehn nach Miami durchgebrannt war, wo ich rund fünf Jahre als Masseur gearbeitet hatte – mit erspartem Geld sei ich schließlich nach New York gegangen, um mein Glück zu versuchen mit dem, was ich wirklich werden wollte, Schriftsteller nämlich. Erfolgreich? Nun, ja und nein: ich hätte ein Buch mit Kurzgeschichten veröffentlicht – leider sowohl von den Kritikern als auch vom Publikum ignoriert, eine Enttäuschung, die mich nach Europa geführt habe; und lange Jahre des Reisens, in denen ich mich irgendwie durchgeschlagen hätte, während ich einen Roman zu schreiben versuchte; aber auch das sei eine Pleite gewesen. Und so trieb ich denn noch immer einfach so dahin, ohne eine Zukunft, die über das Morgen hinausreichte.

Inzwischen war ich bis zu ihrem Bauch gelangt, den ich mit einer rollenden Kreisbewegung massierte, dann nahm ich mir ihre Hüften vor, und während meine Augen auf ihrem rötlichen Schamhaar hafteten, dachte ich an Alice Lee Langman und Alice Lee Langmans Erinnerungen an einen polnischen Liebhaber, dem es Vergnügen bereitet hatte, ihre Möse mit Kirschen vollzustopfen, um diese dann eine nach der anderen zu verspeisen. In meiner Phantasie schmückte ich dieses Bild noch aus. Ich stellte mir zarte, getüpfelte Kirschen vor, schaumig eingebettet in eine Schale mit üppiger, gesüßter Creme, und ich sah, wie Kate McClouds appetitlicher Finger cremige Kirschen auswählte, um sie hineinzustecken in –. Meine Beine zitterten, mein Schwanz pulsierte, meine Hoden waren so hart wie die Faust eines Geizhalses. Ich sagte: «Entschuldigen Sie mich» und ging ins Badezimmer, hinter mir Mutt, die aus verwunderten Koboldaugen verfolgte, wie ich meinen Hosenschlitz öffnete und mir einen herunterholte. Viel brauchte es nicht: nur ein paarmal hin und her, und schon ging mir eine Ladung ab, daß es auf dem Fußboden fast eine Überschwemmung gab. Ich beseitigte die Spuren mit Kleenex, wusch mir das Gesicht, trocknete mir die Hände und ging zu meiner Kundin zurück, mit Beinen so schwach wie die eines seekranken Matrosen, jedoch noch immer halberhobenem Schwanz.

Das Dachfenster war wie verschmiert von der Pariser Winterdämmerung; Lampenlicht zeichnete die Umrisse ihrer Figur, ihres Gesichts. Sie lächelte und sagte dann, mit einem Hauch von Belustigung in der Stimme: «Fühlen Sie sich jetzt besser?»

Ein wenig mürrisch gab ich zurück: «Wenn Sie sich jetzt vielleicht umdrehen könnten...!»

Ich massierte ihr Genick, ließ meine Finger pulsierend ihre Wirbelsäule entlanggleiten, und ihr ganzer Körper vibrierte wie der einer schnurrenden Katze. «Wissen Sie», sagte sie, «ich habe mir einen Namen für Ihren Hund ausgedacht. Phöbe. Ich hatte mal ein Pony namens Phöbe. Und auch einen Hund. Aber vielleicht sollten wir Mutt fragen. Mutt, wie würde es dir gefallen, Phöbe genannt zu werden?»

Mutt kauerte nieder, um auf den Teppich zu pinkeln. «Sehen Sie, sie ist ganz versessen drauf! Mr. Jones», sagte sie, «darf ich Sie um einen großen Gefallen bitten? Würden Sie Phöbe die Nacht über bei mir lassen? Ich hasse es, allein zu schlafen. Und meine andere Phöbe hat mir so sehr gefehlt.»

«Geht in Ordnung, falls es... Phöbe recht ist.»

«Danke», sagte sie nur.

Aber es war nicht in Ordnung. Es war mir gar nicht recht. Ein Gefühl sagte mir, daß Mutt, falls ich sie hier bei dieser Hexerin ließ, niemals wieder zu mir gehören würde. Daß ich selbst mir vielleicht nie wieder gehören würde. Es war, als sei ich in wildschäumendes weißes Wasser gestürzt, in eine eisig brodelnde Strömung, die mich mit sich riß, um mich gegen irgendeine pittoreske, jedoch mörderische Kaskade zu schleudern. Währenddessen arbeiteten meine Hände unermüdlich daran, Kate McClouds Rükken und Hintern und Beine zu entspannen; ihr Atem wurde rhythmisch, gleichförmig. Als ich sicher war, daß sie schlief, beugte ich mich vor und küßte sie aufs Fußgelenk.

Sie bewegte sich, wachte jedoch nicht auf. Ich setzte mich auf den Rand des Bettes, und Phöbe – jawohl, *Phöbe* – sprang heraus und kuschelte sich neben mir zusammen; bald schlief auch sie. Ich war zwar geliebt worden, doch hatte ich selbst noch nie Liebe empfunden, und so begriff ich sie nicht, die Impulse und Empfindungen, die mir im Schädel herumsausten wie ein wildgewordener Bob. Was konnte ich tun, was konnte ich Kate McCloud geben, das sie zwingen würde, meine Liebe zu respektieren und zu erwidern? Mein Blick glitt durch das Zimmer, richtete sich auf den Kaminsims und die Tische mit den silbergerahmten Bildern ihres Kindes: solch ein ernster kleiner Junge, der manchmal allerdings auch lächelte oder an einer Tüte mit Eiscreme leckte oder die Zunge herausstreckte oder komische Gesichter schnitt. «Kidnappe ihn» – war das nicht der Ratschlag der Black Duchess gewesen? Absurd, aber ich sah mich selbst mit gezücktem Schwert, Drachen kastrierend und mich hindurchkämpfend durch Höllenreiche, um dieses Kind zu retten und seiner Mutter sicher in die Arme zu legen. Hirngespinste. Totale Spinnerei. Und dennoch sagte mir irgendein Instinkt, daß der Junge die Antwort war. Auf Zehenspitzen verließ ich das Zimmer und schloß hinter mir die Tür, ohne Phöbes Schlummer zu stören – oden den ihrer neuen Herrin.

Aus-Zeit. Ich muß Bleistifte spitzen und ein neues Heft anfangen.

Das war eine lange Aus-Zeit; fast eine Woche. Aber jetzt ist November und, urplötzlich, saukalt; ich ging hinaus in den peitschenden Regen und hatte prompt eine saftige Erkältung weg. Es wäre mir nicht im Traum eingefallen, auf die Straße zu gehen, hätte mich nicht Miss Victoria Self, die Hohepriesterin des Bei-Anruf-Schwanz-(oder Fotz)-Service, dringend zu sich ins Büro bestellt.

Kapier das einfach nicht: die Dame macht doch garantiert so viel Geld, daß sie und ihre Mafioso-Freunde etwas davon abzweigen könnten für ein weniger verkommenes Hauptquartier als jene Zwei-Zimmer-Höhle über einem Pornoshop in der 42. Straße. Sicher, Kunden kreuzen dort so gut wie nie auf; die machen ihre Kontakte nur per Telefon. Und so sagt sich die Self wohl, daß das reine Geldverschwendung wäre, überflüssiger Luxus fürs Personal – uns arme Huren. Vom Regen total durchnäßt, so daß mir's Wasser fast zu den Ohren rausquoll, latschte ich die knarrenden Stufen hinauf und stand wieder einmal vor der Milchglastür mit der beschädigten Aufschrift: The Self Service. Treten Sie ein.

Vier Leute befanden sich in dem stickigen kleinen Wartezimmer. Sal, ein kurzwüchsiger, stämmiger Italiener, der einen Ehering trug; er war einer der Polizisten, die sich bei Miss Self was «extra» verdienten. Und Andy, wegen Einbruchdiebstahls verknackt und auf Bewährung draußen; nahm man ihn nicht zu genau unter die Lupe, so konnte er als durchschnittlicher College-Typ durchgehen; wie gewöhnlich spielte er Mundharmonika. Dann war da noch Butch, Miss Selfs blonder, pomadiger Sekretär, der inzwischen seine ganze Feuerinsel-Sonnenbräune verloren hatte und Uriah Heep stärker ähnelte als je. Auch Maggie war da – ein dickliches, süßes Mädchen: als ich sie das letzte Mal gesehen hatte, hatte sie gerade geheiratet, sehr zu Butchs Empörung.

«Und rate mal, was sie *jetzt* angestellt hat!» zischte Butch, als ich eintrat. «Sie ist schwanger.»

Maggie sagte flehend: «Bitte, Butch. Ich verstehe nicht, warum du solch einen Wirbel machst. Ich hab's erst gestern entdeckt. Es wird nicht weiter stören.»

«Das hast du auch gesagt, als du dich davongeschlichen und diesen Strolch geheiratet hast. Maggie, du weißt, daß ich dich liebe. Aber wie konntest du es zulassen, daß so was passiert?»

«Bitte, Honey. Ich versprech dir, es wird nicht wieder passieren.»

Nicht besänftigt, aber doch ein bißchen beschwichtigt, raschelte Butch mit irgendwelchen Papieren auf seinem Schreibtisch und blickte dann zu Sal.

«Sal, du vergißt doch hoffentlich nicht, daß du für fünf Uhr einen Termin im Hotel St. George hast. Zimmer 907. Sein Name ist Watson.»

«Das St. George! Verdammt», murrte Sal, dessen Spitzname Ten Penny ist: bei voller Erektion kann er auf seinen Schwanz nämlich zehn einzelne Pennystücke legen, «das ist ja in Brooklyn. Soll ich bei diesem Sauwetter meinen Arsch etwa bis nach Brooklyn hinüberhieven?»

«Ist ein Fünfzig-Dollar-Job.»

«Hoffentlich nichts Spinnertes. Dazu bin ich nicht aufgelegt.»

«Nein, nein. Bloß so 'ne einfache Natursekt-Sache. Der Gentleman ist durstig.»

«Na», sagte Sal und trat zu dem Wasserkühler in der Ecke und grapschte sich einen Pappbecher, «dann tanke ich mich wohl besser voll.»

«Andy!»

«Jawohl, Sir?»

«Steck diese blöde Mundharmonika in die Tasche und *laß* sie dort stecken.»

«Jawohl, Sir.»

«Ist das alles, was ihr Gefängnisinsassen macht? Daß ihr euch tätowieren laßt und Mundharmonikaspielen lernt.»

«Ich hab keine einzige Tätowierung –»

«Keine Widerrede!»

«Jawohl, Sir», sagte Andy demütig.

Butch richtete seine Aufmerksamkeit auf mich; von seiner selbstzufriedenen Miene war abzulesen, daß er im Besitz irgendeiner ominösen Information war, die mich betraf. Er drückte einen Summer auf seinem Schreibtisch und sagte: «Ich glaube, daß Miss Self jetzt bereit ist, Sie zu empfangen.»

Miss Self schien mein Eintreten gar nicht wahrzunehmen; sie stand am Fenster, mit dem Rücken zu mir, und blickte grübelnd hinaus in den strömenden Regen. Um ihren schmalen Schädel waren dünne, graue Flechten gewunden, und über ihrem ein wenig fülligen Körper strammte wie gewöhnlich ein blaues Serge-Kostüm. Sie rauchte einen Zigarillo. Drehte plötzlich den Kopf. «Ach so», sagte sie mit den Restspuren eines deutschen Akzents, «Sie sind sehr naß. Das ist nicht gut. Haben Sie denn keinen Regenmantel?»

«Ich hatte gehofft, daß mir der Weihnachtsmann einen bescheren würde.»

«Das ist nicht gut», wiederholte sie und kehrte zu ihrem Schreibtisch zurück. «Sie haben gutes Geld verdient. Mit Sicherheit können Sie sich einen Regenmantel leisten. Hier», sagte sie und holte aus einem Fach zwei Gläser hervor und eine Flasche mit ihrem bevorzugtem Tranquilizer: Tequila. Während sie einschenkte, wurde mir wieder bewußt, wie streng ihr Büro eingerichtet war, kahler als eine Büßerzelle, praktisch total nackt bis auf den Schreibtisch, ein paar steiflehnige Stühle, einen Coca-Cola-Kalender und eine Wand mit Aktenschränken (was hätte ich darum gegeben, dort herumstöbern zu können!). Das einzige frivole Objekt weit und breit war die goldene Cartier-Uhr, die an Miss Selfs Handgelenk blitzte: die fiel so völlig aus dem Rahmen. Wie mochte sie dazu gekommen sein – vielleicht ein Geschenk von einem ihrer reichen und dankbaren Kunden?

«*Kicks*», sagte sie und leerte mit einem Schaudern ihr Glas.

«*Kicks.*»

«*Alors*», sagte sie, an ihrem Zigarillo saugend, «Sie erinnern sich vielleicht an unser erstes Gespräch. Als Sie sich um einen Job beim Service bewarben. Empfohlen von Mr. Woodrow Hamilton – der, wie ich zu meinem Bedauern erklären muß, nicht länger für uns tätig ist.»

«Oh?»

«Wegen einer schwerwiegenden Verletzung Unserer Regeln. Und genau über dieses Thema möchte ich mit Ihnen sprechen.» Ihre teutonisch-fahlen Augen verengten sich; mir war so flau wie einem gefangenen Soldaten, der im Begriff ist, vom Lagerkommandanten verhört zu werden. «Ich habe Sie seinerzeit detailliert mit jenen Regeln vertraut gemacht; doch um Ihre Erinnerung aufzufrischen, will ich Ihnen die wichtigsten davon ins Gedächtnis zurückrufen. Erstens: Jeder Versuch von seiten eines unserer Mitarbeiter, einen Kunden zu erpressen oder zu belästigen, zieht *schwere* Bestrafung nach sich.»

Vor meinem inneren Auge tauchte das Bild einer Leiche auf: ein Erwürgter, den Harlem River hinuntertreibend.

«Zweitens: Unter gar keinen Umständen darf ein Angestellter jemals direkt mit einem Kunden verhandeln; sämtliche Kontakte sowie Gespräche über Honorare haben durch uns zu erfolgen. Drittens, und dies sei besonders betont: Ein Angestellter darf mit einem Kunden niemals gesellschaftlich verkehren – denn so etwas ist schlechter

Geschäftsbrauch und kann zu sehr unangenehmen Situationen führen.»

Sie tunkte ihren Zigarillo zum Auslöschen in den Tequila und nahm dann einen kräftigen Schluck direkt aus der Flasche. «Am 11. September hatten Sie eine Verabredung mit einem Mr. Appleton. Sie verbrachten eine Stunde in seinem Zimmer im Yale Club. Geschah dabei irgend etwas Ungewöhnliches?»

«Eigentlich nicht. Es war nur ein Einweg-Oralverkehr; er wollte es nicht zweigleisig.» Ich hielt inne, doch offensichtlich wünschte sie mehr zu hören. «Er war Anfang sechzig, doch in guter Verfassung, ein kerniger Typ. Sympathischer Kerl. Freundlich. Redete viel; erzählte mir, daß er privatisiere und mit seiner zweiten Frau auf einer Farm lebe. Er züchte Rinder –»

Ungeduldig fiel Miss Self mir ins Wort: «Und er hat Ihnen hundert Dollar gegeben.»

«Ja.»

«Hat er Ihnen sonst noch was gegeben?»

Ich entschied mich für die Wahrheit. «Er gab mir seine Visitenkarte. Falls ich mal Lust hätte, Landluft zu schnuppern, so sei ich ihm willkommen.»

«Was wurde mit der Visitenkarte?»

«Die hab ich weggeworfen. Oder verloren. Ich weiß nicht mehr.»

Sie zündete sich einen frischen Zigarillo an. Vom Schreibtisch nahm sie einen Umschlag, aus dem sie einen Brief zog, den sie entfaltete. «Ich arbeite seit über zwanzig Jahren in diesem Gewerbe, aber heute morgen habe ich einen Brief empfangen, der in meiner Praxis einzigartig ist.»

Wie ich wohl schon erwähnt habe, besitze ich die Fähigkeit, auf dem Kopf stehende Schriften zu lesen: wir, die wir nur mit Hilfe unseres Mutterwitzes überleben, entwickeln auch abseitige Talente. Und so las ich den Brief still für mich, während Miss Self noch über seine Rätselhaftigkeit nachgrübelte. Er lautete: *Liebe Miss Self, ich war sehr angetan von dem freundlichen jungen Menschen, mit dem Sie für mich am 11. September im Yale Club eine Verabredung arrangierten. In der Tat gefiel er mir so sehr, daß ich ihn gern in einer gemütlicheren Atmosphäre besser kennenlernen würde. Könnten Sie es wohl arrangieren, daß er die Thanksgiving-Feiertage hier auf meiner Farm in Pennsylvania verbringt? Sagen wir, von Donnerstag bis Sonntag. Es wird nur so ein Familientreffen sein; meine Frau, ein paar von meinen Kindern, einige wenige meiner Enkelkinder. Natürlich bin ich bereit, ein anständiges Entgelt zu zahlen, und überlasse es Ihnen, den Betrag festzusetzen. Ich hoffe, daß Sie sich bei guter Gesundheit befinden, wenn Sie dieser Brief erreicht. Ihr sehr ergebener*

Roger W. Appleton

Miss Self las den Brief laut vor. «Nun», fuhr sie mich dann an, «was sagen Sie dazu?» Als ich nicht sofort antwortete, sagte sie: «Irgendwas stimmt da nicht. Irgend etwas ist da faul. Aber davon abgesehen, steht es im Widerspruch zu einer unserer Hauptregeln: Ein Service-Angestellter darf mit einem Kunden niemals gesellschaftlich verkehren. Diese Regeln sind nicht unwillkürlich aufgestellt worden. Sie gründen sich auf Erfahrung.» Sie krauste die Stirn, pochte mit dem Nagel eines Fingers auf den Brief. «Was, glauben Sie, könnte dieser Mann vorhaben? Ein *partouze*? Zusammen mit seiner Frau?»

Bemüht, meiner Stimme einen gleichgültigen Klang zu

geben, sagte ich: «Ich kann daran nichts Schlimmes finden.»

«Ach *so*», attackierte sie mich. «Sie haben nichts gegen den Vorschlag. Sie *möchten* hin.»

«Nun, offen gesagt, Miss Self, wäre mir ein Tapetenwechsel für ein paar Tage recht angenehm. Das letzte Jahr oder so war für mich eine ganz schön harte Zeit.»

Sie kippte wieder eine doppelte Dosis vom Kaktussaft; schauderte zusammen. «Also gut, ich werde Mr. Appleton schreiben und fünfhundert Dollar verlangen. Für eine solche Summe können wir die Regel wohl ausnahmsweise mal außer acht lassen. Und versprechen Sie mir, daß Sie sich von Ihrem Anteil am Gewinn einen Regenmantel kaufen.»

Aces winkte mir zu, als ich die Ritz-Bar betrat. Es war sechs Uhr, und ich mußte mich zwischen den dichtbesetzten Tischen hindurchdrängen, denn zur Cocktail-Zeit war die Bar überfüllt mit sonnengebräunten Skiurlaubern, die gerade erst aus den Alpen zurückgekehrt waren; dazu kamen noch ein paar Luxusnutten, die einander Gesellschaft leisteten, während sie auf das Zwinkern von deutschen und amerikanischen Geschäftsleuten warteten; sowie Bataillone von Mode-Journalisten und Seventh-Avenue-«Lumpenhändlern», die sich in Paris sammelten, um einen Blick auf die Sommerkollektion zu werfen; außerdem natürlich die eleganten alten blauhaarigen Ladies – ein paar davon sind immer anwesend, ältliche Dauergäste des Hotels, die es sich gemütlich gemacht haben in der Ritz-Bar, wo sie die ihnen genehmigten beiden Martinis schlürfen («Mein Arzt besteht darauf: es ist so gut für den Kreislauf»), bevor sie sich in den Speisesaal zurückziehen, um dort in stummer Kandelaber-Einsamkeit ihr Nachtmahl zu kauen.

Kaum hatte ich Platz genommen, als Aces zum Telefon gerufen wurde. Das Telefon befindet sich am anderen Ende der Bar, und ich konnte ihn unbehindert beobachten; ab und zu bewegte er die Lippen, meist schien er jedoch bloß zuzuhören und zu nicken. Allerdings beobachtete ich ihn nicht wirklich, denn in Gedanken war ich noch oben bei Kate McCloud und betrachtete ihr aufgelöstes Haar, ihr träumendes Gesicht – und dieser Anblick nahm mich so gefangen, daß ich unwillkürlich zusammenschrak, als Aces bei mir auftauchte.

«Das war Kate», sagte er und wirkte zufrieden wie ein Mungo, der eine Maus verspeist. «Sie wollte wissen, warum Sie gegangen sind, ohne auf Wiedersehen zu sagen.»

«Sie schlief.»

Aces schleppt immer einen Haufen Zündhölzer in einer Jackettasche mit sich, das ist eine seiner Macken; er riß eines mit seinem Daumennagel an und hielt die Flamme an eine Zigarette. «Auch wenn sie nicht unbedingt den Eindruck macht, so ist Kate doch eine sehr kluge junge Frau – mit für gewöhnlich sicherem Instinkt. Sie findet Sie sehr sympathisch. Und deshalb», sagte er und grinste, «bin ich in der Lage, Ihnen ein konkretes Angebot zu unterbreiten. Kate möchte Sie gern als bezahlten Gesellschafter engagieren. Sie erhalten pro Monat tausend Dollar sowie sämtliche Auslagen, inklusive Kleidung und eigenem Wagen.»

Ich fragte: «Warum hat sie Axel Jaeger geheiratet?»

Er blinkerte verwundert; eine solche Reaktion schien er von mir zuallerletzt erwartet zu haben. Er zögerte. Dann: «Interessanter wäre vielleicht die Frage – warum hat er *sie* geheiratet? Und noch interessanter wäre die Frage – wie hat Kate ihn kennengelernt? Denn, sehen Sie, Axel Jaeger ist fast so etwas wie ein Unsichtbarer. Ich meinerseits bin ihm nie begegnet, habe nur *paparazzi*-Fotos von ihm gesehen: ein hochgewachsener Mann mit einem Studentenschmiß quer über die Wange, dünn, fast hager, ein Mann Ende fünfzig. Er stammt aus Düsseldorf, Erbe eines großen Vermögens, sein Großvater war Munitionsfabrikant, und dieses Vermögen hat er bis in astronomische Dimensionen vermehrt. Er besitzt Fabriken in ganz Deutschland, in der ganzen Welt – ihm gehören Öltanker, Ölfelder in Texas und in Alaska, auch die größte Rinderranch in Brasilien, über zwölfhundert Quadratkilometer, sowie ein schöner Happen von Irland wie von der Schweiz (alle reichen Westdeutschen haben in Irland und in der Schweiz Land aufgekauft: sie meinen, dort wären sie sicher, falls wieder Bomben fallen). Jaeger ist zweifellos der reichste Mann Deutschlands – wahrscheinlich sogar Europas. Er ist deutscher Staatsangehöriger, mit ständigem Wohnsitz in der Schweiz; aus Steuergründen natürlich. Um sich diesen Status zu erhalten, muß er wenigstens sechs Monate in der Schweiz zubringen, ob ihm das nun gefällt oder nicht. Gott, was nehmen die Reichen nicht alles auf sich, um bloß keinen einzigen Penny zu verlieren. Er wohnt in einem kolossalen – und kolossal häßlichen – Château auf einer Berglehne rund fünf Kilometer nördlich von St. Moritz. Ich kenne niemanden, der dringewesen ist. Außer Kate, natürlich.

Soweit ich weiß, war und ist er ein sehr gläubiger Katholik. Und aus diesem Grund ist er mit seiner ersten Frau siebenundzwanzig Jahre lang verheiratet geblieben, das heißt, bis sie starb. Dabei konnte sie ihm keine Kinder schenken, was die Crux der Angelegenheit gewesen zu sein scheint, denn er wünschte sich ein Kind, einen Sohn, um die Jaeger-Dynastie zu erhalten. Aber warum hat er dann nicht getan, was sich doch gleichsam von selbst anbot: in zweiter Ehe eine wohlerzogene Deutsche mit gebärfreudigem Becken geheiratet, die ihm ein ganzes Schock Kinder hätte bescheren können? Schließlich konnte eine gescheite Soigné-Schönheit wie Kate kaum als ideale Wahl für einen Mann von Herrn Jaegers strengem Lebenszuschnitt gelten. Und genauso unvorstellbar ist auch, daß Kate sich von einem Menschen dieser Art angezogen fühlen konnte. Geld? Das kann nicht der Grund gewesen sein. Und als ich Kate erstmals wirklich nähergekommen war, erzählte sie mir, ihre erste Ehe sei ein solches Trauma gewesen, daß sie nie wieder heiraten werde. Dennoch ging das alles innerhalb weniger Monate über die Bühne. Ohne irgend etwas davon zu sagen, ja, sogar ohne überhaupt zu erwähnen, daß sie diesen legendären Tycoon kannte, erlangte sie eine päpstliche Annullierung ihrer ersten Ehe und heiratet Jaeger: katholische Trauung im Düsseldorfer Dom. Ein Jahr später trifft der ersehnte Erbe ein. Heinrich Rheinhardt Jaeger. Heinie. Und ein Jahr, nein, weniger als ein Jahr danach scheint man sie aus dem Jaeger-Château sozusagen ausgewiesen zu haben, wobei der Junge in der Obhut des Vaters verblieb – und Kate überaus beschränkte Besuchsmöglichkeiten zugestanden wurden.»

«Aber die Gründe kennen Sie nicht?»

Aces riß wieder ein Streichholz an, blies es aus. «Die Nachwehen, oder wie man's nennen will, waren genauso rätselhaft wie die eheliche Verbindung. Kate verschwand für mehrere Monate. Ein mir bekannter Arzt erzählte mir,

«Was nehmen die Reichen …

… nicht alles auf sich, um bloß keinen Pfennig zu verlieren» – wo es doch die Möglichkeit gibt, ohne große Mühe eine ganze Menge zu gewinnen.

sie habe diese Zeit zurückgezogen in der Nestlé-Klinik in Lausanne verbracht. Sie selbst hat mir nie anvertraut, was geschehen ist, und ich habe nie den Mut gehabt, sie danach zu fragen. Der einzige Mensch, der da wirklich im Bilde ist, dürfte Corinne sein, Kates Zofe. Und wenn's um Miss Kate geht, dann ist Corinne so stumm wie eine der Steinfiguren von den Osterinseln.»

«Nun gut. Aber warum haben die sich nicht scheiden lassen?»

«Katholische Prinzipien, vermutlich. Er würde niemals in eine Scheidung einwilligen.»

«Ja, Himmel, aber sie könnte die Scheidung doch durchsetzen, oder nicht?»

«Aber dann könnte sie Heinie niemals wiedersehen. Die Tür wäre ein für allemal verschlossen.»

«Schweinehund. Dem würde ich liebend gern ein Gewehr in den Arsch stecken und abdrücken. Mistkerl. Aber Sie haben von Gefahr gesprochen. Ich sehe nicht, wo es irgend etwas gäbe, wovor sie sich fürchten müßte.»

«Kate sieht das anders. Ich meinerseits auch. Und es ist nicht etwa Verfolgungswahn, sondern eine Tatsache, daß Jaeger sie von Agenten beschatten läßt und Informationen über sie sammelt. Über alles und jedes. Wenn sie auch bloß ein Kotex wechselt – der *Grand Seigneur* erfährt garantiert davon. Hören Sie», sagte er und knipste mit den Fingern nach dem Kellner, «lassen Sie uns was trinken. Für Daiquiris ist es jetzt zu spät. Wie wär's mit einem Scotch-Soda?»

«Mir egal.»

«Kellner, zwei Scotch-Soda. Also, was dieses Angebot betrifft, das ich Ihnen gemacht habe – sind die Bedingungen zufriedenstellend, oder hätten Sie gern ein paar Tage Bedenkzeit?»

«Ich brauche nichts weiter zu bedenken. Ich habe mich bereits entschieden.»

Die Drinks kamen, und er hob sein Glas. «Dann wollen wir auf Ihre Entscheidung trinken, wie immer sie auch aussehen mag. Natürlich hoffe ich auf ein Ja.»

«Ja.»

Er wirkte gelöst. «Sie sind ein Himmelsgeschenk, P. B. Und ich bin sicher, daß Sie's nicht bereuen werden.» Selten dürfte sich eine Prophezeiung als derart falsch erwiesen haben.

«Ja, die Antwort lautet ja. Aber wenn er keine Scheidung will, was will er dann?»

«Ich hab da eine Theorie. Es ist zwar nur eine Theorie, aber ich verwette mein letztes Geld darauf, daß sie zutrifft. Er will sie umbringen.» Aces ließ das Eis in seinem Glas klirren. «Da sich bei seinem strengen Katholizismus eine Scheidung verbietet – und weil Kate, solange sie am Leben ist, eine Bedrohung für ihn darstellt, wegen des Sorgerechts für seinen Sohn. Deshalb will er sie umbringen. Und zwar so, daß es wie ein Unfall aussieht.»

«Aces. Nun machen Sie mal halblang. Sie sind verrückt. Ja. Entweder sind Sie verrückt, oder er ist es.»

«In diesem besonderen Punkt, ja, da ist er wohl wirklich verrückt», sagte er. «Aber, heh, mir fällt gerade auf – wo ist Ihr Hündchen?»

«Das habe ich der Dame oben gegeben.»

«So, so, *so*. Wie ich sehe, sind Sie doch ziemlich beeindruckt gewesen.»

Ich legte den ganzen Heimweg zu Fuß zurück: von den mit Proustschen Geistern bevölkerten Korridoren des Ritz bis zu den verkommenen Mausefallengängen meines Hotels unweit der Gare du Nord. Ein Gefühl der Freude erfüllte mich – endlich war ich kein ausgeflippter Heimatloser mehr, kein ziellos driftender Verlierer; ich war ein Mann, der einen Auftrag hatte, ein Mann mit einer Aufgabe im Leben. Und wie ein Pfadfinderknirps, der sich zu seiner ersten Nachtwanderung aufmacht, beschäftigte ich mich in Gedanken, in kindlichem Eifer, mit den Vorbereitungen. Ich würde Kleidung brauchen; Hemden, Schuhe, ein paar gute Anzüge, denn in meinen alten Sachen konnte ich mich bei hellem Tageslicht kaum mehr sehen lassen. Und eine Waffe; morgen würde ich mir einen 38er Revolver kaufen und auf einem Schießstand mit dem Üben beginnen. Ich schritt schnell aus; nicht nur, weil es kalt war in jener für Paris typischen, Seine-nebelklammen Art, sondern auch, weil ich hoffte, durch den strammen Spaziergang so müde zu werden, daß ich sofort in einen traumlosen Schlaf fallen würde, wenn mein Kopf das Kissen berührte. Und so war's dann auch.

Allerdings war es kein traumloser Schlaf. Ich verstehe sehr gut, daß Psychoanalytiker ein hohes Honorar verlangen, denn was kann langweiliger sein, als zuhören zu müssen, wenn jemand von seinen Träumen erzählt? Dennoch will ich's riskieren, den Leser zu langweilen mit dem Traum, den ich in jener Nacht träumte, weil er später in fast jeder Einzelheit zur Wahrheit werden sollte. Zu Anfang ähnelte der Traum einer jener reglos-ruhigen Strandszenen wie auf einem Boudin-Gemälde um die Jahrhundertwende. Stille Gestalten an einem weitgedehnten Ufer mit dem aquamarinblauen Meer unmittelbar dahinter. Ein Mann, eine Frau, ein Hund, ein kleiner Junge. Die Frau trägt ein knöchellanges Taftkleid – der Seewind scheint den Rock zu bauschen; und sie hat einen grünen Sonnenschirm in der Hand. Der Mann trägt eine Kreissäge; der kleine Junge steckt in einem Matrosenanzug. Allmählich nimmt das Bild viel schärfere Konturen an, und ich erkenne die Frau unter dem Sonnenschirm – es ist Kate McCloud. Und der Mann, der jetzt seine Hand ausstreckt, um ihre Hand zu nehmen, der bin ich selbst. Plötzlich nimmt der Junge im Matrosenanzug einen Stock und schleudert ihn in die Wellen; der Hund jagt los, um den Stock zu apportieren, und kommt zurückgerannt und schüttelt sich – und sprühende Seewassertröpfchen durchglitzern die Luft.

III
LA CÔTE BASQUE

Aufgeschnappt in einer Cowboy-Bar in Roswell, New Mexico... ERSTER COWBOY: Hey, Jed. Wie geht's? Wie fühlst du dich? ZWEITER COWBOY: Gut! Wirklich gut! Ich fühle mich so gut, daß ich mir heute früh keinen runterholen mußte, um mein Herz in Gang zu bringen.

«*Carissimo!*» rief sie. «Sie sind genau das, was ich brauche. Ein Tischgenosse fürs Lunch. Die Herzogin hat mich versetzt.»

«Die Schwarze oder die Weiße?» fragte ich.

«Die Weiße», sagte sie und lenkte meine Schritte auf dem Gehsteig in eine andere Richtung.

Die Weiße, das ist Wallis Windsor, während die Schwarze, die Black Duchess, die ist, die ihre Freunde Perla Apfeldorf nennen, die brasilianische Frau eines berüchtigten südafrikanischen Rassisten, eines Diamanten-Industriellen. Was die Lady betraf, die mich solchermaßen mit Beschlag belegt hatte, so war sie in der Tat eine Lady – Lady Ina Coolbirth, gebürtige Amerikanerin, mit einem britischen Chemie-Tycoon verheiratet und in jeglicher Hinsicht eine Menge Frau: groß, größer als die meisten Männer, ein mächtiges Weibsbild voll Schwung und Temperament, geboren und aufgewachsen auf einer Ranch in Montana.

«Dies ist schon das zweite Mal, daß sie abgesagt hat»,

fuhr Ina Coolbirth fort. «Angeblich hat sie Nesselausschlag. Sie oder der Herzog. Einer von beiden. Jedenfalls ist im Côte Basque noch ein Tisch für mich reserviert. Also, wollen wir? Denn ich brauche unbedingt jemanden, mit dem ich reden kann, wirklich. Und wie schön, Jonesy, daß Sie das sind.»

La Côte Basque befindet sich in der 55. Straße East, direkt gegenüber vom St. Regis. Ursprünglich stand dort das originale Le Pavillon, 1940 gegründet von dem Ehrenwerten Restaurateur Henri Soulé. Monsieur Soulé gab das Lokal auf wegen eines Streits mit seinem Wirt, dem inzwischen verstorbenen Präsidenten von Columbia Pictures, einem miesen Hollywood-Ganoven namens Harry Cohn (der, als er erfuhr, daß sich Sammy Davis junior mit seinem blonden Star Kim Novak «traf», einen seiner harten Jungs damit beauftragte, Davis anzurufen und ihm zu sagen: «Hör zu, Sambo, ein Auge fehlt dir schon. Möchtest du das andere auch noch verlieren?» Am nächsten Tag heiratete Davis eine Revuetänzerin aus Las Vegas – eine Farbige). Genau wie La Côte Basque bestand das originale Le Pavillon aus einem kleinen Eingangsraum, einer links davon gelegenen Bar sowie, durch einen Türbogen zu erreichen, einem Speisesaal, ganz in rotem Plüsch gehalten. Die Bar und der Speisesaal bildeten gleichsam so etwas wie die Äußeren Hebriden – oder eine Art Elba, wenn man so will, wo Soulé Gäste zweiten Ranges exilierte. Vorzugsgäste, vom Besitzer mit untrüglichem *snobisme* ausgelesen, wurden in der von Banquettes gesäumten Eingangszone plaziert – ein Brauch, wie er in allen New Yorker Restaurants von etabliertem Chic geübt wird: Lafayette, The Colony, La Grenouille, La Caravelle. An diesen Tischen, die sich stets nahe der Tür befinden, ist es zugig, man kann nicht ungestört reden, und doch: dort plaziert zu werden – oder auch nicht –, bedeutet für statusbewußte Bürger den Augenblick der Wahrheit. Harry Cohn konnte im Pavillon nie oben landen. Es spielte keine Rolle, daß er ein Hotshot-Hollywood-Hottentott war – und überdies Soulés «Hauswirt». Soulé sah ihn als den aufgeblasenen Ladenschwengeltyp, der Cohn ja auch war, und wies ihm entsprechend einen Tisch in den Unter-Null-Regionen des hinteren Raumes zu. Cohn fluchte, schnaubte, tobte und rächte sich, indem er die Miete für das Restaurant immer mehr erhöhte. So zog Soulé dann einfach um in ein königlicheres Quartier im Ritz Tower. Aber während Soulé noch dabei war, sich dort niederzulassen, starb Harry Cohn (als man Jerry Wald fragte, warum er an dem Begräbnis teilgenommen habe, erwiderte er: «Bloß, um sicherzugehen, daß das Schwein auch wirklich tot war»), und Soulé, der für seine alten «Weidegründe» Nostalgie empfand, mietete die Räumlichkeiten wieder von den neuen Besitzern und kreierte dort, als eine Art Boutique-Variation von Le Pavillon: La Côte Basque.

Lady Ina wurde natürlich eine tadellose Position zugewiesen – der vierte Tisch von links, wenn man hereinkommt. Und geleitet wurde sie von niemand anderem als von M. Soule selbst, der so zerstreut war wie eh und je, ein rosa glänzendes Marzipanschweinchen.

«Lady Coolbirth...» murmelte er, seine Perfektionisten-Augen auf flinker Suche nach welken Rosen und trödelnden Kellnern, «sehr nett... und Lord Coolbirth? ...umn... heute haben wir auf dem Wagen sehr schönen Lammrücken...»

Sie konsultierte mich, mit kurzem Blick, und sagte: «Ich

möchte lieber nichts vom Wagen. Das geht mir zu schnell. Nehmen wir etwas, das ewig dauert. Damit wir uns zum Auflockern einen Kleinen antrinken können. Sagen wir, ein Soufflé Fürstenberg. Könnten Sie das machen, Monsieur Soulé?»

Er klickte mit der Zunge – aus zwei Gründen: er mißbilligt es, wenn Gäste ihre Geschmacksknospen mit Alkohol betäuben; und außerdem: «Fürstenberg ist eine große Plage. Ein Aufruhr.»

Jedoch, wie köstlich: ein Schaum aus Käse und Spinat, in den, strategisch, pochierte Eier versenkt worden sind, so daß, wenn man mit der Gabel daraufstößt, das Soufflé von goldenen Strömen aus Eigelb durchädert wird.

«Ein Aufruhr», sagte Ina, «ist genau das, was ich mir wünsche», und Monsieur Soulé betupfte sich die schweißnasse Stirn mit einem Stückelchen Taschentuch und schickte sich drein.

Dann entschied sie sich gegen Cocktails und meinte: «Warum eigentlich nicht eine ordentliche Feier?» Sie winkte dem Weinkellner und bestellte eine Flasche Roederer Cristal. Selbst für jene, die Champagner nicht mögen, und ich gehöre dazu, gibt es zwei Sorten, denen man nicht widerstehen kann: Dom Pérignon und der noch feinere Cristal; er wird in Flaschen aus naturfarbenem Glas abgefüllt, das seine fahle Glut zur Geltung kommen läßt, ein frostiges Feuer von so prickelnder Trockenheit, daß man nach einem Schluck nichts geschluckt zu haben meint, jedoch Dämpfe von der Zunge steigen und dort alles zu feuchter, süßer Asche verbrennt.

«Natürlich», sagte Ina, «hat Champagner einen ernsten Nachteil: wenn man ihn regelmäßig trinkt, so bildet sich im Magen Säure, und man hat dauernd einen schlechten

Atem. Absolut unheilbar. Erinnern Sie sich an Arturos Atem, Gott hab ihn selig? Und Cole war auf Champagner versessen. Gott, Cole fehlt mir ja so, auch wenn er in seinen letzten Jahren nicht mehr so recht bei sich war. Hab ich Ihnen schon mal die Geschichte von Cole und dem sexy Weinkellner erzählt? Ich kann mich nicht mehr erinnern, wo der arbeitete. Er war Italiener, also kann's weder hier noch im Pavillon gewesen sein. In The Colony vielleicht? Komisch: ich sehe ihn ganz deutlich – ein nußbrauner Mann, wunderbar schlank, mit öligem Haar und einem sagenhaft sexy Kinn – doch kann ich nicht sehen, *wo* ich ihn sehe. Er war Süditaliener, und so nannte man ihn Dixie, und der bumste Teddie Whitestone an – Bill Whitestone machte es ihr höchsteigenhändig weg, weil er meinte, es sei von ihm. Nun, *schuld* war er vielleicht schon, wenn auch in anderer Bedeutung – aber ich find's doch unverantwortlich, ja unnatürlich, daß ein Arzt bei seiner eigenen Frau eine Abtreibung macht. Teddie Whitestone war nicht die einzige; die Damen drängelten sich, Dixie ihre Gunst zu erweisen: schrieben ihm Liebesbriefchen. Cole ging's aktiver an. Er lud Dixie in sein Apartment unter dem Vorwand, sich von ihm bei der Einrichtung eines neuen Weinkellers beraten zu lassen – ausgerechnet Cole! der von Wein mehr verstand, als sich dieser Azurri je träumen ließ. So saßen sie dort also auf der Couch – der hübschen Wildledercouch, die Billy Baldwin für Cole gemacht hatte –, ganz leger, und Cole küßt diesen Kerl auf die Wange, und Dixie grinst und sagt: ‹Das kostet Sie fünfhundert Dollar, Mr. Porter.› Cole lacht bloß und kneift Dixie ins Bein. ‹Das kostet Sie tausend Dollar, Mr. Porter.› Da begann Cole zu kapieren, daß dieses Stück Pizza es ernst meinte, so öffnete er dann Dixies Hosenschlitz, holte sein Ding raus, schüttelte es und fragte: ‹Und was kostet die Benutzung dieses Utensils?› – ‹Zweitausend Dollar›, erwiderte Dixie. Cole ging zu seinem Schreibtisch, stellte einen Scheck aus, gab ihn dem Italiener. Und dann sagte er: ‹Miss Otis bedauert, daß sie heute am Lunch verhindert ist. Jetzt raus mit Ihnen!›»

Der Cristal wurde eingeschenkt. Ina kostete.

«Nicht kalt genug. Aber ahhh!» Sie nahm einen zweiten Schluck. «Cole fehlt mir ja so. Auch Howard Sturgis. Sogar Papa. Schließlich hat er in *Green Hills of Africa* über mich geschrieben. Und Onkel Willie. Vorige Woche in London bin ich zu einer Party im Drue Heinz's gegangen – und saß dort dann mit Prinzessin Margaret fest. Ihre Mutter ist ja ein Schatz, doch der Rest der Familie! – allerdings könnte Prinz Charles sich noch gehörig mausern. Prinzipiell teilen jene von königlichem Geblüt die Menschheit in drei Kategorien ein: in Farbige – und Weiße – und jene von königlichem Geblüt. Nun, ich war jedenfalls drauf und dran einzuschlummern, sie ist ja sowas von einer Quasselstrippe, als sie plötzlich wie aus dem Nichts heraus verkündet, daß sie Schwuli-Typen nicht ausstehen kann. Eine ungewöhnliche Bemerkung aus einem *solchen* Mund. Erinnern Sie sich an den Witz, wer den ersten Matrosen kriegte? Aber ich schlug einfach meine Augen nieder, so à la Jane Austen, und sagte: ‹Wenn dem so ist, Ma'am, dann steht zu befürchten, daß Sie im Alter sehr einsam sein werden.› Ihre Miene – am liebsten hätte sie mich wohl in einen Kürbis verwandelt.» Inas Stimme hatte etwas für sie untypisch Sprunghaftes, Unstetes, so als haste sie holterdiepolter voran, um zumindest vorerst zu vermeiden, was sie doch wollte: sich anvertrauen. Meine Augen und meine Ohren richteten sich auf anderes. Uns schräg gegenüber saßen an einem Tisch zwei Menschen, die ich im vergangenen Sommer in Southampton kennengelernt hatte, allerdings unter wenig bedeutungsvollen Umständen, so daß ich kaum damit rechnen konnte, daß sie mich wiedererkennen würden – Gloria Vanderbilt de Cicco Stokowski Lumet Cooper und ihre Busenfreundin seit Kindertagen Carol Marcus Saroyan (sie heiratete *ihn* zweimal) Matthau: Frauen Ende dreißig, die jedoch gar nicht so weit entfernt zu sein schienen von jener Debütantinnen-Zeit, wo sie nach Glücksballons gegriffen hatten.

«Aber was soll man», wollte Mrs. Matthau von Mrs. Cooper wissen, «zu einer Frau sagen, die gerade einen guten Liebhaber verloren hat, rund zweihundert Pfund wiegt und sich mitten in einem Nervenzusammenbruch befindet? Ich glaube, die hat seit einem Monat nicht mehr ihr Bett verlassen. Oder auch nur die Bettwäsche gewechselt. ‹Maureen –› dies *habe* ich zu ihr gesagt – ‹Maureen, ich habe mich schon in einer viel schlimmeren Verfassung befunden als du. Ich erinnere mich, wie ich einmal rumgeschlichen bin und bei allen Leuten aus den Medizinschränkchen Schlaftabletten geklaut habe, von denen ich genügend sammeln wollte, um mich umzubringen. Ich steckte bis über beide Ohren in Schulden, jeder Penny, den ich besaß, war gepumpt...›»

«*Dar*ling», protestierte Mrs. Cooper mit hauchfeinem Stammeln, «warum bist du denn nicht zu *mir* gekommen?»

«Weil du reich bist. Es ist viel weniger schwierig, von den Armen zu borgen.»

«Aber, *Dar*ling...»

Mrs. Matthau fuhr fort. «Ich sagte also: ‹Weißt du, was ich getan habe, Maureen? Obwohl ich völlig pleite war, engagierte ich für mich eine *Zofe*. Mein Gemütszustand hob sich, meine Erwartungshaltung änderte sich vollkommen, ich fühlte mich geliebt und verhätschelt. An deiner Stelle, Maureen, würde ich mich in Schulden stürzen und irgendein sehr teures Geschöpf engagieren, das für mich das Badewasser einläßt und das Bett macht.› Warst du übrigens auf der Logan's Party?»

«Für eine Stunde.»

«Wie war sie?»

«Oh, phantastisch – falls man noch nie auf einer Party gewesen ist.»

«Ich wollte ja hin. Aber du kennst ja Walter. Hätte nie geglaubt, daß ich mal einen Schauspieler heiraten würde. Nun ja, *heiraten* vielleicht schon. Aber doch nicht aus Liebe. Nun bin ich schon viele Jahre mit Walter zusammen, aber wenn ich sehe, daß sein Blick auch nur um ein paar Grad abirrt, dann macht mich das rapplig. Hast du diese neue schwedische Fose namens Karen oder so gesehen?»

«War sie nicht in irgendeinem Spionagefilm?»

«Genau. Bildhübsches Gesicht. Von ihren Äpfeln aufwärts fotogen wie nur was. Doch ihre Beine – einfach verboten. Richtiggehende Baumstämme. Jedenfalls trafen wir sie bei den Widmarks, und sie ließ ihre Blicke umherhüpfen und gab so leise Laute von sich, Walters wegen, und ich hielt's aus, solange es irgend ging, aber dann hörte ich, wie Walter fragte: ‹Wie alt sind Sie eigentlich, Karen?› und ich sagte: ‹Herrgott noch mal, Walter, warum hackst du ihr nicht die Beine ab und zählst die Jahresringe?›»

«Carol! Das *kannst* du doch nicht gesagt haben!»

«Du weißt doch, daß auf mich immer Verlaß ist.»

«Und – hat sie's gehört?»

«Wäre kaum sehr interessant gewesen, wenn sie's nicht gehört hätte.»

Mrs. Matthau holte einen Kamm aus ihrer Handtasche und begann sich ihr langes Albinohaar zu kämmen: ein weiteres Überbleibsel von ihren Abenden als Debütantin während des Zweiten Weltkriegs, als sie und alle ihre *compères*, Gloria und Honeychile und Oona und Jinx, sich in El-Morocco-Polstern räkelten und unablässig ihre Veronica-Lake-Locken strählten.

«Heute morgen habe ich einen Brief von Oona bekommen», sagte Mrs. Matthau.

«Ich auch», sagte Mrs. Cooper.

«Dann weißt du ja, daß sie wieder mal 'n Baby kriegen.»

«Nun, damit habe ich gerechnet. Damit rechne ich immer.»

«Dieser Charlie ist doch ein Glückspilz», sagte Mrs. Matthau.

«Allerdings hätte Oona für jeden Mann eine großartige Ehefrau abgegeben.»

«Unsinn. Für Oona kamen nur Genies in Frage. Bevor sie Charlie kennenlernte, wollte sie Orson Welles heiraten... und da war sie noch nicht mal siebzehn. Es war Orson, der sie mit Charlie bekannt machte; er sagte: ‹Ich weiß genau den richtigen Mann für dich. Er ist reich, er ist ein Genie, und es gibt nichts, das ihm mehr gefällt als eine pflichtbewußte Tochter.›»

Mrs. Cooper wirkte nachdenklich. «Hätte Oona nicht Charlie geheiratet, so würde ich wohl kaum Leopold geheiratet haben.»

«Und hätte Oona nicht Charlie geheiratet und du nicht

Leopold, so würde ich nicht Bill Saroyan geheiratet haben. Dazu noch zweimal.»

Die beiden Frauen lachten zusammen, und ihr Gelächter klang wie ein spöttisches, jedoch wunderschön gesungenes Duett. Obwohl sie einander physisch ganz und gar nicht ähnlich waren – Mrs. Matthau war blonder als die Harlow und von vornehmer Blässe wie eine Gardenie, während Mrs. Cooper Brandy-Augen hatte und – über einen eher dunkelhäutigen Grübchen-Charme verfügte – zumal wenn ihre negroiden Lippen sich zu einem strahlenden Lächeln schürzten –, spürte man, daß sie von ein und demselben Schlag waren: reizend unzurechnungsfähige Abenteuerinnen.

Mrs. Matthau fragte: «Erinnerst du dich noch an die Salinger-Sache?»

«Salinger?»

«*A perfect Day for Banana Fish*. Dieser Salinger.»

«*Franny and Zooey.*»

«Genau. Erinnerst du dich nicht an das mit ihm?»

Mrs. Cooper dachte nach, grübelte; entsann sich nicht. «Das war, als wir noch in Brearley waren», sagte Mrs. Matthau. «Bevor Oona Orson kennenlernte. Sie hatte einen mysteriösen Verehrer, diesen jüdischen Jüngling mit einer Mutter aus der Park Avenue: Jerry Salinger. Er wollte Schriftsteller werden, und er schrieb Oona zehn Seiten lange Briefe, als er mit der Army in Übersee war. So eine Art Liebesbrief-Essays, sehr zärtlich, zärtlicher als Gott. Was ein bißchen zu zärtlich ist. Oona pflegte sie mir vorzulesen, und als sie mich fragte, was ich dächte, erwiderte ich, offenbar sei er ein Junge, der sehr leicht in Tränen ausbricht, doch sie wollte wissen, ob ich ihn für brillant und talentiert hielte oder ganz einfach für albern, und ich sagte, er ist beides, und als ich dann Jahre später *The Catcher in the Rye* las und mir aufging, daß der Autor Oonas Jerry war, fand ich mich einigermaßen bestätigt.»

«Von Salinger habe ich nie was Merkwürdiges gehört», erklärte Mrs. Cooper.

«Und ich habe nie was von ihm gehört, das *nicht* merkwürdig war. Ganz gewiß ist er nicht der übliche jüdische Alltagsjüngling aus der Park Avenue.»

«Nun, diese Sache betrifft eigentlich weniger ihn als vielmehr einen Freund von ihm, der ihn in New Hampshire besuchte. Dort lebte er doch, nicht? Auf irgendeiner weitabgelegenen Farm? Also, es war Februar und fürchterlich kalt. Eines Morgens war Salingers Freund verschwunden. Er war nicht in seinem Schlafzimmer und auch sonst nirgendwo im Haus. Schließlich fand man ihn, tief in einem verschneiten Wald. In eine Wolldecke gehüllt, lag er im Schnee, eine leere Whiskyflasche im Arm. Er hatte sich selbst umgebracht, indem er den Whisky trank, bis er einschlief und dann erfror.»

Nach einer Weile sagte Mrs. Matthau: «Das *ist* eine sonderbare Geschichte. Doch muß es einen ganz eigenen Reiz gehabt haben – ich meine, sich so warm zu fühlen mit all dem Whisky im Bauch und dann davonzudriften in die kalte Sternennacht. Aus welchem Grund hat er es getan?»

«Ich weiß nicht mehr, als ich dir erzählt habe», sagte Mrs. Cooper.

Am Tisch der beiden blieb ein aufregender Gast stehen, ein dunkelhaariger, schon ziemlich kahlköpfiger Typ mit irgendwie rosig überhauchtem Gesicht. Er richtete seinen Blick auf Mrs. Cooper, einen faszinierten, amüsierten... und ein wenig grimmigen Blick. Er sagte: «Hallo, Gloria»; und sie lächelte: «Hallo, Darling»; doch ihre Augenlider zuckten, als sie ihn angestrengt zu identifizieren versuchte; und dann sagte er: «Hallo, Carol. Wie geht's denn, Süße?» und sie wußte sehr wohl, wer er war: «Hallo, Darling. Lebst du noch immer in Spanien?» Er nickte; sein Blick kehrte zu Mrs. Cooper zurück: «Gloria, du bist so schön wie eh und je. Noch schöner sogar. Ciao...» Er winkte und entfernte sich.

Mrs. Cooper starrte ihm stirnrunzelnd nach.

Schließlich fragte Mrs. Matthau: «Du hast ihn nicht erkannt, nicht wahr?»

«N-n-nein.»

«So geht's. So ist das Leben. Wirklich zu traurig. Da war überhaupt nichts Vertrautes an ihm?»

«Aus sehr ferner Zeit. Irgendwas. Ein Traum.»

«Es war kein Traum.»

«Carol. Hör auf damit. Wer ist es?»

«Du hast früher einmal sehr viel von ihm gehalten. Du hast ihm sein Essen gekocht und seine Socken gewaschen –» Mrs. Coopers Augen vergrößerten sich, begannen zu wandern –« und als er in der Army war, bist du ihm von Camp zu Camp gefolgt und hast in schäbig möblierten Zimmern gewohnt –»

«Nein!»

«Doch!»

«Nein.»

«Doch, Gloria. Dein erster Mann.»

«Dieser... Mann... war... Pat di Cicco?»

«Oh, Darling. Fang nicht an zu grübeln. Schließlich hast du ihn seit fast zwanzig Jahren nicht mehr gesehen. Und damals warst du praktisch ein Kind. Ist das nicht», sagte Mrs. Matthau, die Gelegenheit beim Schopfe fassend, «Jackie Kennedy?»

Und ich hörte, wie sich auch Lady Ina dazu äußerte: «Ich seh ja fast nichts mit dieser Brille, aber kommt da nicht gerade Mrs. Kennedy herein? Mit ihrer Schwester?»

Ja, es stimmte; ich kannte die Schwester, weil sie zusammen mit Kate McCloud zur Schule gegangen war, und als Kate und ich auf Abner Dustins Jacht bei der Feria in Sevilla gewesen waren, hatte sie mit uns geluncht, und dann waren wir zusammen Wasserski gelaufen, und ich habe oft daran denken müssen, wie vollkommen sie war, ein gleißendes, goldbraunes Mädchen in einem weißen Badeanzug, deren weiße Wasserski gleichmäßig dahinzischten, während ihr dunkelblondes Haar flatterte, als sie da zwischen den Wellen wedelte und wendete. So war es jetzt erfreulich, daß sie innehielt, um Lady Ina zu begrüßen («Wußten Sie, daß ich mit Ihnen von London im selben Flugzeug geflogen bin? Aber Sie haben so schön geschlafen, daß ich Sie nicht zu stören wagte»), und daß sie sich, als sie mich sah, meiner entsann: «Oh, hallo, Jonesy», sagte sie, und ihre rauchige, warme, vibrierende Stimme war wie ein sanftes Streicheln, «was macht Ihr Sonnenbrand? Erinnern Sie sich, daß ich Sie gewarnt habe? Aber Sie wollten ja nicht hören.» Ihr Lachen klang ab, als sie neben ihre Schwester auf eine Banquette glitt und beide die Köpfe zusammensteckten, in verschwörerischem Bouvier-Geflüster. Es war verblüffend, wie sehr sie einander ähnelten, obwohl sie gar nichts weiter miteinander gemein zu haben schienen außer identischen Stimmen, weit auseinanderliegenden Augen und bestimmten Gesten sowie, in besonderem Maße, die Eigenart, einem Gesprächspartner tief in die Augen zu blicken, während sie unaufhörlich

– und mit mesmerisierender, ernsthaftester Anteilnahme – mit dem Kopf nickten.

Lady Ina meinte: «Diese Mädchen, Sie wissen es, haben damals so manchen großen Coup gelandet. Ich kenne viele Menschen, die beide gleichermaßen unausstehlich finden; meistens handelt es sich dabei um Frauen, und das kann ich verstehen, weil die beiden Frauen nicht mögen und kaum jemals etwas Gutes über *irgend*eine Frau zu sagen haben. Aber Männern gegenüber sind sie einfach perfekt, ein Paar westliche Geisha-Girls; sie wissen, wie man das Geheimnis eines Mannes hütet, und wie man ihm das Gefühl gibt, bedeutend zu sein. Wenn ich ein Mann wäre, würde ich eine Schwäche für Lee haben. Sie ist wunderbar gebaut, wie eine Tanagra-Figurine; sie ist feminin, ohne effiminiert zu sein; und sie gehört zu den wenigen mir bekannten Menschen, die sowohl frank und frei als auch zutraulich sein können – für gewöhnlich schließt das eine das andere aus. Jackie – nein, nicht auf demselben Planeten. Sehr fotogen natürlich; doch ist der Effekt ein wenig... unfein, übertrieben.»

Ich dachte an einen Abend, an dem ich mit Kate McCloud und einer Gruppe einen Tuntenball mit Kostümprämierung besucht hatte, der in einem Ballsaal in Harlem veranstaltet wurde: Hunderte von jungen Tunten in handgenähten Kleidern zum Klang blues-satt-quakender Saxophone sich wiegend: Supermarkt-Clerks aus Brooklyn, Wallstreet-Boten, schwarze Tellerwäscher und puertorikanische Kellner dahinschwebend in Seide und Phantasie, Revuetänzer und Bankkassierer und irische Liftboys, ausstaffiert als Marilyn Monroe, als Audrey Hepburn, als Jackie Kennedy. In der Tat war Mrs. Kennedy die beliebteste Inspiration; ein Dutzend Jungmänner, darunter auch der Sieger des Wettbewerbs, trugen ihre hochgetürmte Frisur, hatten ihre geschwungenen Augenbrauen und ihren leicht schmollenden, fahlgeschminkten Mund. Genauso kam sie mir im wirklichen Leben vor – nicht wie eine echte Frau, sondern wie eine kunstvolle Darstellerin, die Mrs. Kennedy verkörperte.

Ich vertraute diesen Gedanken Ina an, und sie sagte: «Das ist es ja, was ich meine mit... übertrieben.» Dann: «Sind Sie jemals Rosita Winston begegnet? Nette Frau. Halb-Tscherokesin, glaube ich. Vor ein paar Jahren erlitt sie einen Schlaganfall, und jetzt kann sie nicht sprechen. Oder genauer: sie kann nur ein einziges Wort sagen. Das passiert sehr oft nach einem Schlaganfall, von all den Wörtern, die man gekannt hat, bleibt einem nur ein einziges Wort. Rositas Wort ist: ‹schön›. Sehr passend, da Rosita immer schöne Dinge geliebt hat. Ich kam darauf, weil ich an den alten Joe Kennedy dachte. Auch ihm ist nur noch ein Wort geblieben. Und das Wort lautet: ‹Gottverdammt!›»

Ina gab dem Kellner ein Zeichen, Champagner nachzuschenken. «Habe ich Ihnen schon mal erzählt, wie er über mich hergefallen ist, seinerzeit? Ich war damals achtzehn und Gast in seinem Haus, eine Freundin seiner Tochter Kek...»

Wieder ließ ich meine Augen durch den Raum gleiten und erhaschte, so *en passant*, diesen und jenen interessanten Anblick: wie sich eine blaubärtige verkappte Tunte von der Seventh Avenue an einen Redakteur von der *New York Times* ranzumachen versuchte; daß Diana Vreeland, die pomadisierte, pfauenartig schillernde Herausgeberin von *Vogue* sich den Tisch mit einem älteren Mann teilte, der auf einen kostbaren Gegenstand diskreter *extrava-*

gance hinwies, womöglich eine feine graue Perle – Mainbocher; daß Mrs. William S. Paley mit ihrer Schwester, Mrs. John Hay Whitney, lunchte. In ihrer Nähe saß ein mir unbekanntes Paar: eine Frau von vierzig, fünfundvierzig, keine Schönheit, aber doch sehr hübsch anzusehen in ihrem braunen Balenciaga-Kostüm mit einer Brosche aus zimtfarbenen Brillanten am Revers. Ihr Begleiter war wesentlich jünger, etwa zwanzig, zweiundzwanzig, eine kernige, sonnenbraune Statue – der junge Mann sah aus, als könnte er den Sommer damit verbracht haben, allein über den Atlantik zu segeln. Ihr Sohn? Aber nein, denn ... er entzündete eine Zigarette, reichte sie ihr, und beide Finger berührten einander bedeutungsvoll; und dann hielten sie Händchen.

«... der alte Lüstling schlüpfte in mein Schlafzimmer. Es war ungefähr sechs Uhr früh, die ideale Stunde, wenn man jemanden, der noch schlaftrunken ist, völlig überrumpeln will, und als ich aufwachte, befand er sich bereits unter der Decke, eine Hand auf meinem Mund und die andere überall sonst. Sowas von einer unglaublichen Rotzfrechheit aber auch – direkt dort in seinem Haus mit der ganzen schlafenden Familie ringsum. Aber diese Kennedy-Männer sind sich alle gleich; sie sind wie Hunde, müssen jeden Feuerhydranten anpinkeln. Immerhin war er noch ganz gut beisammen, der alte Kerl, und als er sah, daß ich nicht schreien würde, war er ja *so* dankbar ...»

Aber sie unterhielten sich nicht, die ältere Frau und der junge Seefahrer; Händchen haltend saßen sie da, und dann lächelte er, und schließlich lächelte auch sie.

«Später – können Sie sich das vorstellen? – tat er, als sei überhaupt nichts gewesen, nie ein Zwinkern oder ein Nikken, er war nur der gute alte Daddy meiner Schulfreundin.

Irgendwie irre und ziemlich grausam; schließlich hatte er mich gehabt, und ich hatte sogar so getan, als ob es mir Spaß mache: es hätte wenigstens irgendeine sentimentale Bestätigung geben sollen, ein Souvenir, irgendein Kinkerlitzchen, ein Zigarettenetui vielleicht...» Sie merkte, daß meine Aufmerksamkeit auf anderes gerichtet war, und ihr Blick glitt zu dem unorthodoxen Liebespaar. «Kennen Sie *die* Geschichte?» fragte sie.

«Nein», erwiderte ich. «Aber es liegt auf der Hand, daß es eine geben muß.»

«Allerdings wohl nicht ganz so, wie Sie meinen. Onkel Willie hätte daraus etwas Göttliches machen können. Genau wie Henry James – besser noch als Onkel Willie, denn Onkel Willie hätte geschwindelt und einem Filmerfolg zuliebe aus Delphine und Bobby Liebesleute gemacht.»

Delphine Austin aus Detroit: ich hatte über sie in den Kolumnen gelesen – eine reiche Erbin, verheiratet mit einer versteinerten Stütze der New Yorker Gesellschaft. Bobby, ihr Gefährte, war Jude, Sohn des Hotelmagnaten S. L. L. Semenenko und erster Ehemann einer ziemlich verdrehten jungen Filmschönen, die sich von ihm hatte scheiden lassen, um seinen Vater zu heiraten (und von der sich sein Vater hatte scheiden lassen, als er sie in flagranti mit einem deutschen Schäfer...hund erwischte. Nein, kein Witz).

Laut Lady Ina waren Delphine Austin und Bobby Semenenko im vergangenen Jahr unzertrennlich gewesen; hatten jeden Tag im Côte Basque und Lutèce und L'Aiglon geluncht, waren im Winter nach Gstaad und Lyford Cay gereist und Ski gelaufen und geschwommen, hatten sich voll Schwung auf alle möglichen Aktivitäten gestürzt, was um so überraschender war, als die Verbindung zwischen beiden nicht zu den üblichen Urlaubsabenteuern gehörte, sondern vielmehr so etwas wie die Basis bildete für eine Geschichte, die eine doppelt-dimensionierte, doppelt-effektvolle, Drei-Taschentücher-Variante eines alten Bette-Davis-Tränendrüsenkitzlers wie *Dark Victory* zu sein schien: beide litten an Leukämie und würden daran sterben.

«Ich meine, eine Frau von Welt und ein schöner junger Mann, die zusammen reisen mit dem Tod als gemeinsamem Liebhaber und Gefährten. Glauben Sie nicht, daß Henry James etwas daraus hätte machen können? Oder Onkel Willie?»

«Nein. Für James ist es zu kitschig und für Maugham nicht kitschig genug.»

«Nun. Sie müssen einräumen, daß Mrs. Hopkins eine prächtige Geschichte hergeben würde.»

«Wer?» fragte ich.

«Dort steht sie», sagte Ina Coolbirth.

Jene Mrs. Hopkins. Eine Rothaarige, gekleidet in Schwarz; schwarzer Hut mit Schleierbesatz, schwarzes Mainbocher-Kostüm, schwarze Krokodilhandtasche, Krokodilschuhe. M. Soulé lauschte angespannt, als sie ihm etwas zuflüsterte – und plötzlich flüsterten alle. Mrs. Kennedy und ihre Schwester hatten kein Gemurmel ausgelöst und ebensowenig das Erscheinen von Lauren Bacall und Katherine Cornell und Clare Boothe Luce. Mrs. Hopkins indes war *une autre chose*: eine Sensation selbst für die abgebrühtesten Côte-Basque-Gäste. Mit unverhohlener Neugier beobachtete man sie, als sie mit gesenktem Kopf auf einen Tisch zutrat, an dem bereits jemand auf sie wartete – ein katholischer Geistlicher, einer von jenen intellektuellen, hageren Father-D'Arcy-Klerikern, die sich in möglichst großer Entfernung von Klöstern am wohlsten zu fühlen scheinen, zumal beim Umgang mit den sehr Großen und sehr Reichen in einer Wein-und-Rosen-Stratosphäre.

«Nur Ann Hopkins», sagte Lady Ina, «würde sich so etwas einfallen lassen. Die Suche nach geistlichem ‹Rat› so öffentlich wie möglich hinauszuposaunen. Einmal ein Tramp, immer ein Tramp.»

«Sie glauben nicht, daß es ein Unglücksfall war?» fragte ich.

«Nun kommen Sie mal aus dem Graben, mein Lieber. Der Krieg ist vorbei. Selbstverständlich war es kein Unglücksfall. Sie hat David kaltblütig umgebracht. Sie ist eine Mörderin. Die Polizei weiß das.»

«Und wieso ist sie dann ungeschoren davongekommen?»

«Weil die Familie das so wollte. Davids Familie. Und da es in Newport passierte, war die alte Mrs. Hopkins einflußreich genug, ihren Willen durchzusetzen. Sind Sie Davids Mutter jemals persönlich begegnet? Hilda Hopkins?»

«Im vorigen Sommer habe ich sie einmal in Southampton gesehen. Sie kaufte ein Paar Tennisschuhe. Ich fragte mich, was eine Frau ihren Alters, sie muß achtzig sein, mit Tennisschuhen wollte. Sie sah aus wie eine... sehr alte Göttin.»

«Das ist sie auch. Und das ist der Grund, aus dem Ann Hopkins mit kaltblütigem Mord davongekommen ist. Ihre Schwiegermutter ist eine Rhode-Island-Göttin. *Und* eine Heilige.»

Ann Hopkins hatte ihren Schleier gelüftet und sprach jetzt leise zu dem Priester, der, in serviler Verzückung, einen Gibson an seine ausgehungerten, bläulichen Lippen führte.

«Doch hätte es ein Unglücksfall sein *können*. Wenn man den Zeitungen glauben will. Soweit ich mich erinnere, waren sie gerade von einer Dinner-Party in Watch Hill nach Hause gekommen und hatten sich in getrennten Schlafzimmern zu Bett gelegt. Hieß es nicht, es habe dort in der Gegend gerade erst eine ganze Reihe von Einbrüchen gegeben? – jedenfalls hatte Ann bei ihrem Bett ein Gewehr parat, und als sich im Dunkeln plötzlich die Tür zu ihrem Schlafzimmer öffnete, griff sie nach dem Gewehr und schoß auf den vermeintlichen Eindringling. Bloß, daß es ihr Mann war. David Hopkins. Nun mit einem Loch im Kopf.»

«Das ist's, was sie gesagt hat. Was ihr Anwalt gesagt hat. Was die Polizei gesagt hat. Und was die Zeitungen gesagt haben... sogar die *Times*. Nur ist das nicht das, was *wirklich* geschehen ist.» Und Ina holte Luft wie ein Sporttaucher und hob an: «Es gab da mal ein flottes junges Ding mit knallrotem Haar, das eines Tages in der Stadt auftauchte – von irgendwoher in West-Virginia. Sie war achtzehn, war irgendwo in so einem verkommenen Kaff aufgewachsen und hatte bereits eine Ehe und eine Scheidung hinter sich; jedenfalls *sagte* sie, sie sei für ein oder zwei Monate mit einem Marineinfanteristen verheiratet gewesen und habe sich von ihm scheiden lassen, als er verschwand (bitte merken: das ist ein wichtiger Anhaltspunkt). Sie hieß damals Ann Cutler und sah so ziemlich wie eine bösartige Betty Grable aus. Sie arbeitete als Callgirl für einen Zuhälter, der im Waldorf sowas wie die Personalaufsicht war; und sie sparte Geld zusammen und nahm Gesang- und Tanzunterricht und endete schließlich als Lieblingsflittchen von einem der Advokaten von Frankie Costello, der sie regelmäßig ins El Morocco ausführte. Das war während des Krieges – 1943 –, und das El M war immer voller Gangster und Offiziere. Aber eines Abends kreuzte dort ein gewöhnlicher junger Marineinfanterist auf, bloß daß er so ein gewöhnlicher Soldat gar nicht war: sein Vater war einer der borniertesten Männer an der Ostküste – und einer der reichsten. David besaß Liebreiz und sah phantastisch aus, doch war er im Grunde genau wie der alte Mr. Hopkins – ein anal-orientierter Episkopaler. Geizig. Nüchtern. Ganz und gar nicht Café-Society. Doch da war er nun im El M, ein Soldat auf Urlaub, geil und ein bißchen angetrunken. Einer von Winchells Handlangern war auch dort, und er erkannte den jungen Hopkins; er spendierte David einen Drink und sagte, er könne ihm jedes anwesende Mädchen verschaffen, er brauche sich nur eine auszusuchen, und David, armer Tropf, sagte, die Rothaarige mit der Knopfnase und den großen Titten wäre ihm recht. Also schickt ihr der Winchell-Knilch eine Botschaft, und in der Morgendämmerung zappelt Klein-David im festen Griff einer kundigen Kleopatra-Klaue.

Ich bin davon überzeugt, daß dies Davids erste Erfahrung war – von primitiven Spielchen mit Kameraden auf der Prep-School mal abgesehen. Jedenfalls gingen sie mit ihm durch, was ihm keiner verübeln kann; ich habe ein paar sehr erwachsene und coole Herren gekannt, denen es bei Ann Hopkins genauso gegangen ist. Sie verhielt sich David gegenüber sehr clever; sie wußte, daß sie einen dikken Fisch an der Angel hatte, mochte der Junge auch noch sehr grün sein; also gab sie ihre ‹Tätigkeit› auf und verschaffte sich bei Saks einen Job in der Abteilung für Damenwäsche; nie bedrängte sie ihn, und jedes Geschenk, das den Wert einer Handtasche überstieg, schlug sie aus; solange er Soldat war, schrieb sie ihm tagtäglich einen Brief, liebe, trauliche Zeilen, unschuldsvoll wie Kindergeplapper. Tatsächlich *war* sie schwanger, und sie war es von *ihm*, doch das verschwieg sie ihm, bis er dann wieder Heimaturlaub hatte und sein Mädchen im vierten Monat fand. Und jetzt bewies sie jenen gewissen giftigen *élan*, der die wirklich gefährlichen Schlangen von den Durchschnittsnattern unterscheidet; sie erklärte ihm, sie wolle ihn nicht heiraten. Wollte ihn unter gar keinen Umständen heiraten, weil sie keine Lust habe, ein Hopkins-Leben zu führen; weder nach Erziehung noch nach Neigung sei sie dafür geeignet, auch glaube sie nicht, daß sie von seiner Familie und seinen Freunden je akzeptiert werden würde. Niemals, erklärte sie, werde sie mehr erwarten als eine bescheidene Unterhaltssumme für das Kind. David protestierte, aber natürlich war er erleichtert, wennschon er seinem Vater die Geschichte würde beichten müssen – David verfügte nicht über eigenes Geld.

Und dann machte Ann ihren raffiniertesten Schachzug. Sie hatte sich über alles genau informiert, war über Davids Eltern bestens im Bilde, und so sagte sie: ‹David, es gibt nur eins, was ich mir wünsche. Ich möchte deine Familie kennenlernen. Ich selbst habe ja kaum etwas wie eine Familie gehabt, und ich möchte, daß mein Kind wenigstens ab und zu Kontakt mit seinen Großeltern hat. Vielleicht würde das auch ihnen gefallen.› *C'est très joli, très diabolique, non?*

Und es funktionierte. Nicht, daß Mr. Hopkins sich täuschen ließ. Er sagte von Anfang an, das Mädchen sei ein Tramp, und sie werde nie auch nur einen roten Heller von ihm sehen; doch Hilda Hopkins fiel drauf rein – ihr hatten's das prachtvolle Haar und die blauen Unschuldsaugen angetan, ganz zu schweigen von Anns rührender Geschichte vom armen kleinen Mädchen. Und da David der älteste Sohn war und sie voller Ungeduld auf ein Enkelkind, tat sie genau das, worauf Ann spekuliert hatte: sie überredete David dazu, Ann zu heiraten, und ihren Mann dazu, die Heirat, wenn schon nicht zu billigen, so doch nicht zu verbieten. Eine ganze Zeitlang schien es, als habe Mrs. Hopkins sehr weise gehandelt: jedes Jahr wurde sie mit einem neuen Enkelkind belohnt, bis es schließlich drei waren, zwei Mädchen und ein Junge. Was Anns gesellschaftlichen Aufstieg betraf, so vollzog er sich mit atemberaubender Geschwindigkeit – Ann durchbrach alle Schallmauern. Das Wesentliche dabei kapierte sie, das muß man ihr lassen. Sie lernte reiten und wurde eine der pferdekundigsten Amazonen in Newport. Sie studierte Französisch und hatte einen französischen Butler und strebte einen Platz auf der Liste der Bestgekleideten Frauen an, zu welchem Zweck sie mit Eleanor Lambert lunchte, die sie öfter auch übers Wochenende einlud. Von Sister Parish und Billy Baldwin erwarb sie Kenntnisse über Möbel und Gewebe; und hocherfreut kam der kleine Henry Geldzahler zum Tee (Tee! Ann Cutler! Mein Gott!), um mit ihr über moderne Malerei zu sprechen.

Doch mal abgesehen von der Tatsache, daß sie einen großen Newport-Namen geheiratet hatte, war die Herzogin der entscheidende Faktor für ihren Erfolg. Ann kapierte etwas, das nur die klügsten gesellschaftlichen Senkrechtstarter je kapieren. Will man schnell und sicher aus der Tiefe zur Oberfläche emporsteigen, so sucht man sich am besten einen Hai aus, an den man sich heftet wie ein

Pilotfisch. Das gilt genauso in Keokuk, wo man, sagen wir einmal, der dortigen Mrs. Ford-Händler sich genehm macht, wie in Detroit, wo man's ja bei Mrs. Ford persönlich versuchen kann – oder in Paris oder in Rom. Wozu allerdings sollte Ann Hopkins, durch Heirat eine Hopkins geworden und Schwiegertochter *der* Hilda Hopkins, die Herzogin brauchen? Nun, weil sie den Segen von jemandem brauchte, der hohen Rang und Standard besaß, jemand von internationalem Ansehen: wurde Ann von einer solchen Person akzeptiert, so würde das die lachenden Hyänen zum Schweigen bringen. Wer aber war dafür besser geeignet als die Herzogin? Sie verfügt über eine enorm hohe Toleranzgrenze gegenüber den Schmeicheleien reicher ‹Hofdamen›, die gewillt sind, anfallende Rechnungen zu begleichen; ich wüßte gern, ob die Herzogin *jemals* selbst eine Rechnung beglichen hat. Nicht, daß das weiter wichtig wäre. Sie ist ihr Geld allemal wert, gehört sie doch zu jenen seltenen Frauen, die einer echten Freundschaft mit einer anderen Frau fähig sind. Ann Hopkins war sie gewiß eine vorzügliche Freundin. Natürlich täuschte sie sich nicht im mindesten über Ann – schließlich ist die Herzogin in puncto Gaukelspiel viel zu bewandert, um die Begabung bei einer anderen nicht auf Anhieb zu erkennen; doch amüsierte sie der Gedanke, sich dieser cool-äugigen Kartenspielerin anzunehmen, ihr ein wenig Schliff und wirklichen Stil zu verpassen, um sie sodann in die gesellschaftliche Umlaufbahn zu bringen. Nun, die junge Mrs. Hopkins erregte Aufsehen – von Stil jedoch nicht die Spur. Der Vater des zweiten Hopkins-Mädchens war Fon Portago, zumindest sagten das alle, und weiß Gott, das Kind sah sehr *espagnole* aus; aber wie dem auch sein mag, Ann Hopkins ließ ihren Motor in Grand-Prix-Manier auf Hochtouren laufen.

Einen Sommer nahmen sie und David sich ein Haus in Cap Ferrat (sie versuchte, sich bei Onkel Willie einzuschmeicheln: sie lernte sogar, erstklassiges Bridge zu spielen; doch Onkel Willie meinte, sie sei zwar eine Frau, über die er wohl ganz gern schreiben, jedoch niemand, dem er an seinem Kartentisch vertrauen würde), und von Nizza bis Monte war sie jedem männlichen Wesen jenseits der Pubertät als Madame Marmelade bekannt – war ihr Lieblings-*petit-déjeuner* doch heißer Schwanz bestrichen mit Dundees Allerbestem. Allerdings habe ich gehört, daß sie eigentlich Erdbeer-Jam bevorzugt. David ahnte wohl nichts vom ganzen Ausmaß dieser Fandangos, doch fühlte er sich zweifellos miserabel, und nach einiger Zeit erwärmte er sich für ebendas Mädchen, das er ursprünglich hätte heiraten sollen – seine Kusine zweiten Grades, Mary Kendall, keine Schönheit, aber doch ein verständiges, attraktives Mädchen, das ihn seit jeher geliebt hatte. Sie war mit Tommy Bedford verlobt, löste die Verlobung jedoch sofort, als David sie bat, seine Frau zu werden. *Falls* er sich scheiden lassen könnte; und er *konnte*, warum auch nicht – fünf Millionen, steuerfrei, würde ihn die Sache laut Ann kosten. David hatte noch immer keine eigene Knete, und als er seinem Vater damit kam, sagte Mr. Hopkins: *Niemals!* und erklärte, er habe ja schon immer gesagt, daß Ann sei, was sie sei, Kroppzeug, aber David habe ja nicht auf ihn gehört, jetzt müsse er halt sein Päckchen tragen, solange sein Vater lebe, werde sie nicht mal das Fahrgeld für die U-Bahn rausholen können. Daraufhin engagierte David einen Detektiv, und innerhalb eines halben Jahres hatte er Beweise *en masse*, darunter Polaroidfotos von ihr, wie sie in Saratoga von zwei Jockeys von hinten und von vorn gebumst wurde – genug, um sie hinter Gitter zu bringen, von einer Scheidung ganz zu schweigen. Doch als David sie damit konfrontierte, lachte Ann und sagte, sein Vater würde ihm nie gestatten, solchen Schmutz vor Gericht zu bringen. Sie hatte recht. Eine interessante Sache, denn als Vater und Sohn darüber sprachen, sagte Mr. Hopkins zu David, daß er unter den gegebenen Umständen keine Einwände dagegen hätte, wenn David seine Frau umbringen, dann jedoch den Mund halten würde. Auf gar keinen Fall allerdings könne er sich von ihr scheiden lassen und die Presse mit solchem Dreck beliefern.

An diesem Punkt kam Davids Detektiv ein Einfall; ein unglückseliger Einfall, denn wäre er ihm nicht gekommen, so wäre David wohl noch am Leben. Aber wie gesagt: der Detektiv hatte eine Idee: er forschte in der engeren Cutler-Heimat in West Virginia – oder war es Kentucky? – nach und befragte Verwandte, die nie wieder von ihr gehört hatten, seit sie nach New York gegangen war, die sie nie in ihrer grandiosen Inkarnation als Mrs. David Hopkins gekannt hatten, sondern bloß als Mrs. Billy Joe Barnes, Frau eines Hillbillys und Marineinfanteristen. Der Detektiv verschaffte sich bei der Gemeinde eine Kopie der Heiratsurkunde, und dann machte er diesen Billy Joe Barnes ausfindig, der in San Diego als Flugzeugmechaniker arbeitete, und überredete ihn, eine Erklärung zu unterschreiben, wonach er eine gewisse Ann Cutler geheiratet habe, nie von ihr geschieden worden sei, auch keine andere geheiratet habe; er sei seinerzeit von Okinawa heimgekehrt, habe nur ihr Verschwinden feststellen können, doch so weit er wisse, sei sie noch immer Mrs. Billy Joe Barnes. Und das war sie in der Tat! – selbst im cleversten Verbrechergehirn findet sich eine elementare Stupidität. Als David ihr dann reinen Wein einschenkte und zu ihr sagte: ‹Jetzt ist Schluß mit den geforderten Riesensummen, weil unsere Ehe ja gar nicht gültig ist!› – da muß sie den Entschluß gefaßt haben, ihn umzubringen: das heißt, ihre Gene faßten den Entschluß, ihr unausweichlicher Erbteil als von weißem Abschaum stammendes Flittchen. Dabei wußte sie natürlich genau, daß die Hopkins eine ehrenhafte ‹Scheidung› arrangieren und für eine sehr gute Abfindung sorgen würden; aber sie wußte auch – wenn sie David ermordete und damit davonkam, so würden sie und ihre Kinder irgendwann seine Erbschaft antreten können; was natürlich unmöglich war, falls er Mary Kendall heiratete und eine zweite Familie gründete.

So gab sie vor, sich dreinzuschicken, und sagte zu David, man brauche sich nicht länger zu streiten, da er sie offensichtlich beim Kanthaken habe, aber würde er wohl noch einen Monat mit ihr leben, während sie ihre Angelegenheiten regelte? Er ließ sich darauf ein, der Idiot, und sofort begann sie, an dem Märchen von dem Streuner zu stricken – zweimal rief sie die Polizei an und behauptete, auf dem Besitz treibe sich irgendwer herum; bald hatte sie das Personal und die Nachbarn davon überzeugt, daß es in der Gegend von Streunern nur so wimmelte, und in Nini Wolcotts Haus wurde tatsächlich eingebrochen – von einem Einbrecher, wie gemutmaßt wurde, doch räumt inzwischen selbst Nini ein, daß Ann es getan haben muß. Falls Sie den Fall verfolgt haben, werden Sie sich vielleicht erinnern, daß die Hopkins an dem betreffenden Abend bei den Wolcotts auf einer Party waren. Es handelte sich um einen Laborday-Dinnerdance mit ungefähr fünfzig Gästen. Ich war gleichfalls dort und saß beim Dinner neben David. Er wirkte sehr gelöst und lächelte viel, weil er wohl fest davon überzeugt war, daß er das Luder bald los sein würde, um dann seine Kusine Mary zu heiraten; Ann ihrerseits, die ein hellgrünes Kleid trug, wirkte vor innerer Aufregung fast grün – wie eine wahnsinnige Schimpansin schnatterte sie von Herumtreibern und Einbrechern und daß sie jetzt immer mit einem Gewehr bei ihrem Bett schliefe. Wie die *Times* berichtete, verließen David und Ann die Wolcotts kurz nach Mitternacht und zogen sich, zu Hause angekommen – das Personal war auf Urlaub und die Kinder waren bei den Großeltern in Bar Harbor geblieben – in ihre getrennten Schlafzimmer zurück. Ann behauptete damals und behauptet noch jetzt, sie sei sofort eingeschlafen, jedoch nach etwa einer halben Stunde durch das Geräusch der sich öffnenden Schlafzimmertür wieder wachgeworden: sie sah eine schattenhafte Gestalt – den Streuner! Und griff nach ihrem Gewehr und feuerte im Dunkeln drauflos, schoß beide Läufe leer. Dann knipste sie das Licht an und entdeckte, o Schrecken aller Schrecken, den draußen mucksmäuschenstill auf dem Gang liegenden David. Die Polizei allerdings hat seine nackte Leiche nicht dort gefunden, sondern in einer verglasten Duschkabine. Das Wasser lief noch, und die Tür der Kabine war von Kugeln zerschmettert.»

«Mit anderen Worten –» begann ich.

«Mit anderen Worten –» nahm Lady Ina den Faden auf, wartete dann jedoch, bis ein Kellner, überwacht vom perspirierenden Monsieur Soulé, das Soufflé Fürstenberg serviert hatte –, «an Anns Geschichte war kein Wort wahr. Weiß der Himmel, was sie geglaubt hatte, den Leuten auftischen zu können; aber es war ganz einfach so, daß sie David, als er sich nach der Rückkehr ausgekleidet hatte und duschen wollte, mit einem Gewehr zu der Kabine gefolgt war und ihn durch die Tür erschossen hatte. Warum aber rief sie dann nicht einen Arzt, nicht die Polizei an? Statt dessen telefonierte sie mit ihrem *Anwalt*. Ja. Und *der* verständigte die Polizei. Allerdings erst, *nachdem* er die Hopkins in Bar Harbor angerufen hatte.»

Der Priester labte sich an einem frischen Gibson; Ann Hopkins, dicht bei ihm, flüsterte noch immer wie im Beichtstuhl auf ihn ein. Ihre wächsernen Finger, ohne Nagellack oder irgendwelchen Schmuck bis auf einen einfachen goldenen Ehering, scheuerten in Brusthöhe mit den Kuppen gegeneinander, als zählten sie die Perlen eines Rosenkranzes her.

«Aber wenn die Polizei die Wahrheit *kannte* –»

«Natürlich kannte die Polizei die Wahrheit.»

«Aber wie konnte sie dann ungeschoren davonkommen. Das ist doch undenkbar.»

«Ich hab's doch bereits gesagt», erklärte Ina nicht ohne Strenge, «sie ist ungeschoren davongekommen, weil Hilda Hopkins das so wollte. Der Kinder wegen: es war schon tragisch genug, daß sie den Vater verloren hatten; welchen Zweck konnte es haben, daß die Mutter wegen Mordes verurteilt wurde? Hilda Hopkins und auch der alte Mr. Hopkins wollten, daß Ann ungeschoren blieb, und innerhalb ihres Terrains besitzen die Hopkins die Macht, Polizisten umzustimmen oder einer Gehirnwäsche zu unterziehen und Leichen aus Duschkabinen in Korridore zu verfrachten – sie haben sogar die Macht, amtliche Leichenbefunde zu beeinflussen: bei einer nicht einmal einen Tag dauernden Untersuchung kam man zu dem Ergebnis, Davids Tod sei die Folge eines Unglücksfalles.» Sie blickte zu Ann Hopkins und deren Tischgefährten – der Geistliche, das Gesicht von den beiden Cocktails mit einem deutlichen Stich ins Scharlachrote, achtete nicht mehr auf das flehende Geflüster seiner Gönnerin, sondern begaffte glotzäugig Mrs. Kennedy, wie auf dem Sprung zu einem Amoklauf, um als Trophäe Mrs. Kennedys Autogramm auf seiner Speisekarte einzuheimsen. «Hildas Verhalten war absolut außergewöhnlich. Einfach makellos. Niemals würde man argwöhnen, daß sie etwa nicht die wahrhaft liebevolle Beschützerin einer gramgebeugten – und vor dem Gesetz untadeligen – Witwe ist. Nie gibt sie eine Dinner-Party, ohne Ann einzuladen. Allerdings stelle ich mir genau dieselbe Frage wie alle anderen – wenn sie miteinander allein sind, die beiden, worüber sprechen sie dann?» Ina wählte aus ihrem Salat ein Blatt Bibb-Lattich aus, spießte es auf ihre Gabel, studierte es durch ihre schwarze Brille. «In zumindest einem Punkt unterscheiden sich die Reichen, die wirklich sehr Reichen *tatsächlich* von... anderen Menschen. Sie verstehen sich auf *Gemüse*. Roast-Beef, Riesensteaks, Hummer – darauf versteht sich jeder. Aber ist Ihnen schon mal aufgefallen, daß man in den Häusern der sehr Reichen, der Wrightmans oder Dillons oder Bunnys und Babes, praktisch immer die allerherrlichsten Gemüse serviert, und zwar in reichhaltigster Auswahl? Die grünsten *petits pois*, die winzigsten Karotten, Maiskölbchen mit so jungen, zarten Körnern, daß sie fast ungeboren scheinen, Limabohnen kleiner als Mäuseäuglein und junger Spargel! und Kalkstein-Lattich! und rohe rote Pilze! Zucchini...» Lady Ina spürte ihren Champagner.

Mrs. Matthau und Mrs. Cooper verweilten beim *café filtre*. «Ich weiß», sagte Mrs. Matthau, die gerade dabei war, die Frau eines Mitternachts-TV-Stars, Clown und Held in einer Person, zu analysieren, «Jane *ist* herrschsüchtig: diese Telefonitis von ihr – die kriegt's glatt fertig, bei der Telefonseelsorge anzurufen, bloß um ein stundenlanges Schwätzchen zu halten. Doch sie ist blitzgescheit und schlagfertig – und wenn man bedenkt, was sie alles so durchmachen muß. Die jüngste Episode, von der sie mir erzählt hat: haarsträubend. Also, Bobby hatte eine freie Woche – er war von seiner Show so erschöpft, daß er zu Jane sagte, er wolle ganz einfach zu Hause bleiben und die ganze Woche in seinem Pyjama herumschlampen, und Jane war ganz aus dem Häuschen. Sie kaufte Berge von Magazinen und Büchern und LPs und jede Menge Süßigkeiten von Maison Glass. Oh, was sollte das für eine herrliche Woche werden. Nur Jane und Bobby, Glück allein und schlafen und bumsen und zum Frühstück gebackene Kartoffeln mit Kaviar. Aber nach einem Tag war er von der Bildfläche verschwunden. Kam abends nicht nach Hause, rief auch nicht an. War nicht das erste Mal, Gott bewahre, doch Jane drehte fast durch. Die Polizei konnte sie nicht gut verständigen – was für eine Sensation hätte das gegeben! Ein weiterer Tag verging, noch immer kein Wort von Bobby. Jane hatte achtundvierzig Stunden lang kein Auge zugetan. Gegen drei Uhr früh klingelte das Telefon. Bobby. Stinkbesoffen. Jane fragte: ‹Mein Gott, Bobby, wo bist du?» und der antwortete, in Miami, woraufhin sie mit ihr durchgingen und sie fragte, Himmelarsch, wie bist du nach Miami gekommen, und er sagte, er sei zum Flughafen gefahren und habe ein Flugzeug genommen; darauf sie wieder: Himmelarsch, warum? Und er: weil er ganz einfach Lust gehabt hätte, allein zu sein. Jane fragte: ‹Und – *bist* du allein?› Darauf Bobby – und was für ein Sadist steckt doch hinter seinem Huckleberry-Grinsen: ‹Nein. Hier liegt noch jemand. Sie möchte gern mit dir sprechen.› Ertönt so eine schißrige Wasserstoffsuperoxyd-Kicherstimme: ‹Wirklich, ist dort wirklich Mrs. Baxter, hii hii? Ich habe gedacht, Bobby macht bloß Witze, hii hii. Wir haben gerade im Radio gehört, daß es in New York schneit – ich meine, am besten kämen Sie vielleicht hierher in den Süden, wo wir jetzt zweiunddreißig Grad haben!› Darauf Jane, sehr spitz: ‹Ich fürchte, ich bin viel zu krank, um zu reisen.› Nun die Kunstblondine, ganz bebendes Mitgefühl: ‹Du meine Güte, das tut mir aber leid. Was haben Sie denn, Honey?› Sagte Jane: ‹Was ich *habe* – eine doppelte Dosis Syph und den guten alten Clipper-Tripper, alles frei Haus von jenem großen Komiker, meinem Göttergatten Bobby Baxter – und falls du dir das nicht gleichfalls anlachen willst, dann sieh zu, daß du schleunigst die Kurve kratzt.› Und sie legte auf.»

Mrs. Cooper war amüsiert, allerdings nicht allzu sehr, eher verwirrt. «Wie kann eine Frau das tolerieren? Ich würde mich von ihm scheiden lassen.»

«Natürlich würdest du das. Aber du hast ja auch jene beiden Dinge, die Jane nicht hat.»

«Ah?»

«Erstens: Geld. Und zweitens: Persönlichkeit.»

Lady Ina bestellte eine weitere Flasche Cristal. «Warum nicht?» fragte sie trotzig, als sie meinen besorgten Gesichtsausdruck sah. «*Take it easy*, Jonesy. Sie werden mich nicht huckepack zu tragen brauchen. Mir *ist* nun mal einfach so: ich möchte den Tag in goldene Scherben schlagen.» Jetzt, dachte ich, wird sie mir endlich sagen, was sie will, oder scheut sie noch immer davor zurück? O ja, genau. Kommt mir statt dessen mit: «Möchten Sie gern eine *wirklich* üble Geschichte hören? Eine *buchstäblich* zum

Übelwerden? Dann schauen Sie nach links. Zu der Sau, die neben Betsy Whitney sitzt.»

Die Dame dort hatte in der Tat was Schweineartiges: eine muskelstrotzende Maschine mit Bahama-braunem Sommersprossengesicht und bösen, schmalen Augen; sie sah aus, als trüge sie einen Tweed-BH und spiele jede Menge Golf.

«Die Frau des Gouverneurs», sagte Ina, melancholische Verachtung im Blick für jenes häßliche Wesen dort, die gesetzlich Angetraute eines ehemaligen Gouverneurs von New York. «Glauben Sie's oder glauben Sie's nicht, aber einer der attraktivsten Männer, die je ein Paar Hosen anhatten, kriegte jedesmal einen Steifen, wenn er dieses Mannweib ansah. Sidney Dillon –» Der Name, wie er über Inas Lippen kam, war eine geflüsterte Liebkosung.

Wie denn auch anders. Sidney Dillon. Konglomateur, Ratgeber von Präsidenten, eine alte Flamme von Ina. Ich erinnerte mich, wie ich einmal ein Exemplar jenes Buches zur Hand nahm, das, nach der Bibel und *The Murder of Roger Ackroyd*, Inas Lieblingsbuch war, Isak Dinesens *Afrika, dunkel lockendes Land;* und wie ein zwischen den Seiten steckendes Polaroidfoto herausfiel: es zeigte einen am Rande des Wassers stehenden Schwimmer, einen drahtigen, gutgebauten Mann mit einer haarigen Brust und charmanter Zwinker-Griene über dem jüdischen Tough-Boy-Gesicht; er hatte seine Badehose bis zu den Knien hinuntergerollt, seine Hand stützte er sexy auf die Hüfte, und mit der anderen dengelte er seinen dunklen, dicken, appetitanregenden Schwengel. Auf der Rückseite des Fotos stand, in Inas knabenhafter Handschrift: *Sidney. Lago di Garda. Auf dem Weg nach Venedig. Juni 1962.*

«Dill und ich haben einander nie etwas verschwiegen. Er war zwei Jahre lang mein Liebhaber, nachdem ich gerade das College hinter mir hatte und bei *Harper's Bazaar* arbeitete. Das einzige, worum er mich je ausdrücklich gebeten hat, das war – nie jemandem was davon zu sagen, daß die Frau des Gouverneurs ihn so unheimlich anmachte. Gemein von mir, das nun doch zu verraten; aber ich würd's wohl nicht tun, wenn mir dieser gesegnete Blubbersekt nicht zu Kopf steigen würde –» Sie hob ihr Champagnerglas und spähte durch die wie Sonnenstäubchen perlende Flüssigkeit zu mir. «Gentlemen, die Frage lautet: wie kommt es, daß ein gebildeter, dynamischer, steinreicher und stattlich bestückter Jude sich überstürzt wegen so einer so schwachsinnigen Protestantin mit Kleidergröße 48, die Schuhe mit flachen Absätzen trägt und sich mit Lavendel parfümiert? Zumal er doch mit Cleo Dillon verheiratet ist, der in meinen Augen schönsten lebenden Frau, ausgenommen natürlich die Garbo vor zehn oder mehr Jahren (die ich übrigens gestern abend bei den Gunthers gesehen habe, und ich muß sagen, daß die ganze Erscheinung ein sehr verwittertes Aussehen angenommen hat, trocken und zugig wie ein verlassener Tempel, wie irgend etwas im Dschungel bei Angkor Wat Verlorenes; aber so geht's, wenn man den größten Teil seines Lebens damit verbringt, sich selbst zu lieben, und das nicht einmal allzu sehr).

Dill ist jetzt in den Sechzigern; er könnte noch immer jede Frau haben, die er haben will, doch jahrelang gelüstete es ihn nur nach dem Schweinetyp dort. Ich bin sicher, daß er diese Super-Perversion, den Grund dafür, nie ganz kapiert hat; und falls doch, so würde er's niemals zugeben, nicht mal einem Psychoanalytiker gegenüber – was für ein

Gedanke! Dill bei einem Psychoanalytiker! Männer wie er können niemals analysiert werden, weil sie keinen anderen Mann als ebenbürtig ansehen. Aber was die Frau des Gouverneurs betrifft, so verhielt es sich einfach so, daß sie für Dill die lebendige Verkörperung all dessen war, was ihm verweigert wurde, was ihm als Jude versagt blieb, mochte er auch noch so charmant und noch so reich sein: der Racquet-Club, Le Jockey, White's – all jene Etablissements, wo er sich niemals an einen Tisch zum Backgammon-Spiel setzen würde, all jene Golfplätze, wo er nie einen Ball einlochen würde – und das Everglades und das Seminole, das Maidstone und St. Paul's und St. Mark's etcetera pp., all die piekfeinen kleinen Schulen in Neuengland, die seine Söhne niemals besuchen würden. Ob er sich das nun eingestand oder nicht: *das* war der Grund, warum er die Frau des Gouverneurs ficken wollte – um Rache zu nehmen, indem er sich über den strammen Schweinehintern hermachte und die Dame zum Schwitzen und Quietschen brachte, bis sie ‹oh, Daddy› stammelte. Doch blieb er auf Distanz, ließ nie das leiseste Interesse an der Lady durchblicken, sondern wartete auf den Augenblick, wo sich die Sterne in der richtigen Konstellation befanden. Die Gelegenheit ergab sich unverhofft – eines Abends besuchte er eine Dinner-Party bei den Cowles; Cleo war nach Boston zu einer Hochzeit gereist. Beim Dinner saß die Frau des Gouverneurs neben ihm; auch sie war allein gekommen, der Gouverneur führte irgendwo eine Kampagne. Dill war witzig, er faszinierte, sie jedoch saß dort mit gleichgültigen Schweinsäuglein; allerdings schien sie nicht überrascht, als er sein Bein gegen ihr Bein scheuerte, und als er sie dann fragte, ob er sie nach Hause bringen dürfe, nickte sie, zwar nicht mit großer Begeisterung, aber doch mit einer Entschiedenheit, die ihm das Gefühl gab, sie werde zu allem bereit sein.

Damals wohnten Dill und Cleo in Greenwich; ihr Stadthaus auf Riverview Terrace hatten sie verkauft, und sie verfügten nur über ein Zwei-Zimmer-*pied-à-terre* im Pierre – Wohnzimmer und Schlafzimmer, mehr nicht. Im Auto machte Dill den Vorschlag, im Pierre einen Zwischenstop zu machen und sich einen Schlummertrunk zu gönnen: er würde gern ihre Meinung über seinen neuen Bonnard hören. Mit Vergnügen, versicherte sie ihm; und warum hätte die Idiotin auch keine Meinung haben sollen? Gehörte ihr Mann denn nicht zum Vorstand des Modern Art? Nachdem sie das Gemälde betrachtet hatte, bot er ihr einen Drink an, und sie sagte, sie hätte gern einen Brandy; dann nipp-nippte sie daran, während sie ihm am Teetisch gegenübersaß, und nichts spielte sich zwischen beiden ab, bloß daß sie auf einmal sehr redselig war – über Pferdeverkäufe in Saratoga sprach und von einer Hole-by-Hole-Golfpartie, die sie in Lyford Cay mit Doc Holden gespielt hatte; sie sprach davon, wieviel Geld sie beim Bridge an Joan Payson verloren hatte, und daß der Zahnarzt, zu dem sie von kleinauf zu gehen pflegte, gestorben war und sie nun nicht wisse, *was* sie mit ihren Zähnen tun solle: oh, sie plapperte, bis es fast zwei Uhr war, und Dillon blickte dauernd auf seine Armbanduhr, nicht nur, weil er einen langen Tag hinter sich hatte und begierig war, sondern auch, weil er Cleo in einem frühen Flugzeug aus Boston zurückerwartete: sie hatte ihm gesagt, sie würde im Pierre sein, bevor er ins Büro führe. Und so fiel er der Frau des Gouverneurs, während sie über Wurzelkanäle plauderte, schließlich ins Wort: ‹Entschuldigung, meine Teure, aber wollen Sie nun ficken oder nicht?› Eines muß man

Aristokraten lassen: selbst die Dümmsten haben in sich so etwas wie herangezüchtete Klasse; jedenfalls zuckte sie mit den Schultern und sagte: ‹Nun ja, ich glaub schon –› als hätte eine Verkäuferin sie gefragt, ob ihr ein bestimmter Hut gefalle. Sozusagen resignierend vor der altbekannten, nie-locker-lassenden jüdischen Chuzpe.

Im Schlafzimmer bat sie ihn, nicht das Licht anzuknipsen – und in Anbetracht dessen, was am Ende passierte, kann man ihr das kaum verübeln. Beide zogen sich im Dunkeln aus, und sie brauchte ewig – Haken und Knöpfe und Reißverschlüsse öffnend – und blieb stumm wie ein Fisch, bis auf eine Bemerkung darüber, daß die Dillons offensichtlich im selben Bett schliefen, da es nur das eine gab; und er sagte, ja, er sei so ein zärtlicher Typ, ein Mama-Boy, der keinen Schlaf finde, wenn er nicht etwas Weiches habe, woran er sich schmiegen könne, etwas zum ‹Knuddeln› halt. Die Frau des Gouverneurs war weder eine Knuddlerin noch eine Küsserin. Sie zu küssen, das war laut Dillon so was wie ‹Postamt spielen› mit einem toten und verwesenden Wal: sie hatte in der Tat einen Zahnarzt nötig. Keiner seiner Tricks kam bei ihr an, sie lag einfach so da, apathisch, wie eine Missionarin, die von einem Haufen schwitzender Suahelis geschändet wird. Dill konnte nicht kommen. Er hatte das Gefühl, in irgendeiner sonderbaren Pfütze herumzuwühlen, alles war so schlüpfrig-glatt, daß er sozusagen keinen richtigen Halt fand. Er dachte, vielleicht würde es ein Cunnilingus tun, aber kaum glitt sein Kopf tiefer, da zerrte sie ihn am Haar zurück: ‹Neinneinnein, um Gottes willen, tu das nicht!› Dill gab's auf, rollte herum und sagte: ‹Blasen würdest du mich wohl nicht?› Sie machte sich nicht mal die Mühe, zu antworten, und so sagte er, okay, in Ordnung, hol mir bloß einen runter, und dann ziehen wir ab, okay? Aber sie war bereits aus dem Bett, und sie sagte, er solle doch bitte nicht das Licht anknipsen, und sagte auch, er brauche sie nicht nach Hause zu bringen, er solle ruhig im Bett bleiben und schlafen, und während er dort lag und hörte, wie sie in ihr Kleid schlüpfte, langte er an sich herunter, betastete sich mit den Fingern, und es fühlte sich ... fühlte sich an, als ob ... Er sprang aus dem Bett und knipste das Licht an. Sein ganzes Instrumentarium hatte sich klebrig und sonderbar angefühlt. Als wär's mit Blut bedeckt. Was es auch war. Genau wie das Bett. Die Bettwäsche war mit Riesenflecken besudelt. Die Frau des Gouverneurs hatte gerade ihre Handtasche genommen, gerade die Tür geöffnet, und Dill sagte: ‹Was zum Teufel ist dies? Warum hast du das gemacht?› Und dann wußte er den Grund, nicht weil sie's ihm gesagt hätte, sondern wegen des Blicks, den sie ihm zuwarf, als sie die Tür hinter sich schloß: wie Carino, der grausame Oberkellner im alten El M – wenn er irgendso einen Tölpel in blauem Anzug und braunen Schuhen zu einem Tisch in Sibirien führt. Sie hatte ihn verhöhnt, ihn für seine jüdische Anmaßung bestraft.»

«Jonesy, Sie essen nicht?»

«Ist nicht gerade appetitanregend für mich. Dieses Gespräch.»

«Ich habe Sie ja gewarnt, daß es eine üble Geschichte ist. Und dabei sind wir noch nicht einmal beim besten Teil.»

«Okay. Ich bin bereit.»

«Nein, Jonesy. Nicht, wenn Ihnen davon übel wird.»

«Darauf will ich's ankommen lassen», sagte ich.

Mrs. Kennedy und ihre Schwester waren gegangen; die Frau des Gouverneurs brach gerade auf, den lächelnden und dienernden Soulé in ihrer breithüftigen Kielspur. Mrs. Matthau und Mrs. Cooper waren noch anwesend, saßen jedoch stumm und lauschten mit gespitzten Ohren auf unser Gespräch; Mrs. Matthau knetete ein herabgefallenes gelbes Rosenblatt – ihre Finger schienen zu erstarren, als Ina den Faden wieder aufnahm: «Wie tief er in der Tinte saß, begriff Dill erst, als er die Bettwäsche wechseln wollte und feststellen mußte, daß keine saubere vorhanden war. Cleo benutzte die Bettwäsche vom Pierre und hatte keine eigene im Hotel. Es war drei Uhr früh, und er konnte nicht gut nach dem Zimmermädchen klingeln: wie hätte er den Verlust der Bettwäsche zu dieser Nachtzeit erklären sollen? Das besonders Teuflische dabei war, daß Cleo schon in wenigen Stunden von Boston einschweben würde, und mochte Dill auch noch so viel fremdgehen, er hatte immer streng darauf gehalten, Cleo nichts merken zu lassen; er liebte sie wirklich, und, guter Gott, was konnte er sagen, wenn sie das Bett sah? Er duschte sich kalt und überlegte, ob es nicht jemanden gab, dem er vertrauen konnte – und bitten, in Windeseile mit frischer Bettwäsche aufzukreuzen. Nun, es gab mich, mir vertraute er, nur befand ich mich gerade in London. Und dann war da sein alter Kammerdiener, Wardell. Wardell ‹stand› unheimlich auf Dill und hatte zwanzig Jahre lang den Sklaven gespielt, nur um das Vorrecht zu genießen, Dill einseifen zu dürfen, wenn er ein Bad nahm; aber Wardell war alt und arthritisch, und Dill konnte ihn *unmöglich* in Greenwich anrufen und ihn bitten, durch die ganze Stadt zu fahren. Plötzlich ging ihm auf, das er zwar hundert Kumpels hatte, aber keinen echten Freund, nicht so einen, den man morgens um drei anläutet. In seiner eigenen Firma hatte er über sechstausend Angestellte, doch keiner von ihnen hatte ihn je anders als *Mr. Dillon* genannt. Was ich sagen will: er fing an, sich leid zu tun. Und so goß er sich einen wirklich steifen Scotch ein und begann in der Küche nach Waschseife zu suchen, konnte jedoch keine finden und mußte schließlich ein Stück von Guerlains *Fleurs des Alpes* nehmen. Um die Bettwäsche zu waschen. Er weichte sie in der Badewanne in brühheißem Wasser ein. Und schrubbte und schrubbte. Und spülte und schrubb-schrubb-schrubbte. Da hatte er's nun, der mächtige Mr. Dillon, lag auf den Knien und schrubbte Wäsche wie eine spanische Bäuerin an einem Bach.

Es wurde fünf, es wurde sechs, der Schweiß rann ihm in Strömen vom Körper, er kam sich vor wie in eine Sauna eingesperrt; am nächsten Tag habe er sich gewogen, erzählte er, und einen Gewichtsverlust von elf Pfund festgestellt. Helles Tageslicht schien herein, bevor die Bettwäsche annehmbar weiß aussah. Doch sie war naß. Würde es helfen, wenn er sie zum Fenster hinaushängte – oder bloß die Polizei anziehen? Schließlich kam ihm die Idee, sie im Küchenherd zu trocknen. Es handelte sich um ein so kleines Ding, wie man sie in Hotels findet, doch Dill schaffte es, sie ganz hineinzustopfen, und schaltete dann auf zweihundertfünfzig Grad. Na, das Zeug rauchte und dampfte – Dill verbrannte sich die Hand, als er's rauszog. Inzwischen war es acht Uhr geworden, und weitere Zeit blieb ihm nicht mehr. Also mußte er sich bequemen, das Bett mit der noch feuchten, dampfenden Wäsche zu beziehen, um dann hineinzusteigen und seine Gebete zu sprechen. Er betete *wirklich*, als er zu schnarchen anfing. Um die Mittagszeit wachte er auf und fand auf der Kommode einen Zettel von Cleo: ‹Liebling, Du hast so fest und süß geschlafen, daß ich auf Zehenspitzen gegangen bin und mich umgezogen habe. Ich fahre jetzt nach Greenwich. Komm nach Hause, so schnell Du kannst.›»

Die Mesdames Cooper und Matthau hatten offenbar genug gehört. Irgendwie betreten schickten sie sich zum Aufbruch an.

Mrs. Cooper sagte: «D-darling, heute n-nachmittag ist bei Parke Bernet eine w-w-wunderbare Auktion – gotische Tapisserien.»

«Ja, Himmelarsch», fragte Mrs. Matthau, «was soll ich denn mit gotischen Tapisserien?»

Mrs. Cooper erwiderte: «Ich dachte, so was wäre ganz lustig für Picknicks am Strand. Man könnte sie auf dem Sand ausbreiten, weißt du.»

Lady Ina holte aus ihrer Handtasche eine Bulgari-Kosmetik-Box aus weißer, mit Brillantsplittern übersäter Emaille, ein Objekt, das an Schneekristalle erinnerte, und fing an, sich das Gesicht mit einer Puderquaste zu betupfen. Sie begann mit dem Kinn, arbeitete sich hinauf zur Nase und klatschte die Quaste dann, hast du nicht gesehen, gegen die Gläser ihrer dunklen Brille.

Ich sagte: «Aber was machen Sie denn da, Ina?»

Und sie: «Oh, verdammt! Verdammt!» und nahm hastig die Brille ab und begann sie mit einer Serviette zu putzen. Eine Träne war herabgerollt und hing jetzt wie ein Schweißtropfen an einem Nasenflügel – kein hübscher Anblick; genausowenig wie ihre Augen – die rot und geädert waren von vielen, schlaflosen, verweinten Stunden. «Ich bin auf dem Weg nach Mexiko, um mich scheiden zu lassen.»

Man hätte nicht annehmen sollen, daß sie das unglücklich machen würde; ihr Gemahl war der stattlichste Langweiler von ganz England, eine bemerkenswerte Leistung, wenn man mal einen Blick auf die Konkurrenten wirft: den Earl of Derby, den Duke of Marlborough, um nur zwei zu nennen. Zweifellos war das auch Lady Inas Überzeugung; trotzdem konnte ich verstehen, weshalb sie ihn geheiratet hatte – er war reich, er war, zumindest technisch, am Leben, er war ein guter Schütze und aus diesem Grund so etwas wie ein Herrscher in Jagdzirkeln, dem Walhall des Langweilertums. Während Ina... Ina war in den Vierzigern, mehrmals geschieden und die Ex-Geliebte eines Rothschild, der sie als Geliebte annehmbar gefunden, aber nicht für würdig gehalten hatte, seine Frau zu werden. So waren ihre Freunde erleichtert gewesen, als sie von einer Jagd in Schottland als Verlobte von Lord Coolbirth zurückgekehrt war; sicher: ein humorloser, eher stumpfsinniger Mensch, so sauer wie abgestandener Portwein – aber, nehmt alles nur in allem, ein lohnenswerter Fang.

«Ich weiß, was Sie denken», sagte Ina unter weiteren Tränenrinnsalen. «Daß ich, wenn's eine zufriedenstellende Regelung gibt, mich glücklich preisen sollte. Ich bestreite gar nicht, daß es mit Cool alles andere als leicht war. Als ob ich mit einer Ritterrüstung zusammenlebte. Andererseits fühlte ich mich... geborgen. Zum erstenmal hatte ich das Gefühl, einen Mann zu haben, den ich nicht verlieren konnte. Wer sonst würde ihn schon wollen? Doch inzwischen habe ich eins gelernt, Jonesy, und hören Sie gut zu: es liegt immer jemand auf der Lauer, um abgelegte Ehemänner aufzulesen. *Immer.*» Ein Schluckauf-Crescendo unterbrach sie: Monsieur Soulé, Beobachter aus respektvoller Entfernung, spitzte den Mund. «Ich war sorglos. Nachlässig. Aber ich konnte diese feuchten schottischen Wochenenden einfach nicht mehr ertragen, wenn ringsum die Kugeln pfiffen, und so reiste er allein, und nach einer Weile fiel mir auf, daß überall, wo er sich aufhielt, auch Elda Morris zu finden war – mochte es sich nun um eine Wildhuhnjagd auf den Hebriden oder eine Wildschweinjagd in Jugoslawien handeln. Sie zog sogar mit nach Spanien, als Franco im vergangenen Oktober diese riesige Jagdgesellschaft gab. Aber ich fand nichts weiter dabei – Elda schießt zwar fabelhaft, aber sie ist auch eine hartgesottene fünfzigjährige Jungfer; es will mir noch immer nicht in den Kopf, daß es Cool gelüsten sollte, an diesen widerborstigen Schlüpfern herumzufingern.»

Ihre Hand streckte sich schlapp zum Champagnerglas, schaffte es jedoch nicht ganz und begann zu torkeln wie ein Betrunkener, der auf der Straße urplötzlich auf die Nase fällt. «Vor zwei Wochen», begann sie und sprach langsamer, gedehnter, mit deutlicherem Anklang an ihren heimatlichen Montana-Akzent, «als Cool und ich nach New York flogen, bemerkte ich, daß er mich mit so einem, hmnnn, *Schlangen*blick anstarrte. Für gewöhnlich schaut er drein wie ein Auto. Es war erst neun Uhr morgens, trotzdem tranken wir diesen scheußlichen Flugzeug-Champagner, und als wir die Flasche geleert hatten und er mich noch immer mit diesem... mörderischen... Blick anstarrte, fragte ich ihn: ‹Was hast du, Cool?› und *er* sagte: ‹Nichts, was eine Scheidung von dir nicht kurieren könnte.› Stellen Sie sich das vor, so eine Gemeinheit! mit so etwas im Flugzeug über einen herzufallen! — wenn man stundenlang zusammensitzen muß; nicht fortkann; nichts aus sich herausschreien kann. Und es war *doppelt* gemein von ihm, weil er weiß, wie sehr ich mich vor dem Fliegen fürchte – und er *wußte*, daß ich voller Tabletten und Alkohol war. So bin ich jetzt also auf dem Weg nach Mexiko.» Endlich erreichte ihre Hand das Glas mit Cristal; sie seufzte und wirkte so trostlos wie im Herbstwind wirbelndes Laub. «Die Art Frau, die ich bin, braucht einen Mann. Nicht wegen Sex. Oh, ich liebe einen guten Fick. Aber ich hab das ausreichend genossen; ich komm auch ohne aus. Doch ich kann nicht ohne Mann leben. Frauen wie ich brauchen das... als Brennpunkt oder so; es gibt für uns keine Möglichkeit, unser Leben zu ordnen; selbst wenn wir den Mann hassen, selbst wenn er ein Holzkopf mit einem Watteherzen ist, so ist das allemal besser als so ein halt- und richtungsloses Dahinleben. Freiheit mag im Leben ja die wichtigste Sache sein, aber es gibt auch so etwas wie zuviel Freiheit. Und ich bin jetzt im falschen Alter, ich kann das nicht noch mal alles durchmachen, die lange Jagd, die endlosen Nächte im El M oder im Annabel's, mit einem fetten Mexikaner vielleicht, der oben schwimmt in einem Meer trüber Tassen. Und all die alten, ach so lieben Freundinnen, die einen zu ihren kleinen, formellen Dinners einladen und für eine einzelne Lady gar keine Verwendung haben und sich fragen, wo sie bloß einen ‹passenden› Einzel-Herren hernehmen sollen für so ein alterndes Weibsstück wie Ina Coolbirth. Als ob es passende Einzel-Herren überhaupt *gäbe* in New York. Oder in London. Oder in Butte, Montana, mal so gesehen. Die sind doch alle schwul. Oder *sollten's* sein. Das ist es, was ich meinte, als ich zu Prinzessin Margaret sagte, es sei bedauerlich, daß sie Schwulis nicht ausstehen könne, denn das hieße, daß sie im Alter sehr einsam sein werde. Homos sind die einzigen Menschen, die zu abgetakelten weltlichen Weibern nett sind; und ich hab eine Schwäche für sie, das war schon immer so, aber *noch* bin ich nicht bereit, so was wie ein Vollzeit-Homo-Püppchen zu werden; da schwenk ich allemal lieber auf lesbisch um.

Nein, Jonesy, das hat nie zu meinem Repertoire gehört, aber ich begreife die Verlockung für eine Frau meines Alters, für jemanden, der die Einsamkeit nicht ertragen kann, der Trost und Bewunderung braucht: manche Lesben teilen da großzügig aus. Es gibt nichts, das es an Gemütlichkeit und Geborgenheit mit einem netten kleinen Lesben-Nest aufnehmen könnte. Ich erinnere mich daran, wie ich Anita Hohnsbeen sah, damals in Santa Fe. Wie ich sie beneidete! Doch ich habe Anita immer beneidet. Sie gehörte schon zu den höheren Semestern am Sarah Laurence, als ich zu studieren anfing. Ich glaube, alle schwärmten für Anita. Sie war nicht schön, nicht einmal hübsch, aber sie war so blitzgescheit und selbstsicher und *sauber* – ihr Haar, ihre Haut, sie sah immer aus wie der erste Morgen auf Erden. Wär da nicht all dieser Lack an ihr gewesen und hätte ihre ehrgeizige Südstaaten-Mutter aufgehört, sie unentwegt zu schubsen, ich glaube, sie hätte einen Archäologen geheiratet und ein glückliches Leben geführt beim Ausgraben von Lekythen in Anatolien. Aber warum Anitas leidige Lebensgeschichte ausgraben? – fünf Ehemänner und ein zurückgebliebenes Kind, nichts als Vergeudung, bis sie schließlich Hunderte von Nervenzusammenbrüchen hinter sich hatte und nur noch neunzig Pfund wog und ihr Arzt sie nach Santa Fe schickte. Haben Sie gewußt, daß Santa Fe die Lesben-Metropole der Vereinigten Staaten ist? Was San Francisco für *les garçons* ist, ist Santa Fe für die Töchter der Sappho. Vielleicht, weil die derberen dort so gern in Stiefeln und Jeans aufkreuzen.

Es gibt da eine ganz reizende Frau, Megan O'Meaghan, und die lernte Anita kennen, und, Baby, das *war's*. Alles, was sie je gebraucht hatte, war ein Prachtpaar mütterlicher Titten zum Nuckeln. Jetzt leben sie und Megan in einem weitläufigen Domizil im Vorgebirge, und Anita sieht aus... also fast so kläräugig wie damals, als wir zusammen auf der Schule waren. Ein bißchen kitschig ist es schon – die Piñon-Feuer, die indianischen Fetisch-Puppen, die indianischen Teppiche und die beiden Ladies, die sich in der Küche wegen selbstgemachter Tacos und der ‹perfekten› Margarita kabbeln. Aber Sie können sagen, was Sie wollen, es ist eines der angenehmsten Heime, in dem ich je gewesen bin. Glückliche Anita!»

Sie schwankte hoch, ein Delphin, der aus der Tiefe der See emporschießt, stieß den Tisch zurück (und warf dabei ein Champagnerglas um), griff nach ihrer Handtasche, sagte: «Bin gleich wieder da»; und steuerte mit überkippendem Schwung auf die Côte-Basque-Damentoilette zu.

Drüben an ihrem Tisch flüsterten und süffelten noch immer der Priester und die Meuchelmörderin, doch die Räume des Restaurants hatten sich geleert. Monsieur Soulé hatte sich zurückgezogen. Nur die Garderobiere und ein paar – ungeduldig mit ihrem Serviertuch flappende – Kellner hielten sich verfügbar. Helfer deckten die Tische neu, ordneten die Blumen für die Abendgäste. Es war eine Atmosphäre luxuriöser Erschöpfung, einer überblühten, blätterstreuenden Rose ähnlich, indes draußen nichts weiter wartete als der schwindende New Yorker Nachmittag.

NACHWORT

von Joseph M. Fox

Am 5. Januar 1966 unterzeichnete Truman Capote einen Vertrag mit Random House über ein neues Buch, dessen Titel *Answered Prayers* lauten sollte. Der Honorarvorschuß betrug fünfundzwanzigtausend Dollar, und als Ablieferungstermin wurde der 1. Januar 1968 fixiert.

Der Roman würde, so erklärte Truman, ein zeitgenössisches Gegenstück zu Prousts Meisterwerk *Auf der Suche nach der verlorenen Zeit* werden und die kleine Welt der wirklich Reichen, teils Aristokraten, teils Kaffeehaus-Gesellschaft, in Europa und an der Ostküste der Vereinigten Staaten unter die Lupe nehmen.

1966 war ein wunderbares Jahr für Truman. Vierzehn Tage nachdem er den Vertrag für *Answered Prayers* unterschrieben hatte, erschien *In Cold Blood (Kaltblütig)* in Buchform, es erregte großes Aufsehen und fand allgemein begeisterte Zustimmung. In der darauffolgenden Woche erschien das Bild des Autors auf der Titelseite mehrerer auflagenstarker Illustrierten, und es gab praktisch keine Sonntagsbuchbeilage, in der nicht sein neues Werk an prominentester Stelle besprochen wurde. Im Verlauf dieses Jahres wurden von *Kaltblütig* über dreihunderttausend Exemplare verkauft, es stand siebenunddreißig Wochen lang auf der Bestsellerliste der *New York Times*. (Im Endergebis verkaufte es sich – mit Ausnahme zweier Selbsthilfe-Bücher – besser als alle anderen Non-fiction-Titel des Jahres 1966; und seither ist es in rund zwei Dutzend Auslandsausgaben erschienen und wurde allein in den USA fast fünfmillionenmal verkauft.)

Während dieses Jahres war Truman überall gleichzeitig, er gab zahllose Interviews, erschien mehrfach in Fernseh-Talkshows, verbrachte Ferientage auf Jachten und in großen Landhäusern und genoß Ruhm und Erfolg. Den Höhepunkt dieser berauschenden Zeit bildete sein noch immer unvergessener *Schwarz-Weiß-Ball*, den er im November 1966 im Plaza zu Ehren von Kay Graham, dem Verleger der *Washington Post*, gab, eine Party, der die Presse landesweit so viel Aufmerksamkeit widmete wie normalerweise einem Ost-West-Gipfeltreffen. Truman war der Ansicht, er verdiene diese Pause in seiner schriftstellerischen Arbeit, und die Mehrzahl seiner Freunde teilte diese Meinung; die Recherchen für *Kaltblütig* und die Arbeit am Manuskript hatten fast sechs Jahre in Anspruch genommen, und es war eine traumatische Erfahrung für ihn gewesen. Gleichwohl sprach er während dieser Zeitspanne allen Zerstreuungen zum Trotz unaufhörlich von *Answered Prayers*. Doch obwohl er in den folgenden Jahren eine Reihe von Kurzgeschichten und Beiträgen für Zeitschriften schrieb, machte er sich nicht an den Roman; infolgedessen wurde der ursprüngliche Vertrag im Mai 1969 durch eine Vereinbarung über drei Bücher ersetzt, die den Ablieferungstermin auf Januar 1973 verschob und die Vorauszahlung beträchtlich erhöhte. Mitte 1973 wurde der Endtermin auf Januar 1974 hinausgeschoben, und weitere sechs Monate später wurde der Termin noch einmal verlängert: bis zum September 1977. (Später, nämlich im Frühjahr 1980, fixierte eine letzte Zusatzklausel den 1. März 1981 als den Ablieferungstermin; gleichzeitig wurde die Vorauszahlung nochmals – jetzt auf eine Million Dollar – erhöht; sie sollte bei Manuskriptablieferung bezahlt werden.)

Nichtsdestoweniger veröffentlichte Truman in diesen Jahren mehrere Bücher, wenngleich diese größtenteils in den vierziger und fünfziger Jahren entstanden waren. 1966 veröffentlichte Random House *A Christmas Memory (Eine Weihnachtserinnerung)*, geschrieben 1958; 1968 dann *The Thanksgiving Visitor (Chrysanthemen sind wie Löwen)*, eine 1967 erstmals von einer Illustrierten gedruckte Erzählung; 1969 eine Jubiläumsausgabe zum zwanzigsten Jahrestag des Erscheinens von *Other Voices, Other Rooms (Andere Stimmen, andere Räume)*, seines ersten Romans, der 1948 die literarische Öffentlichkeit elektrisiert hatte; Truman schrieb für diese Jubiläumsausgabe ein atmosphärisches Vorwort.

1973 erschien bei Random House ein Sammelband mit dem Titel *The Dogs Bark (Wenn die Hunde bellen)* – nur drei Stücke waren neu, alle übrigen viele Jahre zuvor geschrieben. Einzig *Music for Chameleons (Musik für Chamäleons)* – das 1980 erschien und das einige Leute, sowohl Freunde wie Kritiker, für schwächer hielten als seine früheren Bücher – enthielt neue Arbeiten, Fiction sowohl wie Non-fiction. Doch hören wir Truman selbst zu dieser Zeitspanne. Im Vorwort zu *Musik für Chamäleons* schreibt er:

Vier Jahre lang, ungefähr von 1968 bis 1972, verbrachte ich fast die ganze Zeit damit, meine eigenen Briefe, die Briefe anderer Leute, meine Tagebücher und Aufzeichnungen (in denen detaillierte Schilderungen Hunderter Szenen und Konversationen enthalten sind) aus den Jahren 1943 bis 1965 zu lesen und zu sichten, umzuschreiben und zu katalogisieren. Ich wollte vieles von diesem Material in einem Buch verwenden, das ich bereits seit langem plante: eine Variation des Tatsachenromans. Ich nannte das Buch *Answered Prayers*, nach einem Ausspruch der heiligen Theresia, die gesagt hat: «Es werden mehr Tränen über erhörte Gebete vergossen als über nicht erhörte.» 1972 nahm ich die Arbeit an diesem Buch auf, indem ich das letzte Kapitel zuerst schrieb (es ist immer gut zu wissen, wohin man geht). Dann schrieb ich das erste Kapitel: *Unspoiled Monsters*. Anschließend das fünfte: *A Severe Insult to the Brain*. Dann das siebente: *La Côte Basque*. Und so ging es weiter, schrieb ich die verschiedenen Kapitel unabhängig von jeglicher Reihenfolge. Das konnte ich jedoch nur, weil der Plot oder vielmehr die Plots der Realität entsprachen und alle vorkommenden Personen echt waren: So fiel es mir nicht schwer, alles im Gedächtnis zu behalten, denn ich hatte ja nichts erfunden.

Schließlich zeigte mir Truman im Verlauf einiger Monate Ende 1974/Anfang 1975 vier Kapitel aus *Answered Prayers – Mojave**, *La Côte Basque, Unspoiled Monsters, Kate McCloud* – und teilte mir mit, er habe vor, sie im *Esquire* zu veröffentlichen. Ich war gegen dies Vorhaben,

* Ursprünglich war *Mojave* als zweites Kapitel des Romans vorgesehen, und es war ganz offensichtlich der Versuch seines Helden, P.B. Jones (eine Art dunkler Doppelgänger des Autors), eine Kurzgeschichte zu schreiben. Ein paar Jahre später jedoch fand Truman, sie gehöre nicht in das Buch, und veröffentlichte sie als Kurzgeschichte in *Musik für Chamäleons*.

weil ich das Gefühl hatte, daß er zu früh zu viel von dem Buch preisgäbe, und ich sagte ihm das auch; doch Truman, der sich für einen Meisterpublizisten hielt, ließ sich nicht davon abhalten. (Hätte Bennett Cerf noch gelebt, der gleichfalls ein enger Freund und Vertrauter Capotes gewesen war – er starb 1971 –, so hätte möglicherweise unser beider Mißbilligung Truman von seinem Plan abbringen können, doch ich bezweifle es; er glaubte ganz genau zu wissen, was er tat.) Wie sich bald zeigte, wußte er *nicht*, was er tat.

Als erstes erschien das Kapitel *Mojave*, und es löste einiges Gerede aus, dann aber folgte *La Côte Basque*, und es verursachte eine Explosion, die jene kleine Gesellschaft, die Truman hatte schildern wollen, in ihren Grundfesten erschütterte. Praktisch alle Freunde, die er in dieser Welt besaß, ächteten ihn, weil er nur mangelhaft verschleierte Insider-Stories preisgegeben hatte – viele von ihnen brachen jede Verbindung zu ihm ab.

Truman erklärte trotzig, daß ihn der Aufruhr nicht schrecke («Was haben sie denn erwartet?» soll er gesagt haben. «Ich bin Schriftsteller, und ich verwende alles. Haben diese Leute geglaubt, ich sei nur da, um sie zu amüsieren?»); es kann aber kein Zweifel daran sein, daß ihn die Reaktion tief betroffen machte. Ich bin davon überzeugt, daß dies einer der Gründe war, weshalb er ganz offensichtlich, zumindest zeitweise, die Arbeit an *Answered Prayers* abbrach, nachdem *Esquire* 1976 *Unspoiled Monsters* und *Kate McCloud* veröffentlicht hatte.

Von 1960, als wir einander zum erstenmal begegneten, bis 1977 trafen Truman und ich uns häufig sowohl im Verlag wie anderswo; während er an *Kaltblütig* arbeitete, reisten wir zweimal gemeinsam nach Kansas; einmal verbrachten wir eine Woche in Santa Fe. Außerdem besuchte ich ihn drei- oder viermal im Winter in Palm Springs, wo er ein paar Jahre lang ein Haus hatte; und schließlich besaß er ein Haus in Sagaponack, einer kleinen ländlichen Gemeinde, nicht weit vom Meer im Osten von Long Island, und zufällig hatte ich ebendort eines gemietet. Während dieser Periode nahm mich meine Arbeit als Lektor für Truman nicht sonderlich in Anspruch. (So wurde praktisch die gesamte redaktionelle Arbeit an *Kaltblütig* von Mr. Shawn und seinen Kollegen beim *New Yorker* gemacht, der das Werk im Oktober und November 1965 in vier Folgen erstmals veröffentlichte.) Gleichwohl blieb unsere Zusammenarbeit unerhört fruchtbar.

Mit besonderem Vergnügen erinnere ich mich daran, daß Truman mir eines Nachmittags 1975 das Kapitel *Unspoiled Monsters* zu lesen gab. Ich las es über Nacht und fand es beinahe makellos – bis auf einen winzigen falschen Ton.

Als er mich am nächsten Morgen anrief, um meine Meinung zu hören, war ich voller Begeisterung, doch ich erwähnte auch mein kritisches Unbehagen in bezug auf ein Wort, das *Miss Victoria Self* im Dialog gebraucht, kaum eine halbe Seite nachdem der Leser ihr zuerst begegnet ist. «Sie hätte dieses Wort nicht gebraucht», sagte ich zu Truman. «Sie hätte gesagt –» (Ich kann mich an das von mir vorgeschlagene Wort nicht erinnern.) Truman lachte entzückt. «Ich habe das Kapitel letzte Nacht noch einmal gelesen. Ich wollte nur eine einzige Stelle ändern, und ich habe Sie angerufen, um Sie zu bitten, genau das Wort einzusetzen, das Sie soeben vorgeschlagen haben.» Es war einer jener nur allzu seltenen Augenblicke gegenseitiger Beglückwünschung in der so speziellen Beziehung zwischen Autor und Lektor. Es war keine Selbstbewunderung, vielmehr war jeder entzückt vom andern.

Ich zitiere noch einmal aus Trumans *Musik für Chamäleons*:

Dennoch stellte ich die Arbeit an *Answered Prayers* im September 1977 ein, eine Tatsache, die nichts zu tun hatte mit den Reaktionen in der Öffentlichkeit auf die bereits veröffentlichten Teile des Buches. Ich hörte vielmehr auf, weil ich in einer höllischen Situation steckte: Ich durchlebte zugleich eine kreative und eine persönliche Krise. Da die letztere mit der ersteren gar nichts oder sehr wenig zu tun hatte, brauche ich hier nur das kreative Chaos zu vermerken.

So quälend dieses für mich auch war, heute bin ich froh, daß ich es erlebte; denn schließlich veränderte es meine gesamte Auffassung von der Schriftstellerei, meine Einstellung zur Kunst, zum Leben und zum Gleichgewicht zwischen den beiden sowie meinen Begriff vom Unterschied zwischen dem, was wahr ist, und dem, was *wirklich* wahr ist.

Zunächst glaube ich, daß die meisten Schriftsteller, sogar die besten, beim Schreiben zuviel hineinpacken. Ich ziehe es vor, in dieser Hinsicht zu untertreiben. Schlicht und klar wie ein Gebirgsbach. Doch ich hatte das Gefühl, daß mein Stil zu schwerfällig wurde, daß ich drei Seiten brauchte, um eine Wirkung zu erzielen, die ich in einem einzigen Absatz hätte erzielen sollen. Immer wieder las ich alles durch, was ich in *Answered Prayers* geschrieben hatte, und mir kamen allmählich Zweifel – nicht am Material oder an meiner Einstellung dazu, sondern an der strukturellen Gesetzmäßigkeit des Geschriebenen selbst.

Ich las *Kaltblütig* noch einmal durch und machte dieselbe Erfahrung: Da wimmelte es von Stellen, an denen ich nicht so gut geschrieben hatte, wie ich es wirklich konnte, an denen ich nicht alles gegeben hatte, was mir zur Verfügung stand. Langsam, jedoch mit zunehmender Beunruhigung, las ich jedes Wort, das ich jemals veröffentlicht hatte, und kam zu der Einsicht, daß ich niemals in meinem ganzen Schriftstellerleben die volle Energie, den vollen ästhetischen Reiz des Materials komplett erschlossen hatte. Selbst wenn das Ergebnis gut war, erkannte ich, daß ich niemals mehr als die Hälfte, manchmal auch nur ein Drittel des mir verliehenen Talents eingesetzt hatte. Warum?

Die Antwort, die mir nach Monaten des Nachdenkens zuteil wurde, war einfach, aber nicht sehr zufriedenstellend. Auf jeden Fall war sie nicht geeignet, mich aus meiner Depression zu entlassen; im Gegenteil, sie verschlimmerte sie noch. Denn diese Antwort schuf ein scheinbar unlösbares Problem, und wenn ich das nicht lösen konnte, so konnte ich auch gleich aufhören zu schreiben. Das Problem lautete: Wie kann ein Autor in einer einzigen literarischen Form – sagen wir, in einer Kurzgeschichte – alles vereinigen, was er über sämtliche anderen literarischen Formen weiß? Denn das war es, warum es meiner Arbeit häufig an Glanz mangelte; die elektrische Spannung war da, weil ich mich jedoch auf die Techniken derjenigen literarischen Form beschränkte, in der ich arbeitete, brachte ich nicht alles ein, was ich vom Schreiben verstand – alles, was ich aus Drehbüchern, Theaterstükken, Reportagen, Gedichten, Kurzgeschichten, Novellen und Romanen gelernt hatte. Als Schriftsteller sollte man alle Farben, alle Fähigkeiten auf ein und derselben Palette zum Mischen bereit haben (und bei passender Gelegenheit zur gleichzeitigen Anwendung). Aber wie?

Ich nahm mir noch einmal die *Answered Prayers* vor. Ich strich ein Kapitel * und schrieb zwei weitere ** um: eine Verbesserung, eindeutig eine Verbesserung. In Wahrheit aber mußte ich in den Kindergarten zurück. Da saß ich – wieder einmal bei einem dieser vertrackten Vabanquespiele! Aber ich war aufgeregt; ich spürte, daß mir eine unsichtbare Sonne schien. Dennoch waren meine ersten Versuche ungeschickt. Ich kam mir wahrhaftig vor wie ein Kind mit einer Schachtel Malstifte.

Leider kann man einiges von dem, was Truman in diesen beiden angeführten Auszügen schreibt, nicht für bare Münze nehmen.

Es wurde zum Beispiel fast nichts von den Briefen, Tagebüchern und Aufzeichnungen, die er erwähnt, gefunden, obwohl die gesamte Hinterlassenschaft Capotes von Alan Schwartz, seinem Rechtsanwalt und Nachlaßverwalter, Gerald Clarke, seinem Biographen, und mir gründlich durchgesehen wurde.*** (Dies ist besonders gravierend,

* Mojave.

** Nur die *Esquire*-Fassungen der drei Kapitel dieses Buches haben sich gefunden.

*** Das, was wir fanden – es war genug, um acht große Kartons zu füllen –, wurde Blatt um Blatt durchgesehen und 1984/85 von Gerald Clarke und mir vorläufig katalogisiert. Das Material umfaßte handschriftliche Originale und maschinenschriftliche erste, zweite und dritte Fassungen verschiedener Erzählungen und Romane, die vom Autor korrigierten Fahnenabzüge des *New Yorkers* von *Kaltblütig*; ein paar Fotos; zahlreiche Presseausschnitte; Notizbücher mit Aufzeichnungen über Gespräche mit weil Truman eine ausgesprochene «Packratte» war; er hob praktisch alles und jedes auf, und es gab keinen Grund, aus dem er diese Papiere hätte vernichten sollen.) Außerdem gab es auch keine Spur von *A Severe Insult to the Brain* oder von jenem letzten Kapitel, das er, wie er in seinem Vorwort behauptet, zuerst geschrieben haben will. (Sein Titel soll sein: *Father Flanagan's All-Night Nigger-Queen Kosher Café*; weitere Kapitel, die er gelegentlich im Gespräch mit mir und anderen erwähnte, waren *Yachts and Things* und *And Audrey Wilder Sang*, ein Kapitel über Hollywood.)

Nach 1976 lockerte sich allmählich die Beziehung zwischen Truman und mir. Ich habe den Verdacht, daß dieser Prozeß begann, als ihm klarwurde, daß ich mit meinem Einwand in bezug auf den Abdruck der Folgen im *Esquire* recht gehabt hatte, obwohl ich ihm das natürlich niemals vorgehalten habe. Er mag sich auch darüber klargeworden sein, daß seine schriftstellerische Kraft nachließ, und er mag gefürchtet haben, daß ich ein zu strenger Kritiker sein würde. Außerdem muß ihn die Tatsache, daß er mit der Arbeit an *Answered Prayers* nicht weiterkam, belastet, ja vielleicht auch in eine gewisse Panik versetzt haben. Während der letzten paar Jahre schien er darauf bedacht,

Personen aus *Kaltblütig*; Belegstücke oder Fahnenabzüge von anderen Zeitschriften (*Esquire, Redbook, Mademoiselle, McCall's*), die Aufsätze oder Geschichten von ihm veröffentlicht hatten; ein halbes Dutzend Briefe – und ein paar Seiten mit frühen Notizen zu *Answered Prayers*. 1985 wurde das gesamte Material vom Capote estate der New York Public Library gestiftet. Es ist heute den Studenten in der Rare Books and Manuscripts Division der Central Research Library in der 42. Straße zugänglich.

nicht nur mich und andere enge Freunde, sondern auch das große Publikum in bezug auf seine Arbeit an der Nase herumzuführen; zumindest zweimal kündigte er in Interviews an, daß er gerade das Manuskript beendet und an Random House übergeben habe, und daß das Buch innerhalb des nächsten halben Jahres erscheinen werde. Daraufhin hagelte es in unserer Werbeabteilung Anrufe, die wir lediglich mit der Feststellung beantworten konnten, daß wir vom Manuskript keine Zeile gesehen hätten. Es war deutlich, daß Truman verzweifelt war.

Ausschlaggebend für die endgültige Lösung unserer Beziehung war Trumans von 1977 an wachsende Abhängigkeit von Alkohol und Drogen. Mir ist heute klar, daß ich nicht so viel Verständnis für sein Problem aufgebracht habe, wie man es von einem Freund hätte erwarten sollen; ich sah nur, wie er sein Talent vergeudete, wie er sich selbst täuschte, hörte nur sein zusammenhangloses Gerede, die unverständlichen Anrufe nachts um eins – und vor allem bekümmerte mich der Verlust meines bezaubernden, witzigen und schelmischen Gefährten aus jenen ersten sechzehn Jahren, den ich in meiner Selbstsüchtigkeit betrauerte, statt ihm in seiner wachsenden Qual beizustehen.

Es gibt drei Theorien in bezug auf die fehlenden Kapitel von *Answered Prayers*. Der ersten zufolge wurde das Manuskript vollendet und ist entweder irgendwo in einem Banksafe versteckt, oder es wurde von einem Ex-Liebhaber aus Bosheit oder Gewinnsucht entwendet, oder aber – dies das jüngste Gerücht – Truman sperrte das Manuskript in einem Schließfach im Greyhound Bus Depot von Los Angeles ein. Doch jede dieser Hypothesen wird mit jedem verstreichenden Tag weniger plausibel.

Der zweiten Theorie zufolge schrieb Truman nach der Publikation von *Kate McCloud* 1976 keine einzige Zeile an dem Buch mehr, teils weil er von der Reaktion der Öffentlichkeit wie seiner Freunde auf die vorab gedruckten Kapitel niedergeschmettert war, teils weil ihm allmählich klarwurde, daß es ihm niemals gelingen würde, jenen Proustschen Standard zu erreichen, den er sich selbst als Ziel gesetzt hatte. Diese Theorie ist zumindest aus einem Grund zwingend: Jack Dunphy, mehr als dreißig Jahre lang Trumans engster Freund und Gefährte, glaubt daran. Allerdings sprach Truman nur selten mit Jack über seine Arbeit, und in den letzten Jahren waren sie öfter voneinander getrennt als zusammen.

Eine dritte Theorie, für die ich zögernd optiere, geht dahin, daß Truman tatsächlich zumindest einige der obengenannten Kapitel geschrieben hat (vermutlich *A Severe Insult to the Brain* und *Father Flanagan's All-Night Nigger-Queen Kosher Café*), sie jedoch irgendwann in den frühen achtziger Jahren vorsätzlich vernichtete. Für diese Theorie spricht, daß zumindest vier Freunde von Truman behaupten, sie hätten außer den drei Kapiteln, die dieses Buch enthält, ein oder zwei weitere Kapitel gelesen (oder Capote hätte sie ihnen vorgelesen). Natürlich überzeugte er mich davon, daß mehr von dem Manuskript existierte; immer wieder sprach er während der letzten sechs Jahre seines Lebens, wenn wir zusammen Mittag aßen, von diesen vier mit Überschriften versehenen Kapiteln; und wenn er auch vielfach ganz unzusammenhängend redete, weil er unter Drogen oder Alkoholeinfluß oder unter beidem stand, so sprach er doch von diesen Kapiteln in allen Einzelheiten, ja er zitierte sogar einzelne Dialogteile, und zwar immer im gleichen Wortlaut, auch wenn er sie Monate oder sogar Jahre später wiederholte. Das Muster war immer das gleiche: wenn ich bat, das in Rede stehende Kapitel sehen zu dürfen, pflegte er zu versprechen, daß er es am nächsten Tag in den Verlag schicken würde. War der nächste Tag verstrichen, rief ich dann an, und Truman sagte, er müsse es neu tippen lassen und werde es am kommenden Montag senden; am Montag nachmittag ging er dann nicht ans Telefon und verschwand anschließend für den Rest der Woche oder noch länger.

Ich optiere für diese dritte Theorie nicht so sehr deshalb, weil ich zögere, meine Leichtgläubigkeit einzugestehen, sondern vielmehr, weil Capote in seiner Schilderung jener Kapitel so überzeugend wirkte. Natürlich ist es möglich, daß die zitierten Zeilen lediglich in seinem Kopf existierten, doch fällt es schwer zu glauben, daß er sie nicht zu irgendeinem Zeitpunkt niedergeschrieben haben sollte. Er war immer sehr überzeugt von dem, was er schrieb, gleichzeitig aber beurteilte er es mit ungewöhnlicher Objektivität, und ich vermute, daß er zu einem bestimmten Zeitpunkt auch die geringste Spur irgendwelcher weiterer Kapitel vernichtet hat, so daß nur die drei übrigblieben, die in diesem Band veröffentlicht sind.

Es gibt nur einen Menschen, der die Wahrheit kennt, und der ist tot. Gott sei mit ihm.

Joseph M. Fox